JN124336

Characters
ヘクトール・シュナーベル
シュナーベル家次期当主。
マテウスの従兄弟であるが、
理由があってシュナーベル本家の
養子となった。
マテウス・シュナーベル
処刑を生業とする
シュナーベル家の次男。
子を孕む器官をもつ『孕み子』であり、
王太子の妃候補。

カール・シュナーベル
マテウスの弟。
事情があってマテウスにより
殺されてしまう。
ヴォルフラム・ディートリッヒ
シュナーベル家のライバルである
ディートリッヒ家の次男。
マテウスの憧れの騎士。
アルミン・シュナーベル
マテウスの従兄弟。
明るく剽軽な性格で、
マテウスの慰め役を担っている。
ヴェルンハルト・フォーゲル
王太子。マテウスの弟である
カールのことが好きだった。
捻くれた性格で、よくマテウスを虐める。

プロローグ

ペニスを最奥に捩じ込まれて、激しい抽挿を繰り返される。王太子殿下からの愛は感じない。それでも、体内の良いところを突かれると、快楽の波に逆らえなかった。

俺は耐えきれなくなって、甘い声でヴェルンハルト殿下に懇願《こんがん》する。

「はぁ……はぁ、ああっ……殿下……もっと奥にきて……」

「くっ……黙っていろ、マテウス……本来ならば……俺はカールを『妃』に迎えるはずだった……」

「はぁ、殿下……ぁあんっはぁはぁ、やぁん……んぁあ!!」

「弟のカールが死に、お前は『妃候補』になれた。くっ……弟の死が嬉しいか、マテウス?」

「殿下、はぁ、もう……無理っ……殿下、中に、ください……子種を……はぁ、はぁ」

「……出すぞ!」

激しい一突きの後、体内にヴェルンハルト殿下の精液が一気に流れ込む。

俺は快感に包まれベッドに沈んだ。セックスの余韻に浸《ひた》っている俺の体内から、殿下はすぐにペニスを抜く。

「んぁっ、ああ……殿下」

「ご苦労だった、マテウス。もう下がって良い」

「……もう少しお傍《そば》にいては駄目ですか、殿下？」

「俺に取り入ろうとしても無駄だ。それよりも早く処置をして、我が子を孕《はら》むように努めよ」

「……承知しました」

セックスの後は精液が体内から漏れ出ぬように、処置係の小姓がアナルにディルドを挿入する。

だが、不慣れな処置係だったのか、ディルドの挿入に失敗した。アナルから精液が流れ出し、俺の太ももを濡らす。

頭に血が上った俺は、処置係の小姓に罵声《ばせい》を浴びせた。

「お前は殿下よりいただいた大切な子種を不注意により流した！　その罪は身をもって償《つぐな》え。誰か、この小姓に鞭《むち》を打って罰せよ！　私が許すまで鞭《むち》を打ち続けよ!!」

「ひぃいいー、お許しください、マテウス様！」

「やめよ、マテウス」

「何故《なぜ》、お止めになるのですか、殿下！　王太子殿下の子種を流した者に罰を与えるのは、当然のことでしょう？　過《あやま》ちを犯した者を罰しなければ、秩序が保たれません！」

ヴェルンハルト殿下は、俺を冷たい眼差《まなざ》しで見つめる。そして、はっきりと言った。

「お前の亡き弟カール・シュナーベルならば、小姓を罵倒《ばとう》したりはしなかったはずだ。まして、鞭《むち》で打つよう命じることはなかっただろう。マテウス、お前は目障《めざわ》りだ……早々に下がれ」

「ヴェルンハルト殿下!!」

「カールが生きていたならば、お前のような性悪男を抱く必要はなかった。お前の存在自体に、嫌悪を感じる。俺の前から早く消えろ、マテウス・シュナーベル！」

「……マテウス・シュナーベル？」

自分の名を呼ばれたはずなのに、俺は何故《なぜ》か違和感を覚える。

その違和感は大きくなる一方で、激しい頭痛と共に眩暈《めまい》が俺を襲う。

だが、王太子殿下の言葉に逆らえるはずなく、俺は自室に戻るべくベッドから下りた。衣装係の小姓が慌てて駆け寄り、恐る恐る衣装を差し出す。

それを受け取ろうとして手を動かした瞬間、俺は糸の切れた操り人形のように床に倒れ込む。そのまま気を失い、次に目覚めた時には前世の記憶を全て思い出していた。

第一章

王城の自室のベッドで目覚めた俺は、前世と今世《こんせ》の記憶が融合した新たな自分に生まれ変わっていた。

けれど、今世《こんせ》の耐え難い記憶の欠片《かけら》が激しく胸を抉《えぐ》り、融合したばかりの記憶の一部を砕く。続いて、砕け散った記憶の欠片《かけら》が再び融合を始めると、恐ろしい記憶に再度晒《さら》され、俺は大きな叫び声を上げていた。

「あぁぁああーぁっ、はぁはぁ、はぁ。お、俺は……私は、悪くない！　私は、絶対に悪くない!!　カールが殺されたのは、当然の……っ！」

『当然の報《むく》いだ』と叫びそうになり、慌てて口を両手で塞《ふさ》ぐ。そして、ベッドの中に急いで潜り込み、大きく息を吐き出して深呼吸を繰り返した。

やがて、俺の心はゆっくりと冷静さを取り戻す。

その時、誰かがベッドに近づく気配がして体が震えた。

おそらく、部屋付きの小姓だろう。俺はベッドの中から僅《わず》かに顔を覗かせて確認する。思った通り、部屋付きの小姓の一人だ。

「マテウス様、どうされましたか？」

「悪夢を見て……叫び声を上げてしまった。このことは他言しないでほしい。漏らせば罰するよ」

小姓が顔を引《ひ》き攣《つ》らせながらも頷《うなず》く。俺はそれを確認した後、すぐにベッドの中に潜り込んだ。

ベッドの中はかなり快適で、砕けた前世と今世《こんせ》の記憶を再び融合させるのに最適の場所だった。

ベッドの中で小さく呟《つぶや》きながら、自身の記憶を探っていく。

――前世の俺の名は、松田優也《まつだゆうや》。会社で突然倒れて、救急車が来る前に死んだ。だけど、今の俺――私は、小説『愛の為に』の登場人物、マテウス・シュナーベルとして生きている。

つまり……転生？

前世の俺は、人畜無害の社畜であった。唯一の趣味は読書で、ストレスで荒む俺の心を愛読書が幾度も慰《なぐさ》めてくれたものだ。貪欲《どんよく》なほどの読書愛は、多くの睡眠時間を俺から奪った。

だが、その甲斐《かい》はあった。

何故《なぜ》なら、ＢＬ小説『愛の為に』と、運命的な出逢いを果たしたからである。『月歌《つきうた》』先生著のＢＬ小説『愛の為に』は、ファンタジックな中世ヨーロッパを舞台に、男性同士の耽美的な恋愛模様をサスペンス風に描いた作品である。男の俺でも楽しめる作風で、ＢＬ小説としては初めて俺の愛読書となった記念すべき一冊だった。

『月歌』先生、朗報です！　なんと貴方の小説が、異世界に存在していました！　そして俺は、ＢＬ小説『愛の為に』の異世界に転生しました！

「愛読書の世界に転生するとは……神に感謝！」

読書好きなので、学問の神様である菅原道真《すがわらのみちざね》公に感謝してみた。

いや、前世の俺は睡眠時間を極限まで削り、突然死を招いたのだ。両親は一人息子の死に触れ、悲しみに暮れたに違いない。

お父さん、お母さん、ごめんね。でも、親不孝なことだけど、生まれ変わった今世《こんせ》が、愛読書の世界であるのが素直に嬉しいよ。悪役令息のマテウスに転生したことに不満はあるが、小説『愛の為に』の世界観を満喫できるなら問題ない。

いや、実際には大きな問題が発生しているのだが……

「まずい、前世の記憶に和《なご》んでいる場合ではない。前世の記憶に欠けはなさそうだな。そうなると、砕け散った記憶は、今世《こんせ》の記憶ってことになる。とにかく、今世《こんせ》の記憶を再構築しないとね」

ＢＬ小説の内容と今世《こんせ》の出来事が、完全に一致しているかは不明だ。少なくとも、実弟のカールが殺害された事実は一致している。なのに、何かがおかしい。

小説上の俺――マテウスは、完全な脇役として描写されていた。一方、今世《こんせ》の『この記憶』が事実なら、俺は脇役ではなく重要な役どころを担《にな》っている。

「記憶が確かなら……弟のカールを殺したのは、私ということになるけど……まじか⁉」

今世《こんせ》でもＢＬ小説の内容と同じく、王太子殿下の初恋相手は俺の弟のカールだ。そして、ヴェルンハルト王太子殿下はカールを伴侶に望んだ。

だが、処刑人一族のシュナーベル家は、世間から疎《うと》まれ蔑《さげす》まれている存在。シュナーベル家出自のカールを伴侶にするのは、王太子殿下にとって障害が多く困難なことだった。常識的に考えるなら、己の地位を盤石にすべき王太子殿下は、カールを伴侶とするのを諦めるべきだ。

それなのに、ＢＬ小説の主人公ヴェルンハルト・フォーゲルと同じく、今世《こんせ》の王太子殿下もカールを伴侶にすることを諦めなかった。

「陛下にずっと疎《うと》まれて育ったヴェルンハルト殿下ならば、強力な後ろ盾となる妃が必要だと分かっていたはず。それでも、カールを伴侶に求めた。殿下には、初恋の甘い想い出を胸の奥に沈めて封印してほしかった。そうすれば、私がカールを処刑する必要はなかったのに……」

ヴェルンハルト殿下はカールを伴侶にするためなら、強引な手法を取ることも厭《いと》わなかった。王家の慣習である『妃候補制度』に則《のっと》らず、カールを妃の位に就けようとしたのだ。

制度に則《のっと》るならば、カールはまず妃候補として殿下に仕える必要がある。そして、二人の間に子が産まれるとカールは妃となれる。だが、どれほど二人が愛しあっても子ができない場合には妃にはなれない。また、妃候補には期限が定められており、期限が過ぎた妃候補は、殿下の愛人として王城に残るか、生家に戻るかを選択しなければならない。

「王家の慣習である『妃候補制度』を、王太子殿下自らが破るのはまずいよね。ヴェルンハルト殿下は、カールへの愛に溺《おぼ》れて王族の一員であるのを忘れてしまったのかな？」

王太子殿下はカールへの愛を貫《つらぬ》くために、臣下の諫言《かんげん》を完全に退《しりぞ》けた。『カールを妃として召し上げる』と記した直筆の手紙をシュナーベル家に送り付けたのだ。

シュナーベル家は殿下の求めに応じて、カールを妃として王城に送り出すことを決定した。だが、妃として王城に出仕する直前に、弟は何者かの手で攫《さら》われる。王太子殿下は即座に捜索隊を編成して、自らカールの捜索に乗り出した。しかし、王都に隣接する森の中で、変わり果てた姿で発見される。

ヴェルンハルト殿下は、こうして愛する人を喪《うしな》った。

「私は確かに弟のカールを殺した……だけど理由はある」

小説内のヴェルンハルト殿下は、カールを妃に求めたことが死を招いたと確信していた。そのため、殿下は生涯カールの死を背負って生きる。

今世《こんせ》の殿下も、おそらくカールの死に関して同様の結論に達するだろう。

小説の主人公の想い人を殺害した俺は、これからどうなるのだろう？

徐々に不安が募《つの》ってきて、俺はベッドの中で震える。その夜は、眠りにつくことができなかった。


翌日から、体調不良を理由に、俺はしばらく自室にこもることにした。ベッドの中に潜り込み、必死に小説の内容を思い出す。

前世の俺は、愛読書を何度も読み返すタイプだった。小説内の重要な場面を忘れているとは思えない。

「つまりこれは……原作者の『月歌』先生が、小説内に書かなかった裏設定？」

カールを殺害した犯人が判明していたなら、小説内に必ず記載があったはずだ。だが、小説のラストまで、カールの殺害犯は不明のままだった。それに、カールの殺害犯が兄のマテウスであると匂わせる記述も一切なかった。

「私が弟を殺したことは、小説内に書かれてはいなかった。それに、小説内で私が断罪されるシーンもなかった。つまり、私の罪が暴かれることは……この先もないってこと？」

シュナーベル家は殺されたカールに代わり、俺を王太子殿下の妃候補として王城に送り込んでいる。

それについては小説内にも記載があった。

――シュナーベル家は亡くなったカールに代わり、兄のマテウスを妃候補として王城に送り込んだ。だが、マテウスは王太子殿下の妃にも愛人にもなれなかった。その後、マテウスは王太子殿下の『親友』となり王城に出仕した。

そう記されていた。

「王太子殿下の愛人になれなかったということは、小説内のマテウスも殿下に愛されなかったってことだよな？　今世《こんせ》の俺も、ヴェルンハルト殿下には……全く愛されていないからなぁ～」

王城に出仕した俺は、妃候補として王太子殿下に抱かれてはいる。だけど、愛されていると感じたことは一度もない。

弟のカールは産みの親に似て、人の心を惹《ひ》きつける美しさと愛らしさを持っていた。それに比べ、俺は『残念顔』の冴えない男だ。しかも、すぐにカッとなり、人を罵倒《ばとう》するような性悪男でもある。自分でも泣けるほど、ヴェルンハルト殿下に好まれる要素がない。

「小説の内容を信じるなら、私はヴェルンハルト殿下の妃になることはない。つまり、殿下の子は孕《はら》めないということだよね？」

カールを殺した俺が、殿下の妃になる展開は絶対に避けたい。悲喜劇の出演者になるのは御免だ。

でも小説内では、俺は殿下の親友になったと書かれていた。もしかすると、作者の『月歌』先生は、意地悪な性格だったのか？

そうでなければ、カールを殺した俺と、カールを愛した王太子殿下を、親友にしようとは思わないだろう。とにかく、ヴェルンハルト殿下と親友になるのは心理的に無理だ。

「王太子殿下に親友になるように求められたら、自分の身を守るためにふりをする必要があるかな？　でも、嫌われているのに、親友にと求められるだろうか？　謎すぎる」

小説の主人公ヴェルンハルト殿下は、普段は優しく繊細な性格だが、危機に陥《おちい》ると凛々《りり》しく男らしい姿を見せる。そのギャップに、前世の俺はやられた。

カールを喪《うしな》った悲しみを胸に抱え、誰にでも優しく接する殿下の姿に、前世の俺は何度も泣いた。

だが、今世《こんせ》の殿下からは全く優しさを感じられない。心の傷が癒《い》えていないせいだろうが、今世《こんせ》の殿下は制御できない様々な感情を、カールの兄である俺にぶつけているように思える。小説内の王太子殿下ならば、人に八つ当たりをするなどしなかったはずだ。

小説内の殿下の印象が素敵すぎて、今世《こんせ》の殿下の評価が底辺に近い。とにかく、二人の殿下の性格があまりにも違いすぎて戸惑《とまど》ってしまう。

「前世の俺の最推しは王太子殿下だったけど……今世《こんせ》の殿下は好きになれそうにないな」

加えて、俺がカール殺害の犯人だと判明すれば、小説内の殿下も今世《こんせ》の殿下も、俺の処刑を命じるに違いない。そして俺は、血縁者である『シュナーベルの刃』の処刑人に首を刎《は》ねられるわけだ。

幼馴染《おさななじみ》のアルミンに、首を刎《は》ねられる可能性だってある。アルミンなら、上手に刎《は》ねてくれるだろう。だが、断る！　絶対に嫌だ！

「処刑だけはなんとしても避けないと……カールには悪いが、私は死にたくない」

カールを殺した今世《こんせ》の記憶が、俺の胸を抉《えぐ》ったのは確かだ。記憶の一部が砕けて飛び散ってしまうほど、酷《ひど》く辛《つら》い記憶だった。

だけど、今世《こんせ》の記憶の欠片《かけら》をパズルのピースのように埋めていくに従い、罪の意識は遠のく。どうも、今世《こんせ》の俺は……弟のカールに対する怒りを、彼が死んだ後も胸にくすぶらせているようだ。

「カール、どうして自分を『孕《はら》み子《ご》』だと偽《いつわ》ったの？　それほど、殿下の妃になりたかったの？　殿下の愛人では駄目だったの？　地位よりも、愛を取るべきではなかったの、カール？」

王太子殿下とカールの馴《な》れ初《そ》めは明らかにされていないものの、殿下の初恋の相手はカールで間違いない。だからこそ、殿下はカールを妃にと望んだ。

だが、王太子殿下の妃となれる者は、女性に類似した生殖機能を備《そな》えた『孕《はら》み子《ご》』だけ。そして、カールは『孕《はら》み子《ご》』ではなかった。

殿下の愛人にならば、『孕《はら》み子《ご》』でなくてもなれる。カールは王太子殿下の一番になりたかったのだろう。その望みを叶えるために、殿下に対して『自分は孕《はら》み子《ご》だ』と嘘をついた。そして、カールに恋をする殿下は、その言葉を鵜呑《うの》みにして精査しなかった。

「王太子殿下に嘘をついた。これは、大罪だよ……カール」

『孕《はら》み子《ご》』ではないのに、『カールを妃として召したい』と殿下直筆の手紙を貰《もら》い、大いに焦《あせ》ったのはシュナーベル家だ。本来ならば、現当主であるアルノー・シュナーベルが息子のカールと共に王太子殿下に真実を明かし、謝罪して共に罰を受けるべきだった。だが、病的なまでにカールを溺愛していた父は、愛息子《まなむすこ》がついた嘘を真実にしようと画策した。

「父上は昔からそうだ。カールの望みならなんだって叶えてきた。でも、今回は拒否してほしかったな。どうして、カールの行動を止めてくれなかったの……父上」

父はカールに望まれるままに医者に大金を積み、偽造書類を作らせる。医者が作った偽造書類は、『カール・シュナーベルは、女性に類似した生殖機能が備《そな》わった「孕《はら》み子《ご》」である』と記しただけの稚拙《ちせつ》なものだ。

だが、どれほど巧妙な偽造書類でも王家を騙《だま》せはしない。妃として召されたなら、王城の医師による直腸の内診がある。公《おおやけ》の場で、カールが『孕《はら》み子《ご》』でないと明らかになれば、現当主の父上が偽造書類を作成したことも同時に判明する。シュナーベル家の現当主が王家を謀《たばか》ったとなり、一族が処罰の対象となるのは明らかだ。

「時間がなかった。カールが王城に召された後では……どんな言い訳も通用しない」

危機感を募《つの》らせた俺は、次期当主である長兄のヘクトール・シュナーベルにカールの件を相談する。この時点で、俺は弟カールの処刑計画を立案していた。

俺は正直に、カールの死を望んでいると兄上に伝える。ヘクトール兄上もそれに同意し、カールの処刑を許可した。

シュナーベル家は代々、処刑人を生業《なりわい》とする一族である。だけど、その時の俺は、まだ処刑を行ったことがなかった。俺の初めての処刑対象は、弟のカールとなってしまったのだ。

処刑方法は、次期当主のヘクトール兄上には伝えなかった。もしも、俺の罪が暴かれた時に、シュナーベル家にまで罪が及ぶとまずい。

「私の行動は正しかった……シュナーベル家を守るために選んだ道なのだから」

処刑計画は残忍なものとなる。名を伏せて悪辣《あくらつ》な連中に接触し、カールの殺害を依頼した。

依頼内容は、二つ。

一つ目は、カールを攫《さら》った後、『孕《はら》み子《ご》』であるかどうか判別不能になるまで下半身を潰して殺害すること。二つ目は、発見されやすい場所に遺体を放置すること。

こうして、カールの処刑計画は実行された。

でも、俺の立てた処刑計画は完璧ではなく、カールの死後に実行犯の扱いに困る。結局、最後にはヘクトール兄上を頼った。

兄上は迷いもなく、実行犯の処理を請け負う。但《ただ》し、詳しい説明はしてくれなかった。

でも、それでいい。カールの処刑は遂行され、成功したのだから。

「――まだベッドから出られないのか、マテウス？」

「はい？」

不意に声を掛けられた。

ベッドに潜り込んでいた俺が顔を出すと、王太子殿下が枕元に立って俺を見下ろしている。

俺は思わず顔を引《ひ》き攣《つ》らせた。枕元に立つのはやめてほしい。前世では、枕元は幽霊が立つ場所だと決まっている。だから、まじでやめて。

「……ヴェルンハルト殿下？」

王太子殿下が部屋を訪れるならば、先触れがあって然《しか》るべきだ。それに、ベッドの傍《そば》に殿下が来るまで、部屋にいる者は誰も俺に知らせなかった。

これって、俺に対する嫌がらせなのかな？　ベッドの中から殿下に挨拶《あいさつ》をするとは、最悪の印象を与えていそう……うう。

「お前の見舞いに来た。気鬱《きうつ》の類《たぐい》ならば、共に庭園を歩くのも良いと思ってな。前回の閨《ねや》では、マテウスにきつく当たりすぎた。それが原因で寝込んでいるのならば、謝ってもいい」

「殿下の仰《おっしゃ》る通《とお》り、おそらくは気鬱《きうつ》の類《たぐい》だと思われます。ご迷惑をおかけして申し訳ございません。前回の寝所での私の振る舞いは、あまりに酷《ひど》いものでした。言葉を荒らげ小姓を罵倒《ばとう》するなど、カールならば決してしなかったでしょう。殿下にも、殿下にお仕えする皆様にも、不快な思いをさせました。申し訳ございません、ヴェルンハルト殿下」

とりあえず、ベッドの中から謝ろう。

それというのも、現在の俺は全裸のため、起き上がっての謝罪が不可能なのである。

あまりにもベッドがふかふかで、シーツも上質で肌に馴染《なじ》み、つい裸になってしまった。勿論《もちろん》、パンツも穿いていない。パンツを穿く必要を感じないほど、質の良いシーツのほうに問題があると思う。

「カールの急死で妃を輩出できなくなったシュナーベル家は、王侯貴族に大金をばら撒《ま》き妃候補として兄のマテウスを強引に王家に送り込んだ。俺はそれに対して腹を立てていた」

「殿下がお怒りになるのは当然のことです」

「だが、マテウスはシュナーベル家の命に従い、やってきただけだ。環境が突然変われば、気鬱《きうつ》になっても仕方ない。お前への気遣いが足りなかった、マテウス」

俺を妃候補として王家に突っ込むために、シュナーベル家はかなりの大金を放出した。初恋のカールを喪《うしな》ったばかりだというのに、カールと全く似ていない冴えない兄を押し付けられて殿下は迷惑したことだろう。

とにかく殿下に謝られた以上は、ベッドに寝た状態で返事するのはまずいよな。ベッドカバーが乙女なレースすぎて、冴えない男の俺には似合わないことこの上ない。

だが、俺が裸体であるのを殿下に悟られてはならなかった。乙女レースのベッドカバーで裸体を覆《おお》い隠《かく》し、上半身を起こす。そして、傲慢《ごうまん》に見えないように、俯《うつむ》きがちに言葉を発した。

「弟のカールは、王太子殿下の初恋のお相手だと聞き及んでおります。大変に光栄なことだと、シュナーベル家は喜びに沸き立っておりました。フォーゲル王国建国以来、王家に嫁《とつ》ぐ者を一人も出していない我が家にとって、カールの存在は希望でもありました。しかし、妃にと望まれたカールを残忍な形で奪われ、シュナーベル家から光が消えてしまいました。光を失ったシュナーベル家の我儘《わがまま》を許し、私を妃候補として受け入れてくださった殿下に感謝しております」

「マテウスは弟の死を悲しむ時間すら与えられぬまま、妃候補として王家に送られたのだろう？今はゆっくりと休み、気鬱《きうつ》を治すと良い。では、また来る」

「はい、ヴェルンハルト殿下」

王太子殿下はあっさりと俺に背中を向けて部屋を後にした。

今世《こんせ》の王太子殿下は苦手だが、殿下の初恋相手を奪ったことに罪悪感を覚える。

俺は少し辛《つら》い気分になり、ベッドの中に潜り込む。この気分を紛《まぎ》らわせるために、今世《こんせ》の考察を再開した。

◇◇◇◇◇

ＢＬ小説『愛の為に』の世界には、男性だけではなく女性も存在する。

だが、女性の数は極めて少なく、妊娠もしにくいとされていた。そんな世界で人口のバランスが保たれているのは、子を孕《はら》める男性が存在するからである。

小説内では、そのような男性を『孕《はら》み子《ご》』と呼んでいた。小説内での説明では、女性に類似した生殖機能を持った男性である『孕《はら》み子《ご》』は孕《はら》まない男性とアナルセックスを行った場合にのみ子を孕《はら》むことがあるとされている。

「アナルセックスで妊娠するとか、ＢＬ小説らしい設定だな。だが、生々しすぎる。『孕《はら》み子《ご》』の私としては、魔法で子を授かりたかった。でも、今世《こんせ》には魔法が存在しないからなあ～」

小説と同じく、今世《こんせ》にも『孕《はら》み子《ご》』は存在する。俺も『孕《はら》み子《ご》』である。

『孕《はら》み子《ご》』を外見で判断するのは難しい。『孕《はら》み子《ご》』と孕《はら》まない男性とでは、外見上は大差がないのだ。一般的な認識では、『孕《はら》み子《ご》』は小柄で情緒不安定な者が多いとされているが、統計を取ったわけでもなく例外が多い。また、家系により特徴が異なる場合もある。

「シュナーベル家系譜の『孕《はら》み子《ご》』は、小柄で美しい者が多いのに……私は完全に例外だな」

弟のカールは身長は高めではあったが、産みの親譲りの美しくも愛らしい容姿から『孕《はら》み子《ご》』だと勘違いされることが多かった。

反対に、小柄ではあるが見た目があまりよろしくない俺は、『孕《はら》み子《ご》』と認識されることは少ない。

もしも、外見上はっきりと『孕《はら》み子《ご》』と判別できる特徴があったならば、王太子殿下もカールを『孕《はら》み子《ご》』と勘違いすることなく、こんな騒動にはならなかっただろう。

作者の『月歌』先生は、あえて『孕《はら》み子《ご》』の設定を曖昧《あいまい》にしていた可能性が高い。そうすることで、殿下にミスリードさせる必要があったのだ。

「小説のストーリー展開上、『月歌』先生は『孕《はら》み子《ご》』の設定を曖昧《あいまい》にする必要があった。それは分かるけど、シュナーベル家に試練を科しすぎじゃない？　『月歌』先生、苛《いじ》めですか……これ？」

シュナーベル家は古い家柄で、フォーゲル王国建国以前のローランド帝国時代から存続している名家である。ローランド帝国時代は『死と再生を司《つかさど》る神の末裔《まつえい》』として、敬《うやま》いと畏《おそ》れをもって人々に受け入れられていた。

だが、ローランド帝国は無能な皇帝により内政の混乱を招き、各地で起こる反乱を抑え込めず崩壊する。帝国崩壊後は、国内の内乱をいち早く制したフォーゲル家が王国を建国した。それが、フォーゲル王国の始まりである。

フォーゲル王国は建国に当たり、フォルカー教国発祥の宗教であるフォルカー教を国教と定めた。同時期に、シュナーベル家は王国より処刑人の職務を与えられる。フォルカー教が国教と定められたことと、処刑業務を命じられたことにより、シュナーベル家の状況は激変したのだ。

フォーゲル王国は、フォルカー教を国教に定めて以降、その唯一神信仰を手厚く保護してきた。ただし、王国民に強要はせず、信仰の自由は保証する。その一方で、フォルカー教信者でない者が様々な不利益を被《こうむ》る社会環境を構築した。例えば、フォルカー教信者でなければ、商売人は税制面の優遇を受けられず、王城に出仕する貴族には出世の機会が巡ってこない。また、領主が領地内に学校を建設する際には、教会を併設し学校で神学を学ばせるという法律が制定された。この政策により、庶民にも広くフォルカー教の教義は浸透していく。『神学を学ぶ機会を与えられながら、その知識を持たぬ者は真の愚か者だ』との、訳の分からない格言が生まれる頃には、貴族も庶民も身分に関係なく、国内はフォルカー教信者が大半を占めるようになっていた。こうして、フォーゲル王国は、フォルカー教に入信するのが当たり前の世を作り上げたのだ。

「フォーゲル王国の初代の王は、国を治める手段の一つとして他国の宗教を利用したのかな？」

フォーゲル王国がフォルカー教を国教と定めて以来、フォルカー教発祥の地であるフォルカー教国から多くの布教師がフォーゲル王国を訪れ、定住していった。布教師は王都に教会を建てると、本国の教皇より『フォルカー教教会』との名称を与えられ、一大勢力となる。

フォーゲル王国とフォルカー教教会は、互いの利益のために繋がりを深め、唯一神信仰の布教に務めた。

もっとも、フォーゲル王家はあくまでも王国民に宗教の自由を認め続けている。それが、フォルカー教教会の不満を招いていた。その不満は王家には向かわず、何故《なぜ》かシュナーベル家に向けられている。

フォルカー教教会は、唯一神の教義に反すると『死と再生を司《つかさど》る神』の存在を否定したのだ。そして、シュナーベル家に改宗を迫っている。

勿論《もちろん》、シュナーベル家は改宗を拒み続けた。改宗しないシュナーベル家とフォルカー教教会の確執は、時が経つにつれて深刻さが増す。フォルカー教教会はシュナーベル家が処刑人の職務にあることに目を付けると、処刑人は穢《けが》れた存在であると世間に流布《るふ》して回った。そして、フォルカー教の教義が王国中に浸透した現在、シュナーベル家は『不名誉な穢《けが》れた血脈』の一族だと、王国民に嫌悪され侮《あなど》られる存在となっている。

「シュナーベル家の人間に転生したら、作者の『月歌』先生になんだか腹が立ってきたぞ。『月歌』先生、シュナーベル家に対する扱いが酷《ひど》くないですか？　何か恨みでもあるのですか？」

侯爵位のシュナーベル家は高位貴族であり、多くの領地を所有している。だが、王国民に忌《い》み嫌《きら》われ差別的な扱いを受けていた。それでも、フォーゲル王国より与えられた処刑業務を返上することはできない。王家が認めなかったのだ。シュナーベル家は処刑人であり続けるしかなかった。

『不名誉な穢《けが》れた血脈』と揶揄《やゆ》されるシュナーベル家と縁を結びたいと望む貴族は皆無《かいむ》となり、近親婚や血族婚を繰り返すことで、シュナーベル家は血脈を存続させる。

その血族婚や近親婚さえも、フォルカー教の教義から反していると世間の目は厳しい。

「カールが『孕み子《はらご》』で、王太子殿下の妃となっていたなら……シュナーベル家への偏見も少しは払拭《ふっしょく》できたかもしれないのに。私ではなく、カールが『孕み子《はらご》』だったなら良かった。でも、運命は変えられない。そして、カールは死んだ……気持ちを入れ替えないと駄目だ」

BL小説『愛の為に』は、カールが亡くなった後の話がメインストーリーとなる。

想い人のカールを喪《うしな》ったヴェルンハルト殿下の喪失感と苦悩をたっぷりと描きながら、美しい男性達との恋愛関係が色っぽく展開されていく。つまりは、冴えない男である俺の出る幕はない。ここは大人しく妃候補としての役割を全うしよう。

俺が殿下に愛されることはない。

それで構わない。ヴェルンハルト殿下が好きで、妃候補となったわけではないのだから。

小説内の俺は妃にはなれなかった。つまり、殿下との間に子ができなかったということだ。今世《こんせ》でも、殿下の子ができず、俺は生家のシュナーベル家に帰されるに違いない。

殿下の親友になるという小説の内容については流れに任せるしかない。俺から積極的に殿下に接近する必要はないだろう。

小説の筋書き通りなら、俺の罪がばれることはない。とにかく、血族の者に首を刎《は》ねられることだけは、避けないといけない。それだけを、念頭に置こう。

◇◇◇◇◇

気分も体調も回復して俺がベッドから出て活動し始めた頃、兄のヘクトール・シュナーベルが俺の部屋を訪ねてきた。

ヘクトール兄上から庭園を共に散策しようと誘われ、俺は素直に応じる。

「王太子殿下からお前が気鬱《きうつ》になっていると聞き、心配した。大丈夫か、マテウス?」

「ヘクトール兄上。もしや、この庭園へのお誘いは殿下の提案ですか?」

「ああ、そうだ。王太子殿下より声を掛けられた。気鬱《きうつ》のお前を見舞って、庭園散策に誘えと命じられた。マテウスは殿下に随分と気に入られている様子だな? 少し意外に思う」

庭園は美しく整えられ、様々な花が咲き誇っていた。

だが、整えられすぎている気もする。シュナーベル家の広大な領地を馬で駆けると、自然の花々が群生する美しい景色に巡り会うのだ。その景色に、俺は何度も心を癒《いや》された。

「王城の庭園の花々も美しいですが、あまりに整えられていて自然を感じられません。シュナーベルの領地の野性的な花々が見たくなりました。ヘクトール兄上、領地を馬で駆け巡りたいです」

「ヴェルンハルト殿下が折角《せっかく》気を使ってくださったのだ。『王城の庭園では気が休まりませんでした』などと発言するなよ、マテウス?」

俺は思わず笑って、ヘクトール兄上を見る。確かに前世を思い出す前の俺ならば、そう発言してヴェルンハルト殿下の不興を買っていたに違いない。

「殿下の寝所でお前が『小姓を鞭打《むちう》て』と怒鳴ったと耳にした。その時は、マテウスはシュナーベル家に送り返されると思っていた。殿下はお前のどこが気に入ったのだろうな？」

「ヘクトール兄上、私は殿下に気に入られてなどいませんよ？　寝所のことは筒抜けのようですから、私が殿下に愛されていないことを知っているでしょ、ヘクトール兄上？　寝所で倒れてしまった私に殿下は同情してくださったようですね。お優しい方ですから」

ヘクトール兄上は軽く目を細めて俺を見つめた。そして、すっとこちらに向かって手を伸ばす。

「階段がある。手を取れ、マテウス」

「ヘクトール兄上、ありがとうございます」

数段の階段であったが、俺は素直にヘクトール兄上に手を預けた。

近親婚を繰り返すシュナーベル家では、子を孕《はら》める『孕《はら》み子《ご》』は大切に扱われる。冴えない容姿の俺でさえ大事にされるのだから、勘違いして傲慢《ごうまん》にもなるというものだ。

そんなことを考えながら階段を下りていると、不意にヘクトール兄上が身を寄せてきた。そして、俺の耳元で囁《ささや》く。

「本当に、気鬱《きうつ》の類《たぐい》ではないのだな？」

「秘密が漏れるのがそれほど心配ならば、私を早々に処刑してはいかがですか？」

「皮肉を口にするな、マテウス。俺はお前の身を案じているだけだ。俺がシュナーベル家次期当主に選ばれなければ、お前の兄となることはなかった。従兄弟関係の俺とお前は、伴侶となる可能性もあったが、今は兄として『親愛の情』を抱いている。そんな相手を処刑になどするものか」

俺はヘクトール兄上の言葉にハッとして息を呑んだ。互いの視線が一瞬絡んだが、先に視線を外したのは俺のほうだった。俺は呟《つぶや》くように言葉を紡《つむ》ぐ。

「私とヘクトール様が伴侶となった可能性……ヘクトール兄上、どうか私の心を惑《まど》わせないでください。従兄弟であった『ヘクトール様』はもう存在しません。目の前の貴方は、私の大切なヘクトール兄上です。そして、誰もが期待を寄せるシュナーベル家の次期当主です」

「……そうだったね。つまらないことを言った。すまない、マテウス」

シュナーベル家一族が世間から『不名誉な穢《けが》れた血脈』と見なされて以来、血縁者以外との婚姻が極端に減少した。特に本家はその傾向が顕著で、代々近親婚を繰り返している。

長く近親婚を繰り返した結果、血脈が濃くなった弊害が現れる頻度が増えていった。それは、肉体面よりも精神面に生じることが多い。そのため、シュナーベル本家では、現当主に血脈の弊害が見られた場合にのみ、最も重要な分家である『シュナーベルの刃』と呼ばれる一族から優秀な男子を選び次期当主として迎え入れると定めていた。

ヘクトール兄上が『シュナーベルの刃』から本家の次期当主に選ばれたのは、現当主の父上に、血脈の弊害が見受けられたせいである。

「ヘクトール兄上は、シュナーベル本家の次期当主に選ばれたことを重荷とお考えですか？」

「そうではないよ、マテウス。領地運営や処刑案件を纏《まと》める職務が、俺には向いていたようだ。

『シュナーベルの刃』の中では、弟のアルミンのほうが余程処刑人としての腕が良かったからね」

俺は幼馴染《おさななじみ》の名を聞き、思わず笑顔になった。アルミンの顔を思い浮かべつつ口を開く。

「シュナーベル本家の次期当主に選ばれたのがヘクトール様で本当に良かったです！　もしもアル

ミンが選ばれていたなら、シュナーベルの領地運営は即座に破綻していたに違いありません！」

ヘクトール兄上が俺の言葉に微笑《ほほえ》みを返す。そして、優しく俺の髪に触れた。

「弟のアルミンは、いずれ『シュナーベルの刃』を統括する立場になると思う。あいつは不真面目ではあるが、処刑人としての才能だけは群を抜いているからね」

「『シュナーベルの刃』は実力主義ですものね。領地でアルミンが罪人の首を斧で刎《は》ねるところを見ました。美しい所作で一刀のもと、罪人も苦しむことなく亡くなりました」

「アルミンは皆の希望により『シュナーベルの刃』を纏《まと》めるだろう。だが、俺はシュナーベル本家の血脈を薄めるためだけに選ばれた存在にすぎない。時々、自分の存在意義に戸惑《とまど》うよ」

ヘクトール兄上の視線が庭園に向けられる。その瞳は複雑な感情に揺れているように見えた。

「……ヘクトール兄上」

「お前を励ますつもりが、愚痴を言っているね。申し訳ない、マテウス」

「『シュナーベルの刃』で最も優秀な人物が、シュナーベル家の次期当主に選ばれると聞いております。それに、濃い血脈を薄める役目はとても大切なものです、ヘクトール兄上！」

俺はヘクトール兄上に身を寄せると、その体にしがみ付くようにして話し続ける。自然と声は硬くなり、同時に体が震え出した。

「シュナーベル家現当主である父上には、明らかな血脈の弊害が見られます。私とカールの産みの親であるグンナーは、父上の腹違いの弟だったのですよ？　なのに、父上は伴侶には全く関心を示さず彼を生家に返すと、腹違いの弟を三度も孕《はら》ませた。その挙句、グンナーは三度目の妊娠で子宮が裂けて……子も自らの命も流してしまった」

ヘクトール兄上が俺を落ち着かせようと肩を抱き寄せる。俺は息を整えようと深呼吸した。ヘクトール兄上は俺の背中に手をあてがい、呼吸のリズムを整えてくれる。

「マテウス、落ち着け」

「ヘクトール兄上……私もカールも、濃い血脈の澱《よど》みから生まれました。カールの異常な行動は、血脈の弊害の影響があったに違いありません。何時《いつ》か私にも血脈の弊害が現れるかもしれません」

俺の言葉に兄上が敏感に反応した。俺の唇に自らの指を押し当てる。

「たとえ人払いをしていても、このような会話は王城内では相応《ふさわ》しくないよ……マテウス」

「……確かにそうですね」

そして、会話を切り上げると俺から身を離した。その際に、俺の上着のポケットに手紙を差し込む。俺が視線を送ると、彼は僅《わず》かに笑った。

「シュナーベル家の現状を手紙に書いた。読んだ後は燃やしてくれ、マテウス」

「承知しました、ヘクトール兄上」


ヘクトール兄上と別れ自室に戻った俺は、渡された手紙を早速読むことにした。

封を切り便箋《びんせん》を取り出すと、封筒の中から押し花がはらりと卓上に落ちる。俺は思わずにやつきながら、それを拾い上げた。

あの端正で美丈夫なヘクトール兄上の趣味が押し花作りだということは、おそらく彼の婚約者も知らないことだろう。

「誰か来てくれる？」

「はい、マテウス様」

部屋の端で控えていた小姓が一人、俺に近づく。俺はヘクトール兄上から貰《もら》った数枚の押し花を彼に手渡して命じた。

「この押し花を活かしたしおりを作りたいのだが、可能だろうか？」

「紙職人に頼めば良いしおりができると思います、マテウス様」

「では、頼む」

「承知いたしました」

押し花を丁寧にハンカチに包んで懐《ふところ》に収めた小姓だが、まだ何か言いたげに俺の顔を見ている。

「どうした？」

「まだ、先触れはございません。ですが、今宵《こよい》はヴェルンハルト殿下より、マテウス様に閨《ねや》への誘いがあるかもしれません」

「お前は曜日を勘違いしているよ？　今日は、殿下は後宮で側室と過ごされる日のはず」

「マテウス様の体調が回復されたとお聞きになった殿下が、後宮行きを取りやめになさったと聞き及んでおります。前準備などはどういたしましょう、マテウス様？」

うーん、まじか。

後宮に住む側室達は、下級貴族や庶民出身の者ばかりだ。だが、国中から選び抜かれた彼らは、誰もが麗《うるわ》しい美貌の持ち主。もっとも、彼らが子を孕《はら》んでも妃にはなれない。ただ、妃候補に子ができなければ、側室の産んだ子が『王』になる可能性はゼロではない。

そのため、側室達は常に着飾り、美貌を保つための努力を怠《おこた》らなかった。

俺のような冴えない男をわざわざ抱かずに、ヴェルンハルト殿下は後宮の美男子達と楽しく過ごせばいいと思う。まあ、俺が妃候補である以上は、殿下の命令に従うしかないけどね。

「では、前準備を進めなくてはならないね。湯浴みの準備を頼む。知らせてくれてありがとう」

「感謝の言葉、痛み入ります」

部屋の小姓達が一斉に準備に取り掛かる。

小姓達への態度を改めてから僅《わず》かな日数しか経過していないのに、明らかに彼らが友好的に接してくれるようになった。やはり、日頃からの行いは大切だ。

相変わらず衛兵の態度は悪いものの、これは処刑人一族出身者への偏見のせいだろう。

「……無駄なことを考えても仕方ないな」

手紙には兄上の言っていた通り、シュナーベル家の現状が書かれていた。

シュナーベル家現当主のアルノーはシュナーベルの別邸で静養しているらしい。まあ、実際にはヘクトール兄上によって、監禁されたってところかな？

父は溺愛していた息子のカールを亡くして半ば正気を失い、介護が必要な状態なのだろう。兄上は食事制限を父に課して、衰弱死させる気かもしれない。息子カールの死を嘆《なげ》いて食事も喉を通らず……その末の病死か。

不意に虚《むな》しい気分になって、その気持ちを紛《まぎ》らわすために手紙の続きを読む。

「ヘクトール兄上は忙しそうだな」

以前から、次期当主のヘクトール兄上は、シュナーベルの領地運営と王城での勤めを兼任している。領地は王都と隣り合っており交通の便は良いが、負担は大きいはずだ。体調を崩さなければ良いのだが。

手紙には、『シュナーベルの刃』の現状にも触れていた。シュナーベル家の処刑人『シュナーベルの刃』は、現在、叔父一家が一手に担《にな》ってくれている。叔父のループレヒト・シュナーベルは父上の弟であり、幼馴染《おさななじみ》のアルミンの父親だ。そして、ヘクトール兄上の実父でもある。

「そろそろ、私も将来のことを考える頃合いかもな？」

妃候補に選ばれた『孕《はら》み子《ご》』が期間内に子を孕《はら》まなかったものの、王太子殿下に傍《そば》に望まれた場合。その時は、殿下の側近として王城に留まる。殿下の話し相手が主な仕事だが、時には閨《ねや》を共にすることもあった。但《ただ》し、殿下の子を孕《はら》まないように、王家秘伝の避妊薬を飲む。

この避妊薬は毒性の強い植物から作成されているらしく、多用すると早死にする羽目になる。

逆に、王太子殿下に傍《そば》にいることを望まれなかった場合。俺の場合はこちらだろう。その時は生家に戻り、家が定めた相手と婚姻を結んで子を孕《はら》むことを求められる。まあ、シュナーベル家は血族婚だろうから、顔見知りと婚姻するのだろう。

「王太子殿下の使いの者が参りました。今宵《こよい》、殿下はマテウス様と寝所で共に過ごすとのことです」

「分かった。湯浴みと前準備を急ごう」

「承知しました」

俺はヘクトール兄上からの手紙を燃やすと、殿下と閨《ねや》を共にするための前準備に取り掛かった。

◇◇◇◇◇

ヴェルンハルト王太子殿下の寝所に召されて、俺はその異変に気が付いた。

数人の小姓が部屋の片隅に控えてはいるが、何時《いつ》もより人数が少ない。俺は違和感を覚えながらも、妃候補として殿下の相手を務める。

今宵《こよい》の殿下は、何故《なぜ》か激しく猛《たけ》っていた。何時《いつ》もは義務的に抱くのに、激しく俺を抱き寄せ体内を貫《つらぬ》く。

「あぁ……ひぁ、やぁん、殿下ぁ……はぁ、はぁはぁ……あぁ！」

「はぁはぁ……はぁ……はぁ」

体内をペニスで貫《つらぬ》かれ、俺は快感と同時に痛みに身を震わせる。

うつ伏せにされ殿下に腰を強引に引き寄せられ、あられもない姿で激しくペニスを挿入された。

幾度もペニスで擦られた腸壁の襞《ひだ》からジワリと体液が溢れ、ヴェルンハルト殿下のペニスをきつく締め上げる。

殿下は快感の息を吐きながら激しく腰を動かし、体内に射精した。

「くっ……！」

「ぁあ、殿下……はぁはぁ……んあっぁ……」

精液を体内にとどめる処置をするためには、ペニスを抜いてもらわないといけない。だが、殿下は体を繋いだまま、ペニスを抜く気配を見せなかった。

腹部に苦しさを覚えた俺は、殿下に許しを請《こ》う。

「はぁはぁ、ぁ……殿下……ぁあ……もうお許しください、ペニスを抜いていただき処置を……」

「まだだ、マテウス……体位を変える」

「んぁ……ひぁ！」

挿入されたペニスが、いきなり体内から引き抜かれた。そして俺は、うつ伏せから仰向《あおむ》け状態にされベッド上で転がされる。その拍子に、体内に溜まっていた精液が太ももに流れ出るのが分かった。

精液に濡れた太ももを殿下に掴まれ、引き寄せられる。大きく脚を開かされ片足を殿下の肩に乗せられた。

羞恥心《しゅうちしん》から体を熱くしながらも、俺は次の衝撃に備《そな》えてシーツをギュッと握りしめる。

「あぁっ、あんぁ!!」

「くっ」

再び体内に突き込まれたペニスは、腸液で潤《うる》み始めた直腸を滑るように最奥を貫《つらぬ》いた。

何時《いつ》の間にか俺は涙目になり、意識が途切れがちになる。体は快感に溺《おぼ》れきっていて、ペニスで前立腺を擦られた瞬間に、俺は射精していた。殿下の腹部を自身の精液で穢《けが》してしまったことに愕《がく》然《ぜん》として、朦朧《もうろう》としつつも謝罪する。

「はぁはぁ……も、申し訳ございません……殿下、精液が……腹部にっ、んあぁ……」

「構わん、俺も限界だ……くっ!!」

「はぁん……中があたたかい……」

無意識に呟《つぶや》いてしまって、俺は慌てて口を閉ざす。

だが、妃候補の役目として、今度こそ殿下の子種が流れ出ぬようにする必要がある。体を繋いだままの殿下の体にそっと触れると、囁《ささや》いた。

「殿下……処置を……」

「……」

「ヴェルンハルト殿下？」

「その必要はない。処置をする小姓は、寝所にはいない。マテウス……抜くぞ」

「んっぁ！」

アナルからペニスが抜かれ、とろりと精液が流れ出てベッドのシーツを濡らす。流れ出る殿下の精液を肌に感じながら、寝所に入室した時の違和感の正体にようやく気が付いた。

子種を体内から出さぬ処置をする小姓が、見当たらなかったのだ。

つまり、俺は妃候補ではなくなったということなのだろう。

体を起こそうとして眩暈《めまい》を起こし、俺は殿下に抱きとめられた。

「大丈夫か、マテウス？」

「申し訳ございません、ヴェルンハルト殿下。早々に寝所より退出いたします。これまでの数々のご無礼をどうぞお許しくださいい、王太子殿下」

「待て、しばらく俺の傍《そば》にいろ。ベッドに横になると良い。体を楽にしろ、マテウス」

「では、お言葉に甘えさせていただきます」

確かに体は疲れ切っていた。

殿下の言葉に逆らっても仕方がないので、俺はベッドに横になる。

それにしても、ヴェルンハルト殿下も人が悪い。俺が妃候補でなくなったのなら、もう抱く必要はないはずだ。なのに激しく抱くから、少しは殿下に気に入られたのかと勘違いしてしまった。快感に溺《おぼ》れ、殿下に向かって射精した自分が恥ずかしい。

◇◇◇◇◇

現在、ヴェルンハルト王太子殿下の妃候補は俺を含めて三人いる。だが、二人の妃候補が孕《はら》んだとは耳にしていない。

彼らと競い合っていたつもりは、俺にはなかった。だが、俺が一番の新入りであり、妃候補としての期間はまだ十分に残されている。その俺が真っ先に不要だと殿下に判断されるとは、不甲斐《ふがい》なくて情けない気分になってきた。

まあ、冴えない容姿の男を抱くのは、ヴェルンハルト殿下にとって苦痛だったに違いない。

俺はこのまま生家に戻されるのだろう。これからの人生設計を、早急に立てる必要がありそうだ。

これからの生活について考えていると、不意に殿下に髪を撫《な》でられる。俺は思考をいったん停止させた。

冴えない容姿の男でも、ベッドの上で微笑《ほほえ》めば……少しは可愛く映るかもしれない。

俺は控えめに微笑《ほほえ》み、殿下に視線を送る。殿下はなんとも愛《いと》おしそうに俺の髪を撫《な》でていた。そして、目を細め柔らかく微笑《ほほえ》む。

「マテウスはカールと同じ髪色をしているな。カールは赤茶色の髪が気に入らなかったようだが、俺は気に入っていた。綺麗な色だと何度も伝えたのに、あいつは金髪が良かったと不貞腐《ふてくさ》れていた」

「愛らしいカール。カールは大好きな殿下と同じ髪色になりたいと思ったのではないでしょうか？

カールは殿下の髪色が大好きだと、何度も私に申しておりました。青空の下では黄金色に輝き、その凛々《りり》しいお姿に惹《ひ》かれてやまないと……顔を赤らめて申しておりました」

「カールがそのようなことを言っていたとは知らなかった」

全て嘘っぱちなので、殿下が知らなくても当然だ。

幼い頃は、常にカールが隣にいた記憶がある。だが、産みの親のグンナーが亡くなると、父はカールだけを連れて別邸で暮らし始めたのだ。それ以来、弟と会う機会は年に数えるほどになった。

成長したカールとは、長く会話をした記憶がほとんどない。

なので、カールが自身の髪色を嫌っていた理由など、俺が知るはずもなかった。

それにしても、ヴェルンハルト殿下はカールを想いながら俺の髪を撫《な》でていたのか。先ほどまで激しく抱き合っていた相手に別の男の名前を出されるとは、なんとも切ない。

でも妃候補として、ヴェルンハルト殿下の想い出話には快く付き合うべきだろう。

「弟のカールとは産みの親が同じです。容姿は全く似ていませんが、この赤茶色の髪だけはカールとそっくりです。なので、この髪に触れると……カールとの思い出が溢れ出します」

「俺もお前と同じだ。マテウスの髪に触れると、カールとの想い出が幾《いく》つも溢れて止まらなくなる。マテウス、もう少し髪に触れていても良いか？」

「殿下、どうぞ触れてください」

ヴェルンハルト殿下が優しく髪に触れる。

それは構わないのだが、俺はこれからの身の振り方が気になって仕方がない。そろそろ殿下に妃候補を正式に外されたのかどうか、確認しよう。

俺はタイミングを見計らって、慎重に話し掛けた。

「ヴェルンハルト殿下、私は正式に妃候補ではなくなったのでしょうか？」

そう尋ねると、ヴェルンハルト殿下は不意に真顔になり髪を撫《な》でるのを止《や》める。そして、俺の顔を覗き込むようにして言葉を紡《つむ》いだ。

「マテウス……お前は、傲慢《ごうまん》さを演じることで自分を守ってきたのか？」

ん？　なんだその質問は？

殿下にそう真顔で聞かれても、返事のしようがない。

前世に目覚める前の俺は、確かに傲慢《ごうまん》な人間だった。それが演技なのかと聞かれても、なんのために演じる必要があるのかと問い返したい。まあ、聞かないけど。

「それはどういう意味でしょうか、殿下？」

殿下は俺の髪に一瞬触れたが、その手は遠のいていく。苦い表情を浮かべて、ゆっくりと話し出した。

「カールはお前を傲慢《ごうまん》な人間だと評していた。『マテウス兄上は傲慢《ごうまん》な振る舞いを重ねたせいでシュナーベル家の使用人達にも嫌われてしまった』『マテウス兄上が産みの親が同じ弟の僕にも傲《ごう》慢《まん》に振る舞うので辛《つら》くて悲しい』……カールはそう嘆《なげ》いていた」

シュナーベル家で傲慢《ごうまん》に振る舞った記憶はない。カールは俺を貶《おとし》めることで何か得るものがあったのだろうか？

「……さようですか」

「俺はカールを妃にと望んでいた。そのカールが兄から酷《ひど》い扱いを受けているなら、俺はマテウスを罰するべきだと考えた。そして、シュナーベル家の内情を調べるように臣下に命じる。残念ながら、シュナーベル家の密偵に阻止され、表面上の情報しか得られなかったがな。だが、その情報の中に望むものはあった。マテウスはシュナーベル家で傲慢《ごうまん》な振る舞いなどしていなかった」

「ヴェルンハルト殿下……」

「カールは俺に嘘をついていた。だが、その事実を受け入れるのは容易ではない。実際、マテウスには悪い噂があったからな。お前は王立学園に通っていた時期があったな？」

「確かに、私は王立学園に通っておりました。ですが、卒業することなく退学しております」

「その当時の噂が今も貴族間で話題にあがる。マテウスは学園で下位貴族に対して傲慢《ごうまん》に振る舞い、学園の生徒達から疎《うと》まれていたと耳にした。また、お前が学園内の空き教室に生徒や教師を誘い込み、淫《みだ》らな行為を行っていたとの話も流れている」

「王立学園において、私が下位貴族に傲慢《ごうまん》な振る舞をしたのは確かです。ですが、男を誘って淫《みだ》らな振る舞いなどはしておりません。その噂は否定します」

「それについては、理解しているつもりだ。寝所で初めて抱いた時に分かった。お前の体は男を知らなかった。あまりに初心《うぶ》な反応に、俺のほうが戸惑《とまど》ったくらいだ」

殿下の言葉に俺は狼狽《うろた》える。事実そうなのだが、はっきりと指摘されると恥ずかしい。

「あ……その、殿下」

「そうであろう？」

「その通りです、ヴェルンハルト殿下」

「マテウス。何故《なぜ》、王立学園を辞めた？」

王立学園時代には、苦い思い出しかない。自分の堪《こら》え性《しょう》のなさを考えると情けなくなる。

それでも、ヴェルンハルト殿下に尋ねられた以上は理由を話すしかない。

「シュナーベル家の次期当主であるヘクトール兄上は、王立学園を首席で卒業しました。私は兄上に憧れ、シュナーベル家の反対を押し切り王立学園に入学しました。ですが、私は学園に入学して初めて、処刑人一族であるシュナーベル家への偏見に晒《さら》されたのです。私はシュナーベル家で大切に守られて育ち、現実を全く知りませんでした。生徒や教師が蔑《さげす》む眼差《まなざ》しを毎日私に向けてきました。ヘクトール兄上はその環境下でも首席で卒業しました。私もそうありたかったのです。ですが、私は心が折れてしまいました。そして、私を蔑《さげす》む下位貴族に傲慢《ごうまん》な態度を取るようになったのです。その行為が私の立場を更に悪くすると気が付かないほど……私は平常心を失っておりました」

涙が滲《にじ》み出て、俺はシーツを手繰《たぐ》って王太子殿下から顔を隠す。

「マテウス……」

殿下の声に反応して、俺はシーツから顔を上げた。

目が赤くなっているだろうが構わない。どうせ、妃候補を外されたのだ。殿下とプライベートな会話をするのも、これが最後かもしれない。ならば、思ったことや感じたことを全て伝えればいい。そのせいで罰せられても構わなかった。

但《ただ》し、カールを殺害した罪だけは、絶対に話してはいけない。大丈夫、今の俺は冷静だ。

「私に退学をすすめたのはヘクトール兄上です。兄上は私を醜《みにく》いと評しました。確かにその通りです。高位貴族も下位貴族も、教師さえも、処刑人一族の私を蔑《さげす》みました。ですが、私が傲慢《ごうまん》に振る舞ったのは、下位貴族にのみです。私は地位の弱い者に溜まった怒りをぶつけていました。その心根を、兄上は醜《みにく》いと評したのです。私はヘクトール兄上の指示に従い、学園を退学して領地に戻りました。その後、領地を馬で駆け自然に触れて、私は再び以前の心を取り戻したのです」

今すぐにシュナーベルの領地を馬で駆けたい。美しい自然と優しい一族の皆の笑顔が恋しい。

「だが、亡くなったカールの身代わりとして、お前は妃候補となり再び王都に来ることになった。王城での生活はお前にとって辛《つら》いものだったのか、マテウス？」

「ヴェルンハルト殿下。王城での生活は、私にとって王立学園での生活と同じでした。妃候補として迎えられた私ですが、処刑人一族への蔑《さげす》みの眼差《まなざ》しは避けられませんでした。そして、私は再び傲慢《ごうまん》な態度を取るようになりなした。その矛先《ほこさき》は、私の身の回りの世話をする小姓達に向けられました。醜《みにく》い心根が……私を、また支配したのです」

ヴェルンハルト殿下が不意に俺の頬を撫《な》でた。その苦しげな表情に、俺まで苦しくなる。

「カールは俺の初恋だ。カールがシュナーベル家の出自と知った側近は、俺から強引に引き離そうとした。だが、俺の想いは変らなかった。俺は焦《あせ》りを募《つの》らせ、王家の慣習を無視したんだ。そして、強引にカールを妃として王城に召し上げようとした。その行為は明らかに側近や貴族達の反感を買う。そして、反感は怒りとなり……その矛先《ほこさき》がカールに向いてしまった」

「殿下‼」

「妃に迎える直前に、カールは攫《さら》われ酷《ひど》い殺され方をしたのだ。妃にと望んだことが、カールに死をもたらしたとしか思えない。カールの死の真相について調べるよう、俺は側近に指示を出した。だが、結局は何も掴めていない。側近達は、シュナーベルの血脈が王家に流れることに反対していた。そんな彼らが真剣にカールの死の真相を調べたとは到底思えない。俺は何を信じ、誰を信じれば良いのか……分からなくなってしまった」

小姓が部屋の隅で控えているが、会話は聞こえていないはずだ。だからこそ、王太子殿下は胸の内を吐露《とろ》しているのだろう。

閨《ねや》での会話は寝所を出たら忘れるのがマナーだ。だとしても、ヴェルンハルト殿下は俺に対して心の内を話しすぎている。

「妃候補として迎えたお前は、大人しく穏やかに見えた。だが、時が経つにつれて、王城でも傲慢《ごうまん》に振る舞うようになった。寝所で俺が冷たい態度を取れば、お前は自室の小姓に辛《つら》く当たる。俺はそんなお前の態度を見聞きして、カールの言葉が正しかったのだと思った。カールの言った通り、マテウスは傲慢《ごうまん》で性悪男なのだと思った。いや、そう思い込みたかった。カールが……俺に嘘をついたとは思いたくなかった」

「……殿下」

小説内のヴェルンハルト殿下は、カールに対して一切不信感を抱いてはいなかった。だが、今世《こんせ》の王太子殿下は、カールに対して不信感を抱いている。

小説内の殿下と今世《こんせ》の殿下を、同一視するのは危険かもしれない。小説内では書かれていなくても、今世《こんせ》の殿下がカール殺害の嫌疑を俺に向けている可能性を完全には排除できないのだ。作者の『月歌』先生が、小説内には書かなかった裏設定がそこかしこに隠されている可能性がある。

今は用心しながら会話を続けるしかないか？　とにかく、俺がカールに対して悪意を持っていないことを示すべきだな。

「弟のカールは殿下に嘘など申してはおりません。私は王城で確かに傲慢《ごうまん》な態度を取っていました。殿下もご存じでしょう？　寝所でディルドの挿入に失敗した小姓に『鞭《むち》を打て』と罵倒《ばとう》した私の姿はとても醜《みにく》かったでしょ？　私の心根は醜《みにく》く歪《ゆが》んでおります。環境の変化で私の心はすぐに折れて、傲慢《ごうまん》で性悪な男に変貌するのです。カールは醜《みにく》い私の内面を見抜き、殿下に正直に伝えたのでしょう。カールはとても素直で、嘘などつける性格ではありません。それはカールを愛してくださった殿下が一番ご存じのはずです。そうではありませんか、ヴェルンハルト殿下？」

王太子殿下はその問いには応じることなく、俺の頬を撫《な》でた。そして、俺の耳元に顔を近づけ小声で囁《ささや》く。

「マテウス、聞け。前回、ディルドの挿入に失敗した処置係の背後関係を調べた。あの小姓の推薦状を書いたのは、ディートリッヒ家に関わりのある者だ」

「ヴェルンハルト殿下。王城では上位貴族の推薦状を持った小姓のみを雇っています。侯爵家であるディートリッヒ家の推薦状を持った小姓が寝所で務めを果たしていてもおかしくはありません」

「ディートリッヒ家がシュナーベル家を敵視しているのは有名な話だ。それでも、マテウスは思うところはないのか？」

「殿下は……何を仰《おっしゃ》りたいのですか？」

「お前が子を孕《はら》まぬように……あの処置係の小姓がディルドの挿入をわざと失敗した可能性がある。ディートリッヒ家の関係者が処置係に圧力を掛けた。そして小姓が実行した。そうは思わないか、マテウス？」

「王太子殿下、私には何もお答えすることができません」

ディートリッヒ家がシュナーベル家を快く思っていないのは確かだ。だが両家は、フォーゲル王国の謀《はかりごと》によって仲違いさせられたようなもの。なのに、王族のヴェルンハルト殿下こそ、両家の確執に何も思うことがないのだろうか？

まあいい……それより問題は、殿下がこの場でディートリッヒ家の名を出したことだ。

俺が妃候補を外された件に、ディートリッヒ家が関わっているのだろうか？

黙っていると、ヴェルンハルト殿下は俺の瞳を覗き込みながら言葉を紡《つむ》いだ。

「ディートリッヒ家は『孕《はら》み子《ご》』が滅多に生まれぬ家系だ。それ故《ゆえ》に、ディートリッヒ家に『孕《はら》み子《ご》』が生まれ無事に適齢期を迎えた場合、必ず王位継承者が無期限の妃候補として王城に迎え入れるのが習わしとなっている。そのことはマテウスも知っているな？　今回、俺はディートリッヒ家の『孕《はら》み子《ご》』を妃候補として迎えることとなった」

俺は堪《こら》え性《しょう》がない。思わず皮肉を込めて殿下に祝いの言葉を述べる。

「『栄誉ある好ましい血脈』であるディートリッヒ家の妃候補を迎えられるのは何よりも喜ばしいことです。どうぞ、新しくお迎えになる妃候補を大切になさってください。『不名誉な穢《けが》れた血脈』の妃候補であるマテウスが、王太子殿下にお喜びを申し上げます」

俺の皮肉に反応した王太子殿下は、目を細めて薄い笑みを浮かべた。感情の読めない笑みに俺は戸惑《とまど》う。

小説内の殿下ならば、このような笑みは浮かべないはずだ。やはり、小説内と今世《こんせ》の殿下は別物と考えたほうが良さそうだ。

ヴェルンハルト殿下が俺を見つめたまま、ゆっくりと口を開く。

「『栄誉ある好ましい血脈』と『不名誉な穢《けが》れた血脈』か。マテウスは皮肉屋だな？　だが、お前が皮肉を言いたくなるのも無理はない。今回、ディートリッヒ家は、妃候補を王家に差し出すにあたって条件を付けてきた。その条件とは、マテウス・シュナーベルを妃候補から外すことだ。そして、王侯貴族はそれを喜んで承認した。お前を外す機会を以前から窺《うかが》っていたからな。シュナーベル家から金を貰《もら》ってお前を妃候補に推薦した者さえ、前向きな姿勢を見せたと聞く」

「では……私はやはり、ヴェルンハルト殿下の妃候補ではなくなったのですね？」

「ああ、そうだ。マテウス・シュナーベルは、俺の妃候補ではなくなった」

王家に『不名誉な穢《けが》れた血脈』を入れないようにディートリッヒ家が画策した結果、俺は妃候補から外されたということか。そして、誉れあるディートリッヒ家の後ろ盾を得るために、ヴェルンハルト殿下もこの取引に応じたわけだ。

まあ、ただ単純に殿下に嫌われて、妃候補を外されるよりはましかな？

それにしても、『栄誉ある好ましい血脈』と『不名誉な穢《けが》れた血脈』とは嫌な響きだ。

さて、そろそろ皮肉屋は止《や》めて、大人しく王城を去りゆく妃候補を演じよう。俺は少し微笑《ほほえ》みながら、ヴェルンハルト殿下の胸に顔を沈めてそっと囁《ささや》いた。

「ヴェルンハルト殿下。私は殿下に抱かれて、初めて男性に抱かれる喜びを知りました。できれば殿下のお子を産みたかった。ですが、私よりも相応《ふさわ》しい妃候補が現れたのだとすれば、それは喜ばしいことです。王太子殿下、これまでの数々のご無礼をお許しください」

「……マテウス」

「私はシュナーベルの領地より、王太子殿下の幸せをお祈りいたします」

挨拶《あいさつ》が済み、俺は殿下から身を離そうとする。

だが、逆に抱きしめられた。互いに裸のままで、自然に顔が熱を持つ。

今夜は激しく抱かれたのでまだ体が火照《ほて》っている。それをヴェルンハルト殿下に知られるのが恥ずかしかった。

「王太子殿下、自室に戻るお許しをいただけますでしょうか？」

「駄目だ、マテウス」

「ヴェルンハルト殿下」

「話がまだ残っている」

ヴェルンハルト殿下にそう言われては、自室に戻るのは諦めるしかない。だが、このまま裸で抱き合って会話をするのだろうか？　恥ずかしいから……薄衣《うすぎぬ》だけでも羽織《はお》りたい。

「マテウス、聞け。俺は……ディートリッヒ家がカール殺害に関与していると思っている」

まずい、反応が遅れた。完全に油断していた。これ以上この会話を聞かされると、殿下の思惑《おもわく》に巻き込まれる。

耳を塞《ふさ》ごうとした俺の両腕を、殿下が掴み離さない。俺は殿下から顔を背《そむ》けて、拒否の意思を示した。だが、ヴェルンハルト殿下が許してはくれない。

「殿下、お止《や》めください。そのお話は聞きたくありません！」

「マテウス、俺はお前を親友として王都に留めおく。俺の相談相手として王城に出仕してくれ。そして、『王太子殿下はカール殺害犯を今も探している』と王城で噂を流せ。もしも、ディートリッヒ家がカール殺害に関与しているなら、必ずお前に接触してくるはずだ。お前が怪しいと感じた人間は、身分に関係なく全て調べ上げる。報告は……寝所で聞く。人払いはできないが、閨《ねや》なら睦《むつ》み言《ごと》として扱われる。俺に協力してほしい、マテウス」

「殿下！」

やられた！　王太子殿下は俺を囮《おとり》に使って、カール殺害犯をあぶり出すつもりだ。

小説『愛の為に』の記述通り、俺はヴェルンハルト殿下の『親友』として王城に出仕することになるのか？　だけど、この関係を親友とは呼ばないだろう。それに、報告を寝所で聞くとかあり得ない！

殿下が知らないはずないよな？　妃候補を外された後も王城に残る『孕《はら》み子《ご》』が、殿下と閨《ねや》を共にする際には子を孕《はら》まない処置が必要になる。殿下の寝所に召される度に、避妊薬代わりの毒薬を飲まされては俺の身が持たない。ヴェルンハルト殿下は……俺に、早死にしろと命じているのか？

「承知してくれ、マテウス」

「分かりました……王太子殿下の命に従います」

ううう、ヴェルンハルト殿下の圧力に負けて承知してしまった。

確かにカール殺害に際して、俺はディートリッヒ家に疑いが向くように計画を立てている。

でも、王太子殿下がディートリッヒ家に対して疑いを持っているとの情報を、俺は得ていなかった。まさかとは思うが、殿下は既《すで》にカール殺害の主犯格が俺だと目星を付けていて、寝所で抱き殺すつもりじゃないだろうな？　これも『月歌』先生が仕掛けた裏設定なのか？　駄目だ……もう、よく分からなくなってきた。

とにかく、ヴェルンハルト殿下は俺に対して少しも好意など抱いていない。激しく抱いたのも、俺の思考を削ぎたかったからだろう。

そして、俺は呆気《あっけ》なくその罠に嵌《はま》り、殿下の『駒』となった。

結局、王族であるヴェルンハルト殿下は支配する側で、臣下の俺は支配される側ってことだな……それは歴史が証明していた。

◇◇◇◇◇

ローランド帝国が崩壊する以前は、ディートリッヒ家とシュナーベル家は共に伯爵位にあった。しかしローランド帝国が倒れると、王座をめぐって国中を巻き込む内乱が起こる。その末に王座を掴んだのが、フォーゲル家であった。そして、彼らによりフォーゲル王国が樹立される。そのフォーゲル家に忠誠を誓い、内乱時に大いに活躍したのが、ディートリッヒ家とシュナーベル家だ。ディートリッヒ家は軍事を重んじる家柄で、勇敢な歩兵や騎兵を多数輩出していた。フォーゲル家に敵対する勢力を正攻法でことごとく打ち破り、華々しい活躍を見せたのだ。多くの英雄を輩出したディートリッヒ家は、最大の敵対勢力を殲滅《せんめつ》し内乱に終止符を打つ。

一方、シュナーベル家は『死と再生を司《つかさど》る神の末裔《まつえい》』として、代々、医療と処刑術に精通した家柄であった。その特性を活かし、内乱中は多くの医療従事者を派遣して多数の兵士の命を救う。同時に、密偵を国中に放ち、敵と通じた味方勢力の貴族を内偵により次々に暴き出すと公開処刑を行い、多くの人の命を奪った。どれほど高い身分の者であっても裏切り者を容赦なく処刑するシュナーベル家は、敵からも味方からも恐れられる存在になる。

内乱を制して新王国の玉座を得たフォーゲル家は、内乱中に最も活躍したディートリッヒ家とシュナーベル家に、褒賞として侯爵位を与えた。もとより広大な領地を有していた両家は、フォーゲル家が建国した王国で更なる栄誉と繁栄を手にできるものと信じていた。だが、華々しく活躍した両家を警戒したフォーゲル王家は、時を掛けて両家の力を巧みに削《そ》いでいく。

ディートリッヒ家には内乱後も度重なる軍役を課された。王家への忠義を重んじるディートリッヒ家の家風は、領地と領民を疲弊させても軍費を捻出する。そして、王家に命じられるままに外敵と闘った。その結果、領地は荒れ果て財政は破綻寸前にまで追い込まれている。だが、忠義に厚いディートリッヒ家の家名は、『誉れ高き一族』として国中に広まった。王公貴族は挙《こぞ》って、ディートリッヒ家の血脈を気高きものとして扱う。ディートリッヒ家がフォーゲル王国樹立で手に入れたものは、『栄誉ある好ましい血脈』と『侯爵位』と『荒れ果てた領地』だった。

シュナーベル家は、多神教国家であったローランド帝国時代には『死と再生を司《つかさど》る神の末裔《まつえい》』として畏《おそ》れと敬《うやま》いの対象となっていた。だが、フォーゲル王国がフォルカー教を国教と定めたことで状況が一変する。フォルカー教においては、『死と再生を司《つかさど》る神』の存在は否定された。また、フォルカー教の教義では、処刑人は不浄な者として扱われ、あらゆる階級の貴族に蔑《さげす》まれる。シュナーベル家は内乱後も王家により処刑人の任務を命じられ、差別的な扱いを受けるようになった。

シュナーベル家がフォーゲル王国樹立で手に入れたものは、『不名誉な穢《けが》れた血脈』と『侯爵位』と『ローランド帝国時代から治める豊かな領地』だ。

そして時を経て『栄誉ある好ましい血脈』のディートリッヒ家は、『不名誉な穢《けが》れた血脈』のシュナーベル家と同じ侯爵位にあるのを嫌うようになる。同時に、『穢《けが》れた血脈』のシュナーベル家が、ディートリッヒ家よりも豊かな領地を治めていることに不満を抱く。

こうして、両家の確執は深まっていった。

第二章

ディートリッヒ家の『栄誉ある好ましい血脈』を受け継ぐ妃候補を王家が迎えるとあって、王都中が華やいでいた。

王城に務めるヘクトール兄上の執務室の窓からは、王都の街並みがよく見える。

俺は窓辺に立って、ディートリッヒ家の馬車が徐々に王城の門に近づくのを眺めていた。王都の人々が集まり、馬車が時折立ち往生している。警備上どうなのかと、余計な心配をしてしまうほどだ。

「マテウス、窓辺は体が冷える。こちらに座って温かい紅茶を飲みなさい。この騒ぎが収まってから、王都のシュナーベルの邸《やしき》に向かうと言ったはずだよ？　子供のように部屋をウロウロしないで、ソファーに座って待ちなさい」

そう声を掛けられて視線を向けると、兄上が黙ってこちらを見つめていた。なんとなくその視線から逃れたくて、俺は返事もせず再び視線を窓の外に向ける。それとほぼ同時に、王城から歓声が上がった。どうやら、ディートリッヒ家の妃候補が乗った馬車が王城の門を無事通り抜けたようだ。

不意に、俺は皮肉を口にしたくなった。悪い癖だと分かってはいるのだが、中々止《や》められない。芝居がかった口調で言葉にする。

「『栄誉ある好ましい血脈』の妃候補は華やかに王家に迎えられ、同日、『不名誉な穢《けが》れた血脈』の元妃候補はひっそりと王城を去る。兄上、ディートリッヒ家は意地悪です。私は悲しみに暮れて王城を去るというのに、まさかその日に妃候補を入城させるとは思いもしませんでした」

ヘクトール兄上はティーカップをテーブルに置くと、呆れた表情で俺を見つめた。

「皮肉を口にするな、マテウス。お前の悪い癖だぞ？　直したほうが良い」

「ヘクトール兄上は悲しみに暮れる私を慰《なぐさ》めてはくださらないのですか？」

「少しも悲しんでいないのを、どう慰《なぐさ》めろと？　それよりもこれからのことを話し合いたい」

「……承知しました」

つい甘えが出て、ヘクトール兄上と言葉遊びをしてしまった。

俺が王都に残る以上は、兄上にこの先も色々と迷惑をかける。これからのことを話し合うのは重要なことだ。

俺は指示に従い、兄上の向かい側のソファーに座った。ヘクトール兄上が俺を見つめながらゆっくりと話し始める。

「マテウス、よく聞いてほしい。俺はお前が妃候補を外された翌日に、王太子殿下より直接手紙をいただいた。その手紙には、お前を王城に出仕させる理由が詳しく書き記されていた。俺はその内容に驚きつつも、お前からの説明を待っていたんだ。だが、お前は一向に俺に説明しに来ず、王城を去る日になった。俺はマテウスの兄として、非常に悲しかったことを伝えておく」

俺が王都に残る本当の事情をヘクトール兄上には話して良いと、ヴェルンハルト殿下から許可を得ていた。加えて、殿下からも兄上に事情を伝えてくださることになっていた。それで俺は殿下に全てを任せて、ヘクトール兄上には何も話さずにいたのだ。ヘクトール兄上に殿下との閨《ねや》での会話を話すことに躊躇《ためら》いを感じたからである。

でも、俺が直接説明することでヘクトール兄上が安心するのなら話すべきだよな。

「分かりました。ではまず、ヘクトール兄上への説明が遅れた件についてご説明いたします」

俺は真面目な表情で説明を始めた。

「殿下の『親友』として私が王城に出仕する本当の理由を王太子殿下からヘクトール兄上に説明していただきたいと私がお願いいたしました。王太子殿下から説明があれば、兄上が安心してくださると考えたからです。私は寝所にて……殿下より『親友』として王城に出仕するように伝えられました。そして、殿下の命に従うことにいたしました。ですが、殿下と寝所で交わした会話を兄上に伝えるのは恥ずかしく、話すのを躊躇《ためら》ってしまいました。……どうか、お許しください」

不意にヘクトール兄上がソファーに深く座り込み、天井を見上げる。だが、すぐに視線を俺に戻すと、ゆっくりと言葉を紡《つむ》いだ。

「寝所で王太子殿下より酷《ひど》い扱いを受けたお前が、約束事を強要されて引き受けたに違いないと俺は考えていた。だが、違ったのだね？　マテウスは何か考えがあって、この件を引き受けた。もしそうなら、危険な橋を渡っていることを自覚してほしい。ヴェルンハルト殿下と閨《ねや》で交わした会話を兄に話したくない気持ちは分かる。だが、俺が欲しているものは殿下との甘い会話ではない。ヴェルンハルト殿下からいただいた手紙と、お前が寝所で殿下と交わした約束事が、完全に一致しているのかを把握したいだけだ。不敬に当たるが、俺には軽々に王太子殿下を信じることができない。俺の気持ちを分かってほしい、マテウス」

ヘクトール兄上が真剣な表情で話す。だが、どうも兄上は勘違いしているようだ。『マテウスは何か考えがあって、この件を殿下より引き受けた』と兄上は言ったが、俺は全くもって考えなしに今回の件を引き受けてしまった。

そう伝えたら、ヘクトール兄上は怒るかな？　怒るよな？　話したくはない。だが、話すしかない。俺には全く非がないことをアピールしながら、話すしかない！

息を吐き出して気持ちを落ち着かせると、俺は一気に言葉を紡《つむ》ぎ出《だ》す。

「ヘクトール兄上、私は王太子殿下に問題があったと思います！　あの日、ヴェルンハルト殿下は何時《いつ》もより激しく私を抱き、疲れさせて思考能力を奪ったのです。疲れ切った私の脳は……殿下の前で裸体であるのが恥ずかしく、『薄衣《うすぎぬ》を身に纏《まと》いたい』などと平和なことを考えておりました。その瞬間を狙われたのです。例の『親友』の件を殿下は突然切り出すと、私に引き受けるように要請しました。そして、殿下に主導権を握られた私には、その要請を断る術《すべ》がなかったのです。優しいヘクトール兄上なら、分かってくださいますよね？　男に抱かれるのが数えるほどの私には、閨《ねや》の対応だけで必死だったのです！　王太子殿下は予想以上に腹黒い人物でした!!　ですから、私に何か考えがあってこの件を引き受けたのではございません。私は完全なる無策です。ヘクトール兄上、助けてください!!」

「マテウスが愚かすぎて……愛しい」

「兄上、なんですかその反応は!?」

「マテウス……王太子殿下と寝所で交わした会話を、一言一句違《たが》わず今から俺に話しなさい。人払いはしてあるが、会話が漏れるのはまずい。隣に座り俺の肩に凭《もた》れかかりながら、耳元で囁《ささや》くように話しなさい。早くこちらにおいで、マテウス」

ヘクトール兄上は俺を複雑な表情で見つめたまま、自身のソファーの隣をポンポンと叩く。

こっちに来いとの意味だよな？

兄上の表情が少し怖いが、俺は素直に従う。隣に座り直すと、肩を優しく引き寄せられた。指示されるままに、兄上の肩に身を預ける。ヘクトール兄上は更に俺を抱き寄せ体を密着させた。不意に、ヘクトール兄上に、初恋相手の『ヘクトール様』の存在を強く感じて……俺は緊張する。

「ヘクトール兄上、これは密着しすぎではありませんか？」

「まだ足りないよ、マテウス。もっと体を密着させなさい。今から王太子殿下よりいただいた手紙の内容を話す。もしも、手紙の内容と殿下と寝所で交わした約束事の内容が違っていれば、その時点で指摘しなさい」

ヘクトール兄上に凭《もた》れかかり体を密着させると、衣装越しにその温かい体温を感じた。それが妙に生々しく感じて、俺はヘクトール兄上の腕の中でもぞもぞと体を動かす。気持ちが落ち着かず、別のアイデアを口にしてみた。

「ヘクトール兄上、殿下からいただいた手紙を私が読んで差異を指摘する方法もありますよ？」

「手紙は既《すで》に燃やした。内容は全て俺が記憶している。そうだ、マテウス……手紙の中に『調査報告は閨《ねや》の中で』とあったが、それについては王太子殿下に後日抗議するつもりだ。お前は俺の婚約者だから、王太子殿下から閨《ねや》の誘いがあっても遠慮なく断りなさい」

「承知しました……は、ええ⁉」

ヘクトール兄上は「お前は俺の婚約者だから」と言ったよな？　俺は何も聞いていないのだけれど？　それに、ヘクトール兄上と俺が従兄弟だと知っているのは、シュナーベル本家に近い血縁者だけだ。容姿の違いから、世間では腹違いの兄弟として認識されている。

「私がヘクトール兄上の婚約者？」

「ああ、そうだ。俺が相手では不満かい、マテウス？」

フォーゲル王国には、腹違いの兄弟での婚姻を禁じる法はない。だが、国教であるフォルカー教の教義では、近親婚は望ましくないものとされている。近親婚の多いシュナーベル家でも、血脈の弊害を避けるため、腹違いの兄弟での婚姻は今は行われていない。現当主のアルノーに血脈の弊害が現れたと判断されたのも、父が腹違いの弟のグンナーに異常に執着し伴侶として扱ったせいである。

「不満だとか……そういう問題ではありません、兄上」

「そうかい？」

「そうです。腹違いの兄弟だと思われている私達が婚約すれば、世間は冷たい眼差《まなざ》しを向けるに違いありません。ですが、ヘクトール兄上と私が従兄弟だと世間に明かすなら、兄上が何故《なぜ》シュナーベル本家の次期当主に選ばれたのかと探りを入れられます。その結果、『シュナーベル家の現当主のアルノーは、血脈の弊害により正気を失っているらしい』、『シュナーベル本家は血脈の弊害の発生を抑える目的で、現当主の弟ループレヒトの息子を次期当主に据《す》えたらしい』等々、好奇を含んだ噂が世間に流されるでしょう。そうは思いませんか、ヘクトール兄上？」

「マテウスは知らないようだが……現当主のアルノー様が正気を失い軟禁状態にあることは、既《すで》に世間も気付いている。だが、血脈の弊害でアルノー様が正気を失ったとは思われていない。俺はお前と従兄弟の関係にあることを世間に大々的に公表するつもりはない。血脈の弊害を世間に知られたなら、差別を助長しかねないからだ。幸い、俺の容姿が実父のループレヒトよりアルノー様に似ているせいで『次期当主のヘクトールは現当主のアルノーの実子に違いない』と思われている。腹立たしいことだが、いちいち気にしていては身が保《も》たないよ、マテウス？　無責任に広まる世間の噂も、世間の冷たい眼差《まなざ》しも無視するに限る。とにかく、お前が王城に出仕する以上は……俺の婚約者となってもらう。いいね、マテウス？」

「ですが、ヘクトール兄上には婚約者がいらっしゃいます。二重婚約は詐欺師のやることです。兄上は詐欺師になるおつもりですか？」

「詐欺師のような真似はしないよ、マテウス。お前が王城に出仕すると知った日に、俺は婚約者に婚約解消の旨を申し出た。そして、相手側に受け入れられている」

「ヘクトール兄上！」

「マテウスは正式にシュナーベル家次期当主の婚約者となった。王太子殿下がまともな人物なら、婚約者のある者を軽々に閨《ねや》に誘いはしないはずだ。まあ、殿下がまともな場合に限るがな」

「ヘクトール兄上……婚約者に対して、あまりにも酷《ひど》い仕打ちです」

「そうとも限らないよ、マテウス。俺の婚約者は婚約解消の申し出に喜んで応じた。『穢《けが》れた血脈』の子を産まずに済むと、安堵《あんど》している様子だ。俺の元婚約者は、シュナーベルの血族では珍しく、フォルカー教の熱心な信者だからね。もっと早くに解放すべきだったと今は反省している。己の身に流れる『死と再生を司《つかさど》る神の末裔《まつえい》』の血脈を『穢《けが》れた血脈』だと信じる彼にとって、シュナーベル家次期当主の伴侶となることは……不幸な人生の始まりを意味していただろうからね」

兄上は静かに笑ってそう答えた。俺は思わず、ヘクトール兄上の表情に見入る。そんな俺を、彼は真剣な表情で見つめ返してきた。そして、ゆっくりと口を開く。

「俺の婚約者になりなさい、マテウス」

「ヘクトール兄上、ですが……」

「『案内係』は例外として、『孕《はら》み子《ご》』が王城に出仕する場合は婚約者がいないと危険だ。婚約者を持たず出仕すれば、王立学園の時のように『マテウスは淫乱な男』だと噂を流される。その結果、王立学園で起こった出来事と同じことが起こるかも知れない。王立学園の生徒が噂を信じて襲い掛かり、お前は危《あや》うく貞操を失いかけた。ディートリッヒ家の次男に救われていなければ、心が壊されていたかもしれない。俺はそれが心配なんだよ、マテウス」

「やめて、兄上！」

俺はヘクトール兄上にしがみ付き叫んでいた。体が震え出し、止まらなくなる。恐ろしい記憶が蘇《よみがえ》りそうになって目を瞑《つむ》り、ヘクトール兄上の胸に顔を押し付けた。

「兄上、その話はやめてください」

「……マテウス」

『孕《はら》み子《ご》』が、ただ子を産むだけの存在ではないと示したかった。子を孕《はら》まぬ者と同等の能力を持つことを皆に知らしめたかった。

今世《こんせ》の俺は世間知らずで、本当に傲慢《ごうまん》な人間だったと思う。

シュナーベル家では、『孕《はら》み子《ご》』は大切に扱われる。特にシュナーベル本家の俺は、より大切に扱われていた。俺はそれを息苦しく感じるようになっていた。

王立学園に入学したいと希望したのも、シュナーベル家以外の新しい世界を知りたかったためだ。

シュナーベル家現当主の父はカールにしか興味がなく、俺の王立学園入学をあっさりと許可した。

一方、次期当主のヘクトール兄上は猛反対する。俺はそんな兄上の忠告を全て無視して入学を決めた。

王立学園への入学が決まった後に、ヘクトール兄上は俺の身を案じて婚約の申し込みすらしてくれる。でも、俺はその申し出を断り、無防備な状態で王立学園に入学したのだ。

その結果、俺は何事も成せぬままに王立学園の退学を余儀なくされた。

「すまなかった、マテウス。嫌なことを思い出させたね……大丈夫かい？」

ヘクトール兄上の優しい声に、俺はハッとしてその顔を見る。兄上の体に抱き付いたまま、ゆっくりと深呼吸を繰り返した。声が震えないように注意しながら言葉を紡《つむ》ぐ。

「いえ、ヘクトール兄上。自分の愚かさを恥じていただけです。ご心配をおかけしました。全て、自業自得です。王立学園で下位貴族に対して傲慢《ごうまん》に振る舞い、その結果として彼らの恨みを買って男達に襲われました。皮肉なことに私の貞操を守ってくれたのは、ディートリッヒ家次男のヴォルフラム・ディートリッヒでした。私は自身の不徳により、シュナーベル家を敵視するディートリッヒ家の者に借りを作ってしまったのです」

「マテウス」

「ですが、私は二度も同じ過《あやま》ちを繰り返すほど、愚かではないつもりです。王城に出仕するには兄上の協力が必要です。愚弟ではありますが、マテウスをヘクトール兄上の婚約者にしてください」

俺はヘクトール兄上の目を真っ直ぐに見つめてそう願い出た。不意に兄上に頬を撫《な》でられ、頬が火照《ほて》る。ヘクトール兄上は少し笑って、俺の頬から手を離す。

「できれば……もう少し愛に溢れた言葉が欲しかったかな、マテウス？　まあ、仕方がないね。俺の婚約者であることが、お前を守る盾であってほしいと願っている。だが、この婚約はマテウスを縛るものではないからね？　お前に想い人が現れた時は、兄として身を引くつもりだ。従兄弟の『ヘクトール』は消えて、俺はお前の兄となったのだから。俺はマテウスの兄として、お前に相応《ふさわ》しい相手を喜んで祝福するよ。但《ただ》し、アルミンだけは選んでほしくないかな？　マテウスとアルミンが伴侶として並び立つ姿を想像するだけで……祝福する気持ちが萎《な》えてしまう」

「ヘクトール兄上ったら！」

俺は思わずヘクトール兄上に笑いかけていた。

幼馴染《おさななじみ》のアルミンは美丈夫で良い男だが、少々不真面目なところがある。そんな彼のだらしない表情を同時に思い出したようで、俺と兄上は共に笑い合う。

しばらくして、ヘクトール兄上が咳ばらいをして会話の軌道修正を図った。

「随分と話が逸《そ》れてしまったね、マテウス。王太子殿下の手紙の内容をゆっくりと話すから、落ち着いて聞きなさい。先にも言ったように、食い違いがあればその時に指摘してほしい」

「はい、ヘクトール兄上」

俺はヘクトール兄上に凭《もた》れかかったまま、彼が語る王太子殿下からの手紙の内容に耳を傾ける。最後まで聞き終わった時、俺は深いため息をついていた。

「兄上、王太子殿下は嘘をついてはいらっしゃいません。寝所で語り合った内容と同じです」

王太子殿下が嘘をついていなかったことに、ほっとする。

寝所での扱いから、ヴェルンハルト殿下に愛されていないことは分かっていた。カールを殺した犯人を見つけ出す『駒』にすぎないのも分かっている。或《ある》いは、カール殺害の主犯格と目されている可能性すらあった。

それでも、初めてを捧《ささ》げたヴェルンハルト殿下に嘘をつかれるのは辛《つら》い。

「マテウス……短期間ではあったが、お前は妃候補として王太子殿下に仕えた。ヴェルンハルト殿下がお前にとって初めての相手であり、特別な感情を抱く気持ちも分からなくもない。だが王太子殿下は、お前に対して初めて好意的ではなかったと聞いている。その殿下を全面的に信じてはいけない。手紙の内容について兄弟間で吟味《ぎんみ》することは、殿下も分かっておられたはずだからね」

ヘクトール兄上は俺の先の発言に僅《わず》かに喜びが滲《にじ》んでいたのに気が付いたに違いない。そのため、少し表情を引きしめて、俺に言い聞かせるように語りかけてきた。

俺はその言葉に応じて口を開く。

「つまり、手紙に真実が書かれていたとしても……当然ということですね？　それだけでヴェルンハルト殿下を信用するべきではないということでしょうか、ヘクトール兄上？」

「ああそうだ、マテウス。俺達は王家に仕える臣下だ。だが、過去の経緯を忘れてはいけない。シュナーベル家は忠誠を誓ったフォーゲル王国によって『不名誉な穢《けが》れた血脈』の烙印を押された。王族は常に奪う側なのだと、心に留めておいてほしい……マテウス」

「私は王太子殿下の親友として、これから王城にて殿下に仕えます。勿論《もちろん》、警戒は怠《おこた》らないつもりです。それでも、カール殺害の主犯格が私であると殿下に知られた場合は、私の単独犯であると主張し続けます。『美しい弟のカールに嫉妬《しっと》するあまり、私が弟を殺害してしまった』と、もっともらしい動機を語るつもりです。ですが、ヘクトール兄上が私の婚約者となった以上……兄上にもシュナーベル家にも罪が及ぶはずです」

「……マテウス」

俺はヘクトール兄上の瞳を覗き込んだ。

人の心を読めれば、悩まずに人生を歩めるのだろうか？　それとも、悩みは尽きないのかな？

でも、明らかなことが一つある。実弟であるカールの心さえ読めなかったのだから……ヘクトール兄上の心が俺に読めるはずもない。

「ヘクトール兄上、私が王城に出仕する前に……処刑することをおすすめします」

俺の言葉に兄上が真顔になる。俺の瞳を覗き込んできた。

もしかすると、彼もまた、俺の心を読もうとしているのかもしれない。

互いの心の探り合いは、ヘクトール兄上の言葉で断ち切られる。

「困ったことを言うね、マテウス。では、処刑の代わりに……沈黙してもらおうかな？」

ヘクトール兄上は不意に悪戯《いたずら》っぽく笑うと、俺の唇を軽く奪った。そして、唇が離れていく。

自身の唇に、ヘクトール兄上の唇が触れた。だが、あまりにも軽い触れ合いに、満足できない。

ヴェルンハルト殿下に抱かれたことで、俺の中の『孕み子《はらご》』の部分が目覚めたのかもしれなかった。恥ずかしいけれど、ヘクトール兄上にもっと触れてほしい。俺は顔を火照《ほて》らせて兄上の衣装を握りしめ、そっと囁《ささや》いた。

「ヘクトール兄上、もう一度……キスをください。もっと深いキスを……私にください」

ヘクトール兄上は俺の言葉に驚いたようで、目を見開く。だが、戸惑《とまど》いを微笑《ほほえ》みで隠すと、今度は深く俺の唇を奪ってくれる。

「んっ……」

「……っ」

「んっ……んっ……はぁ、ヘクトール様……」

「……マテウス」

ヘクトール兄上の舌が歯列を割り咥内《こうない》に侵入する。共に舌を絡め合うと、くちゅりと水音が部屋に響いた。

ヘクトール兄上が優しく俺をソファーに押し倒す。その手が頬に触れた時、俺は自然と兄上の衣装のボタンを外そうとしていた。その行為に気が付いたヘクトール兄上が俺の指に触れてその動きを阻《はば》む。俺はハッとした。

「ソファーに押し倒すのは紳士的ではなかったね。申し訳ない、マテウス」

「少し驚いただけです、兄上。それにキスをおねだりしたのは……私ですから」

「硬い花の蕾《つぼみ》だったマテウスが、王太子殿下の妃候補となり『孕み子《はらご》』として開花した。それを肌で感じていた俺は、焦《あせ》りを感じて押し倒してしまった。俺自身がお前を王城に送り込んだにもかかわらず……俺は殿下に対して、嫉妬《しっと》と怒りを感じているようだ。お前に優しく接しない王太子殿下が、お前を親友として手元に置こうとしている。それが腹立たしくてならない」

『初めて』を殿下にあげた時……とても怖くて、痛くて、苦しかった。だけど、殿下からは一言も労《いた》わりの言葉がなかった。

それを思い出すと、心に茨《いばら》が刺さる。今更、気にしても仕方のないことだけれど。

苦い表情を浮かべるヘクトール兄上の頬を指先で撫《な》でながら口を開く。

「私自身が妃候補となることを望んだのです。兄上が気に病むことはありませんよ？」

「俺はお前からの申し出に応じるべきでなかった」

俺は僅《わず》かに首を横に振り、ゆっくりと言葉を紡《つむ》いだ。

「『シュナーベル家がカールを殺害してもなんの利益もない』……そのことを、王家や王太子殿下に印象付ける必要がありました。そのために、シュナーベル家が大金をばら撒《ま》いてでも、カールの代替品の妃候補を王城に送り込んでもらう必要があったのです。私がヴェルンハルト殿下に妃候補として仕えることが、カール処刑計画の帰結でしたから……これで良かったのです」

俺がそう言うと、ヘクトール兄上は真剣な表情になる。

「俺達は婚約者となった。そろそろ処刑計画の中身を共有すべき時だと思わないかい？」

「そうすべき時かもしれませんね、ヘクトール兄上。ところで、この態勢で話すのですか？」

「ソファーで抱き合っている男達が処刑計画について語り合っているとは誰も思わないだろう？　それに、シュナーベルの邸《やしき》ではマテウスの歓迎会の準備が進んでいる。その雰囲気を壊すような不穏な会話はこの場で済ますべきだと思わないかい、マテウス？」

俺は思わず苦笑いを浮かべてしまった。そして、また皮肉を口にする。

「王城から返却された不名誉な妃候補の歓迎会ですか？　それは、さぞ盛大な歓迎会でしょうね？　楽しみすぎて泣きそうです、ヘクトール兄上」

「マテウスの大好きなレーズンチーズケーキを、厨房の者が大量に作っていた。それを口にすれば、皮肉を口にしたのを後悔するはずだよ？　シュナーベル家の皆がお前の帰りを心から待っている」

「レーズンチーズケーキと、シュナーベル家の皆の歓迎！　私は即座に邸《やしき》に帰りたいです!!」

「お前はまだまだ子供だな？　だが、その前に処刑計画の全貌を俺に聞かせてくれ」

処刑計画について、ヘクトール兄上に話すのは抵抗があった。今世《こんせ》の俺が立案したカール処刑計画は、前世の俺から見てかなり杜撰《ずさん》な代物《しろもの》だったからだ。

「ヘクトール兄上。処刑計画はかなり杜撰《ずさん》な内容ですが……怒らないでくださいね？」

「カールの処刑をマテウスから提案された時、俺は全てをお前に任せると決めた。たとえ、穴だらけの計画であったとしても、俺にお前を叱《しか》る権利はないよ。ゆっくりと話しなさい、マテウス」

ヘクトール兄上がにっこり笑った。だが、その笑顔が少し怖かったりする。とにかく、今世《こんせ》の俺が立案した処刑計画を……正直に話すしかない。

「カールの処刑計画を立てる際に、私はまず結末から考え始めました。最良の帰結は、私が妃候補として王太子殿下に仕えて殿下の心を掴み……初恋の相手のカールを早々に忘れてもらうことです。ヴェルンハルト殿下の子を孕《はら》んだ場合には、妃になることも覚悟しておりました」

「俺は安堵《あんど》しているよ……マテウスが殿下の妃にならなかったことに」

ヘクトール兄上の優しい言葉に、俺は思わず情けない顔になる。

「ヘクトール兄上やシュナーベル家の皆は、『孕《はら》み子《ご》』の私にとても優しく接してくださいます。傲慢《ごうまん》にも……私は人に優しくされるのを、当然だと思うようになっておりました。産みの親を同じくする弟のカールは、ヴェルンハルト殿下から妃にと望まれました。父上には見捨てられた私ですが、『孕《はら》み子《ご》』としての意地がありました。私の魅力を総動員すれば、殿下も少しは愛情を向けてくださると本気で考えていたのです。でも、それは浅はかな考えでした。王太子殿下は、カールのようには……私を愛してはくださらなかった」

「マテウス」

「ヴェルンハルト殿下から愛情や好意を感じたことは一度もありません。私は殿下に完全に疎《うと》まれ、暴言を投げつけられる始末。そして様々な思惑《おもわく》で妃候補を外されました。父上がカールを溺愛して、私に愛情を向けてくれなかったように……ヴェルンハルト殿下もまた、カールだけを愛し、私を愛してはくれなかった。私はカールに完全に負けました」

　ヴェルンハルト殿下にとって、俺は苛立ちを吐き出す捌《は》け口《ぐち》でしかない。そのことを思うと、胸がキリキリと痛む。そんな俺を見つめながら、ヘクトール兄上が真剣な表情で言葉を紡《つむ》ぐ。

「マテウス、殿下に愛される必要はない。カールに拘《こだわ》ることも、父上のアルノー様に愛情を求めることも……もうやめなさい。マテウスに愛情を注ぐのは婚約者の俺の役目だ。俺がお前を愛し欲する。それだけでは、駄目なのかい？」

「ヘクトール兄上……」

　俺は思わず顔を火照《ほて》らせる。ヘクトール兄上は少し微笑《ほほえ》みながら言葉を続けた。

「王城に出仕してあの殿下に仕えていたなら、お前の心が時に疲れて折れるのも分かる。気鬱《きうつ》に陥《おちい》る前に俺の執務室においで。俺は可愛いマテウスと一緒に押し花作りに専念したい」

「ヘクトール兄上、押し花作りなら喜んで手伝います。ですが、押し花作りに専念したいとは……疲れが相当溜まっているのではありませんか？」

「まあね。俺の王城での仕事は、処刑案件の書類処理のみだ。未決書類を大量に溜めない限りは、執務室で一人で業務を行うことが多い。以前は、作業中に疲れが溜まると……俺は庭園に出て、押し花用の花を採取して息抜きをしていた。だが、お前が妃候補となって以来、王家や王太子殿下の密偵が俺の執務室に群がってね。息抜きができないのは辛《つら》いものだね、マテウス」

　ヘクトール兄上の言葉を聞き、俺は青ざめる。ヘクトール兄上の執務室は安全だと思っていたのに……王家や王太子殿下の密偵が群がっているなんてヤバいだろ？

「密偵が暗躍する王城の執務室で私にカール処刑計画を話させるとは、どういうことですか？　ヘクトール兄上は……私を処刑台に送りたいのですか？」

ヘクトール兄上が少し目を細めて笑う。そして、うっすらと笑みを含んだ唇から言葉を紡《つむ》いだ。

「お前を処刑台に送るくらいなら、シュナーベルの領地の屋敷に閉じ込めたいね。そして、毎日、毎日……押し花を製作させる労役に就けようかな？」

「兄上～！」

「冗談だ、マテウス。執務室の周辺はシュナーベル家の密偵も潜っている。彼らが執務室に近づく王家や殿下の密偵を牽制しているのだ。気にしなくていい。それと、シュナーベル家の密偵にも、執務室の会話は漏れていないことは確認済みだ。俺がお前を処刑台に送るなんて無理だ。安心して全てを告白しなさい、マテウス」

「……では、ヘクトール兄上を信じ全てを正直に告白します。私は殿下に愛されるように頑張って媚《こび》を売りました。ですが、残念ながら妃候補を外されました。その上、カール殺害犯を探し出す駒として利用されそうです。ただ、ヴェルンハルト殿下が今もカール殺害犯を捜していると知ることができたのが、唯一の収穫だと思います。ここまでの話で既《すで》にお分かりですよね？　ヘクトール兄上、私の立案したカール処刑計画は……余りにも杜撰《ずさん》でした」

「成程……お前の首が未だに繋がっているのが奇跡に思えてきた」

「ヘクトール兄上……酷《ひど》いです」

「そんなに、しょげた顔をするな。処刑計画の結末は、意外にも上手《うま》くいっているようだ。王太子殿下がディートリッヒ家を疑っているのなら、殿下の誘導に成功したのかもしれないよ？　お前の計画では、ディートリッヒ家がカール殺害に関与していると匂わせていたね」

確かに、そうだ。だが、どうして兄上がそれを知っているのだろうか？

カール殺害の実行犯の処理は、ヘクトール兄上に全て任せた。それで、実行犯を殺す時に聞き出したのだろうか？

「ヘクトール兄上、聞いてもよろしいですか？」

「なんだい？」

「実行犯の処理を兄上にお願いしましたが……彼らはどのようになりましたか？」

俺からの質問に応じたヘクトール兄上の答えは意外なものだった。

「実行犯の連中でシュナーベル家に害なすと判断した者達は殺害した。それ以外の者は利用法を考えて生かしている。シュナーベル家の密偵をつけて監視中だ。だが、その他の手を下していない連中の半数は殺されて、もうこの世にはいない」

「半数が殺された？　誰が殺したのですか？」

「ディートリッヒ家の者だ」

「何故《なぜ》です？」

「欲を出して、ディートリッヒ家に脅《おど》しをかけた。金銭を手に入れるつもりが、代わりに命を落としたのさ。ディートリッヒ家は彼らを拷問にかけたが、大した情報は引き出せなかったようだ」

ヘクトール兄上は実行犯を生かすほうが良いと判断したようだ。実行犯がディートリッヒ家に接触することも、兄上が問題なしと判断したのならそれで良いか。しかし、疑問が湧いてきたぞ？

「ディートリッヒ家は、どうして王家や王太子殿下に犯人を引き渡さなかったのでしょう？」

「カールを殿下が望んだ時に最も強固に反対したのがディートリッヒ家だ。それ故《ゆえ》に、カール殺害にディートリッヒ家が関わっているという噂が流れた。それはマテウスも知っているな？」

「ええ、承知しています」

「その噂を信じた愚かな悪党が、次々とディートリッヒ家に押し寄せてきた。奴らの狙いはディートリッヒ家から金をむしり取ることだ。王家に忠誠を誓うディートリッヒ家は、悪党を次々に捕えては王家に引き渡していた。だが、王家はカールの殺害犯に全く興味がなかった。そのため、悪党はそのままディートリッヒ家に戻される。それ以来、ディートリッヒ家は悪党を自ら処理するようになったらしい」

「なるほど」

王家はカールの死を歓迎したに違いない。シュナーベルの血脈が王家の血筋に流れるのを嫌っていたのだから。誰が犯人であろうと、王家にとっては興味がない。

でも、殿下は違ったはずだ。

「ディートリッヒ家が王太子殿下に悪党を引き渡さなかったのは何故《なぜ》ですか？」

「悪党の引き渡しのために殿下と頻繁に接触することで、ディートリッヒ家自体がヴァルデマール陛下の不興を買ってはまずいと思ったのだろう。ヴァルデマール陛下が王太子殿下を嫌っていらっしゃるのはよく知られているからね。今回、ディートリッヒ家は王太子殿下に妃候補を差し出し、殿下との絆を深めたように見える。だが、実際には……今も殿下とは一定の距離を保っているらしい」

「……そうですか」

妃候補とヴァルデマール陛下の間には、一人も子が生まれなかった。それで陛下と側室との間に生まれた唯一の男児が王太子となる。その男児が、ヴェルンハルト殿下だ。

だが、陛下からは疎《うと》まれて育ったと聞く。時を経てますます、親子の関係は悪化しているようだ。

「ヴァルデマール陛下は王太子殿下の産みの親を姦通罪で処刑している。後ろ楯のない殿下の焦《あせ》りは相当なものだったはずだ。今回、ヴェルンハルト殿下はお前を餌にして、ディートリッヒ家と駆け引きをした。そして、念願のディートリッヒ家の妃候補を手に入れたわけだ。栄誉ある血脈の妃候補を、王太子殿下は己の身を守る盾として利用するつもりなのだと思うよ」

俺は思わず深いため息をついて、ヘクトール兄上の胸に自身の顔を埋めた。

BL小説『愛の為に』の記述では、ディートリッヒ家の妃候補はやがて皆に『永遠の妃候補』と揶揄《やゆ》されるようになる。小説内の彼は王太子殿下との間の子に恵まれず、無期限の候補として生家に帰ることもできずに心を病んでいく役柄だ。

確か心を病んだ彼が殿下と後宮の側室との間に生まれた男児に危害を加えるシーンがあったような？　俺の愛読書って、こんなにドロドロした小説だったっけ？　この世界観に心が癒《いや》されていた前世の俺は、かなり心が疲れていたに違いない。

俺はヘクトール兄上の胸に顔を埋めたまま口を開く。声がくぐもってしまったが、兄上なら聞き取ってくれるだろう。

「王太子殿下はディートリッヒ家の妃候補を手にして、身を守る盾とするつもりなのですね？　なのにディートリッヒ家の者がカール殺害に関わっていると考え、調査するつもりでいます。せっかく手に入れた盾を壊しかねない行為を行おうとしている。殿下は本当にカールを深く愛していたのですね。なんだか……胸が苦しいです」

「殿下に心を寄せてはいけないよ、マテウス。心が辛《つら》くなるなら、なおさら殿下とは距離を保つべきだ。王太子殿下はマテウスを『駒』扱いした……それを忘れてはいけない」

ヘクトール兄上が俺の髪を優しく撫《な》でながらそう呟《つぶや》いた。

実際、今世《こんせ》のヴェルンハルト殿下は信用できない。しかも、全然優しくない。

ああ、BL小説『愛の為に』の王太子殿下が恋しい。優しく凛々《りり》しい殿下に仕えたかった。うう、今世《こんせ》の殿下と小説内の殿下を取り換えてほしい。

駄目だ……今世《こんせ》の殿下のことをこれ以上考えたくない。別の話題を振ろう。

「……ヘクトール兄上は実行犯を生かすほうが良いとお考えですか？」

「悪党全員は不要だが、一部は生かすべきだと思う。使い処があるかもしれないからね。ところで、まさかとは思うが、カール殺害の実行犯にお前自身が直接会ったわけではないだろうね？」

俺は思わず笑みを浮かべた。

今世《こんせ》の俺は性悪だが、臆病でもある。悪党と対峙するなど絶対に無理だ。

「侯爵家の令息に悪党の知り合いがいると思いますか、ヘクトール兄上？　私は性悪男ですが、悪党の知り合いはおりません。ですが、幼馴染《おさななじみ》のアルミン・シュナーベルなら闇の世界に精通していると思い、彼にカールの件を打ち明け助力を求めました。話を聞き終えたアルミンは即座に行動を開始し、私の望む悪党を見つけ出してくれたのです。彼らとの交渉や殺害依頼、金銭の受け渡し等は、全てアルミンが行ってくれました」

「弟のアルミンか……成程、良い人選だな」

アルミンは『シュナーベルの刃』を統括するループレヒト・シュナーベルの息子である。処刑人として優秀で、既《すで》に多くの処刑を行っていた。

彼は初めての処刑で罪人の首を一刀のもとに刎《は》ね、大人達を大いに驚かせたと聞く。俺とアルミンは幼馴染《おさななじみ》の関係にあり、カールを処刑するにあたり、俺は真っ先に彼に協力を仰《あお》いだ。彼は迷うことなく俺の申し出を受け入れてくれた。

「私の望んだ実行犯は、『悪辣《あくらつ》な行為は得意だが頭の悪い悪党』でした。アルミンは実行犯に相応《ふさわ》しい悪党をすぐに見つけ出すと、自身をディートリッヒ家の関係者だと匂わせながら接触し、カールの殺害を依頼しました。私は強盗と強姦が目的で攫《さら》われ殺されたように見せかけたかった。ですが、殺害するだけでは……検死により、カールが『孕《はら》み子《ご》』でないと判明してしまう。なので、私は……カールの生殖機能を全て潰すように指示しました」

俺はヘクトール兄上に抱き付き、ガタガタと震える。ヘクトール兄上は突然震え出した俺の体をしっかりと抱きしめてくれた。

「大丈夫か、マテウス？　辛《つら》いのなら、もう話さなくていい。今、お茶を用意する」

「ヘクトール兄上、強く抱きしめてください。そして、最後まで……私の話を聞いてください」

「お前がそう望むのならば、そうしよう」

「私は実行犯に……全ての行為は、カールを殺害した後に行うように指示しました。凌辱も、生殖機能を潰すことも。だけど、その指示は守られなかった。悪党達は生きたカールを凌辱して拷問を加えました。弟は生きたまま凌辱と拷問を繰り返され、時間を掛けて殺されたのです。悪党はカールの死を楽しんだのです。美しかったカールの顔は、内臓をやられて腫《は》れあがっていました。私は弟のカールの死を望みました。ですが、あのように殺されることを……望んではいませんでした。私の杜撰《ずさん》な処刑計画により、カールは長い責苦の末に亡くなりました」

残酷な死を望んでいなかったと、本当に言えるだろうか？　カールはシュナーベル家の危機を招いた。だけど、あれほど残酷な処刑を科される罪を犯したのか？　カールはただ、ヴェルンハルト殿下の一番になりたかっただけなのに。

カールをもっと楽に死なせてあげることが可能だったはずだ。この処刑に……私怨を含ませていなかっただろうか？

「実行犯がお前の指示に従わなかったのは幸いだった。死んだカールを凌辱し拷問する殺し方は、あまりにも不自然だからね。お前の処刑案には甘さがあった。マテウス……カールは罪人だ。王太子殿下に『孕《はら》み子《ご》』だと嘘をつき、愚かにも妃の座を望んだ。それはシュナーベル家を破滅に追いやる行為。現当主のアルノー・シュナーベルも同罪だ。偽造書類を作った医者は俺が処分した。アルノー様については、今しばらくシュナーベル家の現当主として生きてもらう。俺が自由に動けるようにね。もっとも、薬漬けのアルノー様は生きているとは言えない状態だがね。どうだい、マテウス？　悪辣《あくらつ》さでは俺のほうがお前より上だと言える」

ヘクトール兄上は俺に慰《なぐさ》めの言葉を掛けてくれているのかな？　悪辣《あくらつ》さを競って慰《なぐさ》めようとするなんて、兄上は意外と愛情表現が苦手なのかもしれない。

俺はヘクトール兄上の胸から顔を上げた。そして、その瞳を覗き込む。

俺はシュナーベル家の処刑人になれただろうか？

「私はシュナーベル家の『処刑人』となれましたか、ヘクトール兄上？」

「お前がカールを処刑した。その結果が全てを示している。お前はシュナーベル家の『処刑人』となった。……さて、もうこの話は終わりにしよう。だが、その前に一つだけ聞いていいかい？」

「はい、ヘクトール兄上」

「カール殺害の主犯格を誰に設定して、この処刑計画を立案したんだい？」

「…………」

「マテウス？」

「カール殺害の主犯格は、ヴォルフラム・ディートリッヒと定めて処刑計画を立案しました」

「ヴォルフラム・ディートリッヒ？」

「はい、兄上。ヴォルフラム家の次男の、ヴォルフラム様です」

「ヴォルフラムは王太子殿下の側近だったね？　ディートリッヒ家の人物を主犯格とするのは理に適《かな》っている。しかし、お前が彼を主犯格としたのは少し意外に感じるね？　彼は学園時代に、お前を強姦魔から救ってくれた人物だ。お前はヴォルフラムに好意を抱いていると思っていた。だが、違ったということなのかな……マテウス？」

俺はヘクトール兄上の問いに応じるのに、少し時間を要した。ヘクトール兄上が真剣な表情で俺を見つめている。俺は大きく息を吐き出した後、慎重に言葉を選びながら話し始めた。

「私の初恋相手は従兄弟であった『ヘクトール様』です。ですが、『ヘクトール様』はシュナーベル本家の次期当主に選ばれ、私の大切なヘクトール兄上となりました。その時点で、私の淡い初恋は終わりを迎えたのです」

「……俺がマテウスの初恋相手？　それは本当かい、マテウス？」

俺はヘクトール兄上の言葉には応じず、話し続ける。自身の想いを一気に話してしまいたかった。『ヘクトール様』への淡い恋心は既《すで》に断ち切ったと示したかったのだ。

「私は『ヘクトール様』以上の想い人にはもう出逢えないと覚悟しておりました。ですが、その考えは間違っておりました。だって私は……ヴォルフラム様と出逢ったのですから。その出逢いは余りに苦しく切ないものでした。ですが、ヴォルフラム様は私の心を鮮やかに奪ってゆきました」

「マテウス」

「王立学園時代の私は気鬱《きうつ》に陥《おちい》り、下位貴族に対して傲慢《ごうまん》に振る舞っていました。ヴォルフラム様も私を軽蔑されていたと思います。暴行事件が起こるまでは、彼とまともに会話をしたこともありません。ですが、ヴォルフラム様は……私の危機に駆けつけてくれました。強姦魔を退《しりぞ》けたヴォルフラム様は泣いてすがり付く私に紳士的に接してくれたのです。彼は真っ直ぐな人物で、私にとって『騎士』と呼ぶに相応《ふさわ》しい人物でした」

「……マテウスはヴォルフラムが好きなのかい？」

ヘクトール兄上が真剣に尋ねてきた。俺は少し微笑《ほほえ》んだだけで、兄上の質問には応じない。少しくらい、兄弟間で秘密があってもいいはずだ。

ヘクトール兄上は僅《わず》かに目を細めたが、追及はしないでくれた。

「質問には答えてくれないのかい、マテウス？　それでは、ヴォルフラムをカール殺害の主犯格とした理由を聞かせてもらおうかな？」

「はい、ヘクトール兄上。主犯格にはヴォルフラム・ディートリッヒが最も相応《ふさわ》しいと私は考えました。ディートリッヒ家現当主アレクサンダーの次男として、彼は大切に育てられました。但《ただ》し、ヴォルフラム様の複雑な出自に関しては、彼が成人した後も本人には伏せられていました。……ヴォルフラム様はディートリッヒ家の家風に似つかわしい、実直で誠実な青年に成長しました。そして、王立学園を首席で卒業し、王家に尽くすために王城に出仕しています。本来ならば、輝かしい未来が待っているはずでした。ですが、実父の暴挙により、ヴォルフラム様は己の出自を知ってしまいます。同時に、王城での出世も居場所も奪われてしまいました。この出来事は、ヴォルフラム様の心に大きな影を落としたことでしょう。彼が失意の中で心を歪《ゆが》ませたとしても……なんら不思議はありません」

俺は息苦しさを覚えて一度会話を切り、ヴォルフラムに想いを馳《は》せる。彼が心を歪《ゆが》ませたかどうか……本当のところは知らない。できれば、変わらずにいてほしい。実直で誠実な『騎士』のヴォルフラム様に、俺は心を奪われたのだから……

「ディートリッヒ家の現当主はヴォルフラムに出自を隠さず真実を伝えるべきだった。無防備な状態の彼を実父である王弟殿下に関わらせたことは……ディートリッヒ家の失態だ」

俺はヘクトール兄上の言葉によって現実に引き戻された。兄上の意見はもっともだが、それでも俺は反論したくなる。

「ヘクトール兄上、ディートリッヒ家に非はありません。それどころか、愛情をもってヴォルフラム様を育てていました。問題は実の父親でありながら我が子の未来を奪った……シュテフェン殿下にあります。ヴォルフラム様が真実を知り、どれほど心を痛めたか、想像もできません！」

「そう興奮するな、マテウス。息が苦しそうだが……大丈夫か？」

「大丈夫です、兄上」

「そうか……ならば、話を元に戻そう。ヴォルフラムを主犯とした理由の続きを聞かせてほしい」

「はい、ヘクトール兄上」

俺は息を整えた後に、ゆっくりと話を再開した。

「……全てを失ったヴォルフラム様。その彼に救いの手を差し伸べたのは、王太子殿下だけでした。ヴェルンハルト殿下はヴォルフラム様に自身の側近となるように命じました。殿下には何かしら思《おも》惑《わく》があったのだと思います。それをヴォルフラム様も承知していたに違いありません。ですが彼には殿下の側近となる道しか残されていませんでした。ヴォルフラム様が仕えるヴェルンハルト殿下は王太子という地位にありながら後ろ盾がなく、立場の弱いお方です。殿下を守ることは自らの居場所を守る行為であると同時に、ヴォルフラム様の忠義心を満たす行為でもありました。彼は殿下を守ることにより生き甲斐《がい》を感じるようになっていったと考えられます。それなのに、王太子殿下はヴォルフラム様の心配をよそに、従来の『妃候補制度』を無視してカールを妃に迎えようとしました」

俺は再び言葉を切る。

王太子殿下に仕えるようになれば、殿下の側近であるヴォルフラムと再会するだろう。そう思うと胸が高鳴り、同時に苦しくなった。

呼吸を整え、もう一度口を開く。

「ヴォルフラム様は誰よりもカールを妃とするのに反対したでしょう。カールは侯爵家の令息ですが、シュナーベルの血脈です。カールが妃になることも、二人の間に子ができることも、ヴェルンハルト殿下のためにはなりません。まして、王家の慣習を無視してカールを迎えた場合、陛下や王侯貴族の反感を買うことは、火を見るよりも明らかでした。未来の国王である王太子殿下の地位を盤石にするために、ヴォルフラム様はカールをこの世から抹殺するしかなかったのです。そして、彼はカールが妃として王城に出仕する前に……殺害を実行しました。以上が、私がヴォルフラム様をカール殺害の主犯格とした理由です。どうでしょうか、ヘクトール兄上？　ヴォルフラム様をカール殺害の主犯格とすることは、理に適《かな》っていると考えたのですが……どう思われますか、ヘクトール兄上？」

「そうだね……その答えは保留にしてもいいかい？　それより息が苦しそうだ。過呼吸の発作を起こしかけているよ、マテウス。体調不良を理由に領地に戻って静養しても構わないのだよ？　王太子殿下には俺が話を付けるから何も心配はいらない。どうだい、マテウス？」

「ヘクトール兄上、心配を掛けて申し訳ありません。ですが、ヴェルンハルト殿下はディートリッヒ家の妃候補を手に入れて身を守る盾を得ました。このまま順調にゆけば、殿下が未来の陛下となられるでしょう。私は殿下の『親友』として、シュナーベル家の現状を訴えたいと考えています。そして、何よりも……ヴェルンハルト殿下にやられっぱなしでは、悔しくて堪らないのです」

「そうか……ならば仕方ないね」

ヘクトール兄上は言葉少なにそう答えると、そっと微笑《ほほえ》んで俺を抱き寄せた。そして、俺を抱きしめたままソファーから立ち上がる。

ヘクトール兄上が冴えない男を堂々とお姫様抱っこした！

その度胸に少々ビビりつつも、俺は恥ずかしくて全身を火照《ほて》らせる。それを誤魔化《ごまか》すために早口で言葉を発した。

「ヘクトール兄上、そろそろ王都も落ち着いてきました。私は早くシュナーベルの邸《やしき》に帰りたいです。厨房の料理人が作ってくれた、レーズンチーズケーキを食べ損ねては大変です！」

「アルミンなら、お前のためのレーズンチーズケーキも遠慮なく全て食べていそうだな」

「アルミンが王都に来ているのですか⁉」

「ああ、そうだ。シュナーベルの領地から王都の邸《やしき》に呼び寄せた」

「では、シュナーベルの邸《やしき》でアルミンと会えるのですね！」

「嬉しそうだね、マテウス？」

「だって、アルミンは従兄弟で幼馴染《おさななじみ》ですもの！　兄上だって実弟に会えるのは嬉しいでしょ？」

「俺とアルミンでは性格が全く違うからね……どうだろうねぇ？」

「ヘクトール兄上は照れ屋さんです～」

「照れ屋さんはマテウスのほうだろ？　顔が赤いよ？」

「あうぅ～」

照れた俺は黙り込む。ヘクトール兄上は顔を赤らめた俺を抱いた状態で窓辺に向かった。

俺はヘクトール兄上と共に窓辺から王都を眺める。どうやら王都の騒動は収まっているようだ。

それにしても、俺は何時《いつ》まで兄上にお姫様抱っこされているのだろう。流石《さすが》に恥ずかしい。

「お前の護衛兼助手として、アルミンを一緒に王城に送り込む。王城で働く者は王立学園卒業者ばかりだ。彼らは学園の出身者でない者に嫌がらせをすると聞く。学園を中退したお前には肩身の狭い職場になると思う。だが、幼馴染《おさななじみ》のアルミンが傍《そば》にいれば心強いだろ？　彼は王立学園を首席で卒業している。傍《そば》にいれば嫌がらせを受けないだろう。アルミンとは常に行動を共にしてくれ。特に殿下と接する時は傍《そば》に置きなさい」

「王太子殿下が二人きりで会うことを望まれた場合は、アルミンを傍《そば》に置くのは難しいかもしれません。ですが、アルミンと一緒に王城に出仕できるのは嬉しいです。彼の傍《そば》にいると『シュナーベルの領地の土と風の香り』がして、とても心が落ち着くのです。私が気鬱《きうつ》になって王城で傲慢《ごうまん》な振る舞いをしそうな時には、彼に抱き付いてシュナーベルの領地に吹く風を思い出します！」

ヘクトール兄上は俺の言葉に苦笑いを浮かべた。

「お前はわざと俺を煽《あお》っているのかい？　アルミンに抱き付くより、婚約者の俺に抱き付くべきでは？　浮気対策として、執務室にレーズンチーズケーキを用意すべきかな？」

「アルミンは幼馴染《おさななじみ》ですから、抱き付いてもキスなどはしませんよ？　でも、ヘクトール兄上は私の婚約者となりました。ですから……遠慮なくキスしてもいいのですよ？」

「やはり、お前は俺を煽《あお》っているじゃないか」

「ヘクトール兄上は王太子殿下を牽制するために、私の婚約者になってくださいました。これが建前上の婚約関係であっても、兄上には婚約者としての責務を果たしてほしいです。マテウスは……その、あの……ヘクトール様に、婚約者としてのキスを求めます」

俺が煽《あお》ると、兄上はキスで応じてくれた。

「んっ……っ……」

「っ……んっ……マテウス……」

「んっ……あんっ、ヘクトール様……」

自分で誘っておきながら恥ずかしい！　思わず甘い声が出てしまった。

でも、仕方ないよね。お姫様抱っこをされたまま、キスされる日が来るなんて思いもしなかったのだから。しかもその相手が、金髪に金の瞳の端正な顔立ちのヘクトール様！

不意に初恋の香りをヘクトール兄上から感じて、俺は少し切ない気分で唇を離す。互いに照れくさくなり、視線を逸《そ》らした。

「マテウス、邸《やしき》に帰ろう」

「はい、ヘクトール兄上」

その言葉に従い、俺は執務室を後にする。

廊下にも、馬車止めにも、王城を去る元妃候補を見送る者はいなかった。

シュナーベル家の馬車に乗り込む時、俺はふと寂しさを覚えて王城を振り返る。勿論《もちろん》、王太子殿下が俺を見送ってくださるはずもない。

馬車が走り出すと、俺は気持ちを切り替える。

王城からシュナーベルの邸《やしき》は近い。馬車に乗って王城とシュナーベルの邸《やしき》を行き来するより、徒歩のほうが早く到着できそうだ。

「ヘクトール兄上、朝は馬車が混雑するでしょ？　徒歩のほうが早いと思うのですが……歩いて王城に出仕してもよろしいですか、兄上？」

「徒歩は危険だよ、マテウス。カールは馬車で移動中にもかかわらず襲われ攫《さら》われた」

俺の提案はあっさりと却下された。カールの名を出したヘクトール兄上に、強い意思を感じる。

徒歩で王城に出仕するのは無理そうだ。

だが、兄上の指摘はもっともだった。今世《こんせ》の俺は侯爵令息だ。前世のように気軽に街を歩き回れる身分ではない。前世の生活が少し懐かしくなる。

「マテウス、王城に出仕する前に髪を少し切りなさい。アルミンに切ってもらうといい。彼は手先が器用で、同腹の弟の髪を切っていた。腕は保証する」

「髪を切るのは構いませんが……この髪型は似合っていませんか？」

「いや、似合ってはいる。だが、マテウスは妃候補ではなくなった」

「ヘクトール兄上、シュナーベル家のお役に立てず申し訳ありません」

ヘクトール兄上は不意に言葉に詰まり俺を見た。やがて、幼子に話し掛けるようにゆっくりと言葉を紡《つむ》ぐ。

「マテウス、そうではない。カールの髪型に似せて、王太子殿下の気を惹《ひ》く必要はなくなったと言いたかっただけだ。お前が妃候補でなくなったことを、俺は心から喜んでいる」

「……カールの髪型を真似るのは、私には辛《つら》いことでした。カールとの思い出が棘となって、心にチクチクと突き刺さるのです。ヘクトール兄上はこのような痛みを感じたことがありますか？」

突然、ヘクトール兄上に優しく唇を奪われた。彼の指が俺の頬を撫《な》で、ゆっくりと唇が離れていく。

「勿論《もちろん》、感じたことはある。だが、お前の心に刺さった棘は俺には抜いてはあげられない。マテウス、心に刺さる棘は自ら抜いていくしかないのだ」

「はい、ヘクトール兄上」

「カールの名を軽々に出してすまなかった、マテウス。お前に対する気遣いが足りなかった」

「いえ、兄上には心配ばかりお掛けして……申し訳なく思っています」

俺がそう答えると、ヘクトール兄上は困った表情を浮かべた。

「お前が王城に徒歩で通いたいと言った時、少し焦《あせ》ってしまった。俺は婚約者のマテウスと共に新調した馬車に乗り、王城に出仕したかっただけなんだ」

「え？」

「それと、俺は以前のお前の髪型のほうが好きだ。似合っていて、可愛いと思っていた。婚約者の希望として髪を切ってほしい」

「婚約者の希望で？　……私が可愛い？　え、えええええーー⁇」

「何故《なぜ》そう驚く？」

「ヘクトール兄上は乱視の疑いがあります！　でも、残念顔が可愛く見える乱視なんてあったかな？　とにかく、ヘクトール兄上には今すぐに眼科の検査が必要です！」

「マテウス、俺は乱視ではない。俺の婚約者が可愛いのは間違いない。そして、その可愛い婚約者には、新調した馬車についてもう少し興味を持ってほしかったのだけれどね？」

「兄上にはやはり眼科の検査が必要だと思います。ですが、新調した馬車には勿論《もちろん》興味があります！　お話を聞かせてください、ヘクトール兄上！」

「それでは、聞いてもらおうかな？」

ヘクトール兄上は少し照れくさそうに新調した馬車について話してくれた。

俺が王太子殿下の親友として王城に出仕すると知った時点で、兄上は即座に俺の婚約者になると決めたらしい。同時に、婚約者と共に乗るのに相応《ふさわ》しい馬車を新調したとのことだった。

兄上は新調する馬車のデザイン画作成に熱中するあまり王城の執務室に持ち込み、部下から初めて諫言《かんげん》されたらしい。

微笑《ほほえ》みながら馬車の説明を終えると、ヘクトール兄上は俺の頬に優しく触れた。俺も兄上の手に触れて微笑《ほほえ》み返す。

ヘクトール兄上との間に甘い雰囲気が生まれた頃、馬車はシュナーベルの邸《やしき》に到着した。

「おぉ、シュナーベルの邸《やしき》だ！　皆は私を歓迎してくれるかな？」

「どうした、マテウス？」

「いえ、久しぶりに邸《やしき》に帰ってきて……少し緊張しています」

『マテウス兄上は傲慢《ごうまん》な振る舞いを重ねたせいで、シュナーベル家の使用人達にも嫌われてしまった』

弟のカールは王太子殿下に対してそう話していた。

シュナーベル家の使用人に対して今世《こんせ》の俺が傲慢《ごうまん》な振る舞いをした記憶はない。でも、今世《こんせ》の記憶にまだ空白部分があるように思えて……それがずっと気掛かりだ。

俺は少し怯《おび》えながらシュナーベルの邸《やしき》に入る。

けれど、俺の心配は杞憂に終わった。邸《やしき》の使用人達は優しく俺を出迎えてくれる。

俺は彼らの様子に安堵《あんど》した。やはり、カールは殿下に対して嘘をついていたのだ。

だが、どうして？　カールは俺が……そんなに嫌いだったのかな？

そう思うと、心にまた一つ棘が刺さった気がする。

「……兄上」

「マテウス？」

「ヘクトール兄上。今、物凄《ものすご》く愛情が欲しいです」

「えっ!?」

ヘクトール兄上の慌てぶりに、思わず噴き出す。背伸びをして、俺はその頬にキスをした。するとすぐに、優しいキスが返ってくる。

「愛情は伝わったかい、マテウス？」

「はい、愛情を貰《もら》いました！」

心に刺さった棘が一本抜けた気分だ。

愛情に満たされた途端に、俺は新たな欲に支配される。今度は食欲を満たすべく、大好物のレーズンチーズケーキを食べることにした。

ところが、レーズンチーズケーキはある人物により全て食べ尽くされていた。

犯人はアルミン・シュナーベルだ。

「あの、兄上！　今すぐにアルミンを殴りに……いえ、会いに行ってもよろしいでしょうか？」

「構わないよ、マテウス。アルミンを殴っておいで。アルミンの部屋はお前の部屋の隣だ」

「はい、ヘクトール兄上！　殴ってきます！」

俺はヘクトール兄上への挨拶《あいさつ》もそこそこに、アルミンの部屋に向かった。彼は現在、ケーキを食べすぎて胸やけを起こしているらしい。俺のためのチーズケーキを食べ尽くした挙句、胸焼けを起こして寝込むなんて……アルミンは馬鹿に違いない。

アルミンの部屋には鍵が掛かっていなかったので、俺はそのまま室内に突入する。そして、黙ってベッドに近づくと、唸《うな》りながら眠る幼馴染《おさななじみ》の頭に拳骨を喰らわせた。

「いてぇえーーー、んん、マテウス!?」

「アルミン！　レーズンチーズケーキの恨みは、拳骨一つでは収まらないからね！」

俺の拳骨を喰らって、ようやく目を覚ましたアルミン。彼は目を丸くして俺を見つめる。

普段は美丈夫なアルミンが、胸焼けを起し情けない表情になっていた。しばらくしてようやく頭が働き出したのか、言い訳を始める。

「待て、マテウス！　落ち着いて聞いてくれ！　今、邸《やしき》の料理人が急いでケーキを焼いている。だからお前も食べられる……焼き立ての美味しいレーズンチーズケーキを!!　な、嬉しいだろ？」

「焼き立てのレーズンチーズケーキ!?　確かにベイクドレーズンチーズケーキは……熱々も冷めても美味しい究極のケーキ。ん、いけない！　私はアルミンの誤魔化《ごまか》しに騙《だま》されたりしないからね」

強い口調でアルミンを責《せ》めたが、なんだか少し可哀想になってきた。

アルミンは本当に胸焼けを起しているようで、ベッドから起き上がろうともしない。俺はベッドに横たわった彼に声を掛ける。

「……アルミン、大丈夫？」

「マテウス、俺の悲劇的な話を聞いてくれ……」

「悲劇的な話??」

「そうだ、悲劇としか言いようがない。ヘクトール様から『王都の邸《やしき》にすぐ来るように』と書かれた手紙を受け取ったのは、処刑人の仕事を終えた直後だった。処刑を行った直後は、心身共に興奮する。その興奮を鎮《しず》めるには、娼館に通って男を抱くのが一番効果的だ。だが、最悪なことに娼館に向かう途中で手紙を受け取ってしまった！　俺は悩んだ……男を抱いてから王都に向かっても、許されるのではないかと。それでも俺は娼館を諦めて王都に向かうことにした。何故《なぜ》なら、ヘクトール様を怒らせることが、何よりも恐ろしかったからだ!!」

「アルミンは娼館に通っているんだ……ショックだ」

「マテウス、誤解しないでくれ！　娼館通いは職業病のようなものなんだ。恋人のいない俺は、娼館に通って興奮を鎮《しず》めるしかないだろ？　まあ、その辺りの事情は忘れてほしい。とにかく、俺はヘクトール様を恐れるあまり、娼館に行けないまま王都に向かう羽目になった」

「うーん。ヘクトール兄上は厳しいけれど優しい人だよ？」

「それは、マテウスにだけだ!!」

「そうなの？」

「そうだ！　お前は何度も失敗を繰り返し、シュナーベル家やヘクトール様に迷惑を掛けている！にもかかわらず、ヘクトール様は黙々とお前の失敗の尻拭いをしている。ヘクトール様はマテウスに甘すぎて……もはや、気持ち悪いくらいだ！」

「ヘクトール兄上にアルミンの今の言葉を伝えるべきだろうか？」

俺の呟《つぶや》きに、アルミンは震え出した。本当にヘクトール兄上が怖いらしい。

俺もヘクトール兄上を少し怖いと思う時もあるが、なんだか怖さのレベルが違うみたいだ。

きっと兄上は、実弟のアルミンに対しては遠慮なく接しているのだろう。羨ましいような、羨ましくないような。

でも、アルミンの怖がり方は大袈裟《おおげさ》すぎて芝居がかって見える。これは、話を盛っている可能性もあるかも？

「ヘクトール兄上がそんなに怖いの？」

「当たり前だ！　ヘクトール様に告げ口をするのだけはやめてくれ、マテウス‼」

「分かったよ。じゃあ、その悲劇的な話の続きを聞かせて？」

アルミンは僅《わず》かに躊躇《ためら》いを見せる。促《うなが》すように見つめると、彼は渋々ながらも話の続きを語り始めた。

「……分かったよ。とにかく、シュナーベルの領地から馬に乗り、俺は王都までの道程を急いだ。だが、王都への道は整備されているとはいえ、馬上の俺の股間は衝撃を受け続ける。徐々に俺のペニスは勃起して……遂《つい》には馬上にて射精してしまった」

「…………」

あまりの話の内容に、俺は沈黙する。幼馴染《おさななじみ》の下ネタ話に付き合わされるとは、俺こそ悲劇に見舞われているといえる。そして、アルミンの話は悲劇ではなく喜劇だ。

「沈黙しないでくれ、マテウス！　自然の摂理により、男にはそういう事象が起こるものなんだ！　お前も男だから分かるだろ？　とにかく、馬上で俺がいたしてしまったことで馬は動揺したらしい。急激に速度を落として、ノロノロと歩き出した。俺は草むらで着替えた後に、馬を励まし引きずるようにしてなんとか邸《やしき》に辿り着く。着いた時にはくたくたに疲れていた。すると、料理人が大量のケーキを焼いているじゃないか！　これは、シュナーベルの領地から必死に馬を走らせた俺への褒美に違いない。そう思い込んだとしても、おかしくないだろ？　そして、俺はレーズンチーズケーキを全て食った！」

「あまり聞きたい話ではなかったけど……アルミンが苦労の末に邸《やしき》に辿り着いたことは分かった。でも、ケーキを全部食べることはないんじゃないかな？」

「食べだしたら美味《うま》すぎて止まらなくなったの！　結果、俺は食いすぎて胸焼けを起こし、寝込んでいる。マテウス、俺を少しは可哀そうだと思ってくれたか？　俺の悲劇の原因は、レーズンチーズケーキとヘクトール様だ!!」

「………」

アルミンの言い訳に呆れて、俺は言葉を発することができない。黙り込んだ俺を見つめていたアルミンが、不意にベッドから上半身を起こした。

「マテウス」

「何、アルミン？」

真面目な表情で見つめられて、俺の頬が火照《ほて》る。

アルミンは真面目な表情だと途端にいい男に変貌する。冴えない残念顔の俺には羨ましい限りだ。

「それで、妃候補を外されたマテウスが王城務めをする羽目になるとはどういうことだ？　お前は王太子殿下に好かれたのか？　それとも嫌われたのか？　どっちだよ、マテウス？」

相変わらず、アルミンは核心を付いてくる。俺は思わず苦笑いを浮かべた。

彼はヘクトール兄上同様に手強い。俺は彼の瞳を覗き込みながら、正直に答える。

「私は王太子殿下の妃候補から外された時、少しだけ胸が痛かった。初めてを捧《ささ》げた男性に、俺は少しも好意を持ってもらえなかった。だけど妃候補から外れたことは処刑計画の最良の結果。もしも、カール殺害の主犯格が王太子殿下の妃になったら……ヴェルンハルト殿下にとって、悲劇でしかないだろ？」

不意にアルミンが俺の唇に指を添えて会話を制した。そしてベッドから抜け出し、俺の腕を掴んで扉から最も離れた壁に向かう。黙って彼に従った俺は、いつの間にか体を壁に押し付けられていた。

逞《たくま》しく成長した幼馴染《おさななじみ》に戸惑《とまど》う。すると、アルミンが視線を逸《そ》らし慌てたように口を開く。

「あー、まずは、顔を赤らめるのはなしだ。調子がくるうからな。それから、お前は用心深さを覚えるべきだ。シュナーベルの邸《やしき》であろうとも、カールの件を軽々に口にするな」

「ごめんなさい、アルミン」

「あれ、お前がこんなに素直に謝るとは意外だな。王太子殿下に調教されたのか？」

「調教されるほど、殿下に好かれてはいないよ。話の続きをしてもいいかな、アルミン？」

「ああ、マテウス。小さな声で話せ」

壁と幼馴染《おさななじみ》に挟まれた状態はなんとも恥ずかしく、声が自然と小さくなる。アルミンが小さな声を聞き取ろうと、俺に顔を近づけた。

真面目な顔をするだけでいい男に変貌する彼を前にして、自然とため息が漏れる。すると、アルミンがピクリと眉を動かした。

「ため息をつくな……くすぐったい」

「アルミンはいちいち文句が多いよ。ヘクトール兄上とは大違いだ」

「ヘクトール様と大違いで結構。話を続けろよ、マテウス」

「分かったよ、アルミン。私はヘクトール兄上を説得して、王侯貴族に大金をばら撒《ま》き、そうして、ようやく王太子殿下の妃候補になれた。勿論《もちろん》、殿下に望まれて妃候補になったのではないことを十分に理解しているつもりだった。だけど、殿下の冷たい態度や王城に流れる空気に、私は気鬱《きうつ》を発症してしまって。そして、世話係の小姓達に傲慢《ごうまん》に振る舞い始めた。それで、殿下にますます嫌われて。殿下が好んでくれたのは、カールに似せて伸ばした髪だけ。そして、最後まで王太子殿下に好意を抱いてもらえないまま、妃候補を外されたんだ」

「つまり、お前はヴェルンハルト殿下に嫌われているんだよな？　それが、どうして王城に出仕することになるんだ？　説明が足りないぞ、マテウス」

「自分の失態だけれど……私は王太子殿下に駒扱いされていて。殿下は命じるままに動く少し間の抜けた駒を探していたみたい。それに私は抜擢された。ヴェルンハルト殿下は今でもカールを殺した犯人を捜していて、私を殺害犯を誘《おび》き出《だ》す餌にしたいようで。主犯格の私が殺害犯を誘《おび》き寄《よ》せる餌にされるなんてね。これって、喜劇かな？　それとも、悲劇かな？」

饒舌《じょうぜつ》に語る俺の姿を、アルミンは僅《わず》かに目を細めて見つめていた。やがて俺が話し終わると、静かに話し出す。

「マテウス……今のお前は王太子殿下に駒扱いされたことに苛立っている。だが、意地を張って王城に出仕するのは、マテウスのためにも、シュナーベル家のためにもならない。お前の処刑計画はもう終わったのだろ？　妃候補を外されたお前がシュナーベルの領地に帰ることで処刑計画は完了するはずだ。マテウス、一緒にシュナーベルの領地に帰ろう。ヘクトール様もお前が王太子殿下の駒として王城に出仕するのを望んでいないはずだ。今すぐヘクトール様に頼んで、王城に出仕せずに済むように動いてもらえ。ヘクトール様なら全て上手《うま》くやってくれるよ。な、マテウス？」

俺はアルミンの言葉を聞き終えると、僅《わず》かに薄い笑みを浮かべた。途端にアルミンが警戒心を露《あら》わにする。そして、何かを探るように俺の瞳を覗き込んだ。

その仕草が少し不快で、切り捨てるような口調になる。

「ヘクトール兄上から命じられたの、アルミン？　私が王城出仕を思《おも》い止《とど》まるように誘導してほしいと？　幼馴染《おさななじみ》のアルミンの助言ならば、意地っ張りな私でも心を揺さぶられると思った？　アルミンはヘクトール兄上と……何時《いつ》から繋がっていたの？」

「どういう意味だよ？」

「アルミンは私を裏切った」

「マテウス、裏切りとは随分と強い言葉だな？　その言葉は、根拠を示して使用すべきものだ」

アルミンも強気で俺を挑発する。

俺は彼の醸し出す雰囲気に呑《の》み込《こ》まれないように、彼を睨《にら》みながら強い口調で言葉を発した。

「じゃあ、今から根拠を示すね。最初に私が違和感を覚えたのは……ヘクトール兄上が王城に出仕する私の護衛兼補佐役としてアルミンを選んだ時かな？　幼馴染《おさななじみ》のアルミンが私と一緒に王城に出仕すると聞き嬉しかったよ？　でもね、ヘクトール兄上が私の幼馴染《おさななじみ》だという理由だけでアルミンを王城に出仕させるとは思えない。アルミンは『シュナーベルの刃』で主要な役割を果たしているでしょ？　王城の仕切りや業務に通じているとは思えない。そう考えると、アルミンは私の護衛兼補佐役の適任者ではないよね？　だけど、アルミンは選ばれた。その理由を考えていたら、一つの答えに辿り着いたんだ。ヘクトール兄上は私が王城でボロを出してカール殺害の容疑で捕まるのを危惧して、処刑計画に関わったアルミンに監視させるつもりに違いないってね？」

「お前は完全に人間不信に陥《おちい》っているようだな？　しかし、今の説明は全てが推測にすぎない。根拠を示しているとは認められないぞ、マテウス？」

　俺はアルミンの反論を無視して、話を続ける。

「……でも、ここで矛盾が生じた。私がヘクトール兄上にアルミンがカール殺害に関わっていると伝えたのは今日の夕方。なのに、ヘクトール兄上は事前にアルミンに王都に来るように手紙を送っていた。つまり、ヘクトール兄上はアルミンが処刑計画に関与していたのを私が伝える前から知っていたってこと。ヘクトール兄上とアルミンは以前から繋がっていたということだよね？」

「……全てが推測だ、マテウス」

「じゃあ、作戦変更。私はアルミンの感情に訴えることにします」

「ふーん？　じゃあ、付き合いますか」

「カールの処刑計画の詳細をアルミンに打ち明ける前に、私はヘクトール兄上に内容を伏せた状態で実行の許可を得たと伝えたよね？　アルミンに協力を要請することを兄上には伏せているとも説明したはずだよ。アルミンが私に協力してくれるのなら、兄上には知られず秘密裏に動いてほしいともお願いした。アルミンはそれを承諾した上で協力すると言ってくれた。私はその言葉を信じて処刑計画の全容を明かしたんだ。なのに、アルミンは私を裏切って……処刑計画の詳細をヘクトール兄上に報告していた。そして、その後も連絡を取り合っていた。私は貴方を信じて頼ったのに……裏切るなんて酷《ひど》いよ、アルミン」

俺が黙って見つめていると、幼馴染《おさななじみ》は深いため息をついた。彼のため息が妙に生々しくかつ色っぽく感じられて、俺は無意識に甘い吐息を漏らす。それが急に恥ずかしくなり、唇に指を宛《あて》がう。

すると、アルミンが俺から視線を外す。

そして再びため息をついた。

「先に断っておくが、俺はお前を裏切っていない」

「アルミン、説明して」

「分かったよ……マテウスからカールの処刑計画を打ち明けられた時、俺はお前がヘクトール様に無断でカールを殺害するつもりなのだと思った。何故《なぜ》なら、お前の立案した処刑計画があまりに杜《ず》撰《さん》だったからだ。ヘクトール様が穴だらけの処刑計画に許可を出すとは到底思えなかった。それを指摘すると、『処刑計画の内容は伏せたまま、ヘクトール兄上からカール殺害の許可を得たから問題ないよ』って、お前は平然と無茶な説明をしたよな？　もう、その時点で十分怪しいだろ？　とにかく、このまま処刑計画を実行すれば……俺もお前も非常にまずい立場に立たされるのは明らかだ。だから、処刑計画を実行する前にヘクトール様に確認を取った。念押しするが、俺はお前を裏切っていない！　俺はマテウスのためにヘクトール様に会いに行っただけだ！」

「でも……幼馴染《おさななじみ》の私を疑ったんだ、アルミンは？」

俺が嫌味を言うと、アルミンは憤慨《ふんがい》した。

「マテウスが杜撰《ずさん》な処刑計画を立てるから悪いんだよ！　とにかく、俺はヘクトール様に会って尋ねた。『マテウスが杜撰《ずさん》なカール処刑計画を立てていますが、ヘクトール様は許可を出されたのですか？』ってな。で、ヘクトール様の返事がこうだ。『マテウスにとっては初めての処刑だよ？杜撰《ずさん》な処刑計画だとしても、なんら不思議はないよね、アルミン？』そう言い終わると、微笑《ほほえ》みを浮かべて俺を見つめた。非常に怖かった」

ヘクトール兄上の微笑《ほほえ》みを色々と思い浮かべながら、俺はアルミンに尋ねる。

「……ヘクトール兄上は怖い顔で笑っていたの？」

「いや、おそろしく甘い顔で笑っていた」

「そ、そうなんだ」

「ヘクトール様は非常に厳しく怖い方だが、シュナーベル家の次期当主なら当然のことかもしれない。だけど、そんなヘクトール様にも……人並みに悩みがあった」

「ヘクトール兄上にも悩みがあったなんて意外だ！」

「ヘクトール様の悩みの塊《かたまり》のマテウスが『意外だ！』とかほざくな！」

「兄上の悩みの塊《かたまり》って表現は酷《ひど》くない？　私は悩みの種ぐらいだと思うよ？」

「では、次期当主の悩みの種は大人しく俺の話を聞きなさい」

「はーい」

俺がわざと大袈裟《おおげさ》に返事をすると、アルミンは呆れ顔でこちらを見つめてきた。俺は表情を引きしめて話の続きを促《うなが》す。アルミンは咳ばらいを一つした後に話を再開した。

「ヘクトール様は静かな口調で語り始めた。『シュナーベル本家に生まれた者は、孕《はら》み子《ご》であろうとも処刑人の経験を持たねば一人前とは見なされない。一人前でない者は、望まぬ婚姻を拒む自由さえ与えられない。俺はマテウスには自由であってほしいと思っている。伴侶とする相手も、マテウス自身に選んでもらいたい。だが、マテウスには処刑人の経験が未だにない。マテウスは心が傷つきやすい。処刑を一度でも行えば、心が折れる可能性もある。俺はマテウスの自由をどう守るべきか悩んでいた。だが、そのマテウス自らが処刑人となるべく俺に許可を求めてきた。こんな機会を逃せるはずがない。俺が許可しない選択肢を選ぶはずがないだろ、アルミン？』そう言って、ヘクトール様は少し笑った。物凄《ものすご》く怖かった」

「『俺はマテウスには自由であってほしい』……ああ、ヘクトール兄上の優しさを感じます！」

「更に、ヘクトール様は俺にこう仰《おっしゃ》った。『俺はマテウスに何度も処刑をさせるつもりはない。一度きりで終わらせる。マテウスから助力を求められ、アルミンはそれに応じた。ならば、その責務を果たせ。しかし、マテウスのことが心配だ。万が一、犯行が露見しそうになった場合のために、お前が主犯格として捕まるように計画を立てておくとするか。アルミンは死ぬ気でマテウスに協力して処刑計画を成功させろ。いいな』ヘクトール様は何故《なぜ》か非常に楽しそうに俺が主犯として捕まる計画を立て始めた……俺の目の前で。非常に恐ろしかった」

なんだか物凄《ものすご》くアルミンが気の毒になってきた。

ヘクトール兄上は時に俺にも厳しく接するが、その後には優しい気遣いを見せてくれる。だが、アルミンに対しては優しい気遣いが皆無《かいむ》のようだ。目の前で本人を主犯格とした計画を立てるとは。ヘクトール兄上、恐すぎます。

とにかく、俺はアルミンにとんでもなく迷惑を掛けた上に……裏切り者呼ばわりしてしまった。

「アルミン、裏切り者呼ばわりして本当にごめんなさい!!」

俺は子供の頃から何時《いつ》だって彼に頼り、迷惑を掛けてきた。今回のカール殺害の件もそうだ。

結局、俺にはアルミンしか頼る相手がいない。なのに、俺は彼を裏切り者と呼んでしまった。浅はかな自分が恥ずかしい。

「気にするな、マテウス。俺もお前を疑ったからお互い様だ。それと、俺の判断で処刑計画の一部を変更した。だが、ヘクトール様の意向で大幅な変更はしていない。マテウスは正式にシュナーベル家の『処刑人』に名を連《つら》ねた。お前は自由を手に入れたんだ。良かったな、マテウス?」

「弟を処刑して得た自由だけどね……」

「カールは王太子殿下を巻き込みシュナーベル家を破滅させようとした。彼は大罪を犯した」

「……そうだね、アルミン。ヘクトール兄上も私を『処刑人』として認めてくれた。杜撰《ずさん》な計画だと散々指摘されたけどね。もしかすると……ヘクトール兄上は私が処刑に際してアルミンを頼ると見越していたのかもしれないね？　そして、アルミンが私の杜撰《ずさん》な処刑計画を知って兄上に相談することも予想していた。そうなると分かっていたからこそ、処刑内容が伏せられていても、ヘクトール兄上は迷うことなく許可を下したのかもしれないね？」

「ヘクトール様ならあり得る」

「アルミンは処刑計画の一部を変更したと言っていたよね。どこを変更したの、アルミン？」

「変更部分は聞くな。大体は分かるだろ、マテウス？」

変更部分はおそらく、カールの殺害方法だろう。

俺の計画ではカールを殺害した後に、凌辱して拷問を加え生殖機能を潰すことになっていた。だけど、実際にはそれは不可能だったろう。悪辣《あくらつ》な連中を雇っておきながら、綺麗ごとを並べた自分が恥ずかしい。

彼らがカールを生かしたまま凌辱するのも拷問を加えることも本当は分かっていた。程度の差はあっても……俺には分かっていた。ただ、言葉にするのが怖かっただけ。

アルミンは俺の代わりに言葉として悪党に伝えてくれたのだ。

「アルミン、感謝します」

俺は幼馴染《おさななじみ》の胸に顔を埋めてそっと呟《つぶや》く。アルミンの体から『シュナーベルの領地の土と風の香り』がした。

彼に抱き付くと何時《いつ》も心が穏やかになる。アルミンは居心地が悪そうに身じろぎしたが、俺の好きなようにさせてくれた。

しかし、流石《さすが》に幼馴染《おさななじみ》の体臭を嗅《か》いで悶《もだ》えている変態とは思われたくない。

俺は恥ずかしかったが、正直な気持ちを伝えることにした。

「アルミンの体からは『シュナーベルの領地の土と風の香り』がして、抱き付くと気持ちが落ち着く。昔から私はアルミンによく抱き付いていたでしょ？　目的はこの癒《いや》し系の香り」

「癒《いや》し系の香り？　俺からは血の匂いがすると、カールは言っていたぞ？　成長したカールは俺を避けていた。けど、久しぶりにカールに会って声を掛けたんだよな。そうしたら、カールがこう言ってきた。『アルミンからは血の匂いがする。処刑人は穢《けが》れているから僕に近づかないでほしい』ってね。流石《さすが》にその言葉には傷ついた。カールが子供の頃には随分懐いていたんだがな」

「カールがアルミンを『穢《けが》れている』と言ったの？　カールがそんな酷《ひど》い言葉をアルミンに言ったなんて信じたくない。でも、アルミンがそう言うなら真実なんだろうね。アルミンが傷つくのは当然だよ。子供の頃のカールはアルミンが大好きだったのにね。私がアルミンに抱き付こうとするとすぐにカールが横取りして抱き付くものだから……カールと言い合いしたこともあったよ？　そんな他愛もない言い合いが楽しかった。成長と共に全ての関係が変ってしまって……」

現在、王家から命じられる処刑のほぼ全てを『シュナーベルの刃』である叔父一家が執行している。処刑業務を担《にな》うシュナーベル家にとって、『シュナーベルの刃』は欠かせない存在だ。

その『シュナーベルの刃』に所属するアルミンを血族者が蔑《さげす》むなど、到底許されないことだ。

「うーん。雨上がりの『土の匂い』は、『血の匂い』に似ていなくもないかな？　でも、『シュナーベルの領地の土と風の香り』のほうが素敵だと思わない？　アルミンからは『シュナーベルの領地の土と風の香り』がします！　私がそう決めたのだから、アルミンもそう思いなさい！」

「お前は変わり者だな？」

「お互い様だよ。あ、その変わり者のアルミンにお願いがあったのを忘れていた。王城に出仕する前に、私の髪を切ってくれる？　以前の髪型に戻してほしくて。これはヘクトール兄上からの注文だから断らないでね、アルミン？」

「それは恐ろしくて断れないな」

「今から切ってくれる？」

「ああ、いいよ」

アルミンが俺の髪に触れて優しく笑った。俺もアルミンに向かって笑い返す。すると彼は俺の髪に触れたままゆっくりと言葉を紡《つむ》ぐ。

「俺はお前と共に王城に出仕する。だけど、お前が王城に出仕することに賛成したわけじゃないからな？　お前には王城も王都も向かないよ。マテウスをシュナーベルの領地に連れ帰りたい……俺は今もそう思っている」

「ごめんね、アルミン。それでも私は王城に出仕する」

「頑固な奴」

俺は苦笑いする。王城出仕の話題が出たので、気になっていたことを思い切って聞いてみようと思った。

「ヘクトール兄上からの手紙で王都に呼び出されたと言っていたよね？　私にその手紙の内容を教えてくれる、アルミン？」

アルミンは俺の言葉に少し躊躇《ためら》いを見せる。ヘクトール兄上からの手紙の内容を許可なく話すのに抵抗があるのだろう。

俺はアルミンの目を覗き込み、上目遣いでもう一度頼む。

「アルミン、駄目かな？」

「マテウス……上目遣いで頼んでも全然可愛くないぞ」

「アルミン、駄目かな？」

「うっ、その可愛くない上目遣いで押し切る気かよ、マテウス？　そうだな……ヘクトール様に手紙の内容を話すなと命じられているわけでもないし、いいか？　マテウスと共に王城に出仕して、お前の仕事の手助けをすること……ってのは、まあ建前だよな。俺の役割はお前の護衛だ。つまりお前に害をもたらす者を排除すること。但《ただ》し、排除していい対象者に王太子殿下は含まれていない。故《ゆえ》に、俺は殿下を排除できない。ヴェルンハルト殿下に関しては、お前に対応を委《ゆだ》ねるしかない」

「王太子殿下の排除って……怖いこと言わないでよ、アルミン！」

「だが、ヴェルンハルト殿下が最もお前を害していると俺は感じるけどな？　それと、王城に出仕すれば、シュナーベル家の出自という理由だけで不当な扱いを受けると思う。辛《つら》いだろうが覚悟しておいてほしい、マテウス」

俺は頷《うなず》いてアルミンへの返事とした。そして、伝えるべきことを話す。

「妃候補の時は冷たい目で見られるだけで済んだ。これからはもっと覚悟が必要だね。あのね、アルミンに秘密にしていたことがあるんだ。私は王立学園在学中に酷《ひど》い目にあった。フォルカー教の熱心な信者だった生徒達に凌辱されそうになったことがあって。動機は単純で、シュナーベル家の出自の私を辱《はずかし》めて、自ら学園を去るように仕向けたかったみたい」

「おい、ちょっと待て！」

「なに、アルミン？」

「学園で襲われたことを何故《なぜ》、俺に黙っていた！　犯人はどうなった？　殺したのか？　まだなら、俺がやる。そいつらの名前を教えろ、マテウス！」

「あのね、アルミン。暴行未遂だからね？　それに、犯行が露見した犯人達は学園を退学となり、王城に出仕する未来を絶たれた。それで制裁は十分だよ。そんなに興奮しないで？　王城に一緒に出仕するアルミンには話す必要を感じたから伝えただけ。詳しい内容は聞かないでくれるかな、アルミン？」

「……ヘクトール様には話したのか？」

「ヘクトール兄上には話したよ。それに暴行未遂だから。私は何もされてないから大丈夫だよ？」

アルミンの瞳が心配そうに揺れたので、俺はできるだけ笑顔を見せようと努力した。

でも、笑顔を選択したのは、失敗だったかもしれない。アルミンの瞳が心配と怒りの色に揺らめく。彼の発する怒りが怖くなり……俺は俯《うつむ》いてしまった。

「無理に笑わなくていい、マテウス。体が震えているじゃないか……本当に、大丈夫なのか？」

「今でも、思い出すと少し怖い。でも、話す必要を感じたのは、その時に私を救ってくれた人物が問題で……。私を強姦魔から救ってくれたのは、ヴォルフラム・ディートリッヒなの」

「ヴォルフラム・ディートリッヒ？　お前はカール処刑計画の主犯格をヴォルフラムにしていたな？　もしかして、ヴォルフラムに暴行未遂の件で脅《おど》されているのか？　正直に答えてほしい、マテウス。ヴォルフラムを殺したいから、処刑計画の主犯格にしたのか？」

俺は慌ててアルミンの言葉を否定する。

「アルミン、誤解しないで！　処刑計画で彼を主犯格にしたことと、学園時代のことは全く関係ないから！　ヴォルフラム様はとても真っ直ぐな人だよ。学園でも凄《すご》く人気があって、皆から好かれていた。私は彼と会話する機会を持てなかったけれどね。確かにディートリッヒ家はシュナーベル家を良く思っていない。でも、暴行未遂の件でヴォルフラム様に脅《おど》されたことなんて一度もないよ。信じて、アルミン」

「つまり、ヴォルフラムを殺したくて、処刑計画の主犯格にしたわけではないんだな？」

「私は処刑計画の主犯格として、ヴォルフラム様が相応《ふさわ》しいと思ったからそうしただけだよ」

「その言葉を俺は信じる。だが、ヴォルフラムが昔と変わらず真っ直ぐな人物であったとしても、お前が奴に弱味を握られているのに変わりはない。それに、時と共に人は変貌するものだ。ヴォルフラムがお前を脅《おど》す可能性をまだ否定はできない。そう感じたから、俺に暴行未遂の件を話したんだな、マテウス？」

「彼は王太子殿下の側近なので、出仕すれば必ず再会することになる。今もヴォルフラム様は変っていないと思いたい。だけど、弱味を握られているのは確かだから、アルミンには暴行未遂の件を話す必要があると思った。ねえ、込み入った話はこれくらいにしない？」

アルミンは僅《わず》かに逡巡《しゅんじゅん》した後、俺を見つめて頷《うなず》いた。そして視線を扉に向け、俺の耳元で囁《ささや》く。

「使用人が扉の前で声を掛けるべきか迷っているみたいだ。シュナーベル家次期当主の婚約者を長く独り占めにしすぎたようだ。使用人に髪を切る準備を手伝ってもらおう」

扉の外に人がいることに全く気が付かなかった。俺はアルミンの言葉に頷《うなず》き返《かえ》す。

「アルミンは私がヘクトール兄上の婚約者になったことをどうして知っているの？」

「ヘクトール様からの手紙に書いてあった。王城に出仕するにはそれなりの肩書がないと身を守れない。それは理解している。但《ただ》し、お前を守るための婚約だとしても、シュナーベルの血縁者達からヘクトール様への抗議文が大量に届くはずだ。まあ、次期当主を恐れて抗議文を送る程度のことしかできないだろうがな……」

「待って、アルミン？　シュナーベルの血縁者達がなんでヘクトール兄上に抗議文を送るの？」

「ヘクトール様……俺の兄貴は『シュナーベルの刃』の中から、シュナーベル本家の血脈を薄めるために次期当主に選ばれた。もしもヘクトール様が本気でお前を伴侶に選んだなら、シュナーベルの血縁者は反発するのが当たり前だ。血脈を薄める役目を無視したヘクトール様は、次期当主の座から引きずり降ろされる可能性もある。シュナーベル本家の血脈をこれ以上濃くするわけにはいかないからな」

「でも、私とヘクトール兄上は従兄弟同士だよ？　婚姻しても許される関係のはずだよ？」

「次期当主のヘクトール様は傍流の『孕《はら》み子《ご》』を伴侶に迎える。そして子を孕《はら》ませる。おそらく幾人か側室も持つはずだ。ヘクトール様の子がシュナーベル本家の次期当主となる。こうして、本家の濃い血脈の弊害を取り除く。ヘクトール様はその役目を果たさなければならない。そのために本家の次期当主に選ばれたのだから。お前は今回の件で処刑人となり、自由に婚姻相手を選べる立場となった。だけど、ヘクトール様だけは選べない。これが現実だ、マテウス」

「ヘクトール兄上はモノではないよ！　兄上を道具のように言わないで、アルミン！」

「お前の初恋相手がヘクトール様であるのは知っている。だが、諦めろ。消え去った初恋に夢を見るな、マテウス。お前が傷つくことを誰も望んでいない。この話は終わりにしよう」

俺は唇を噛みしめて、波打つ感情を抑えるしかなかった。

ヘクトール兄上に深いキスが欲しいとねだったのは俺のほうだ。だけど、兄上も情熱的に応じてくれた。

互いに好き合っての婚約でないことは分かっている。だけど、胸がときめいたのは事実で……

俺の初恋はまだ終わっていなかった。

でも、この感情はヘクトール兄上と俺自身のために忘れないと駄目だということだよね。

己の気持ちから逃れるように、アルミンに話し掛ける。

「ケーキを食べすぎて胸焼けを起していたようだけど、もう大丈夫なの？」

「マテウスとの会話に体力を消費してケーキ分は消化された。今はお前のことで胸焼けしそうだ」

「意味の分からないことを言わないでよ、アルミン」

俺は思わず笑ってしまった。アルミンも笑って俺から身を離す。

不意に体温が離れる寂しさに、俺は無意識の内にアルミンの腕を掴んでいた。

彼が驚いて俺を見つめる。俺は慌てて手を離すと、恥ずかしくて俯《うつむ》いた。顔が熱い……きっと赤くなっている。

「……マテウス？」

「なんでもない。使用人の対応をお願い、アルミン」

俺は壁から身を離した。

熱を帯びた顔をアルミンに見られたくない。だから、幼馴染《おさななじみ》に背を向ける。

アルミンはしばらく動かなかったが、やがて扉に向かって歩き出す気配がした。俺はほっと胸を撫《な》でおろす。

扉の外で控えていた使用人は俺のためにレーズンチーズケーキを運んできてくれていた。もっと早く彼の存在に気が付けば良かった。

飲み物が冷めていたので、彼は再び厨房に向かう。

しばらくすると、ケーキと飲み物を持った使用人が、数人の仲間を連れて再び部屋に現れた。

ケーキと紅茶を美しい所作で給仕してくれ、一礼した後に部屋の隅に控える。他の使用人は髪を切る準備を手際良く進めた。

「うわー、美味しそう！　レーズンチーズケーキ、万歳!!」

俺は早速、大好物のレーズンチーズケーキを堪能《たんのう》する。

ラム酒に浸《つ》かったレーズンがたまらなく芳醇《ほうじゅん》。それでいて、チーズケーキの風味を壊していないから不思議だ。

シュナーベル家の料理人さん、最高です！

紅茶も程良い温度で旨味たっぷりだ。これがまた、ケーキにぴったりマッチしている。

俺はにやにや笑いながらケーキを食す。

マナーなど気にしないのが、美味しいものを食べるコツだ。

そんな心の声が漏れたのか、再び戻ってきたアルミンが俺を見ながら呆れた表情で声を掛けてきた。

「お前はマナーを何処《どこ》かに落としてきたのか？　元妃候補とは思えない行儀の悪さだ」

「侯爵家なのに、シュナーベル家はマナーにうるさくないから大好き！　王城ではマナーが気になって食事の度に苦痛だったもの。私が妃候補だったとは自分でも信じられない。よく務めた、私！　パクパク食事ができない場所にはもう行きたくない！　シュナーベル家から出たくない！」

「やれやれ……これから王城に出仕する人間の言葉とは思えないな？」

俺はアルミンの呆れ声を無視して、レーズンチーズケーキを美味しく食べた。

だが、アルミンのように胸焼けを起こすほど食べたりはしない。前例があって良かった。三つ食べて、四つ目は苦渋の選択で諦める。

俺がケーキを食べ終わると、アルミンはバルコニーに誘った。

「バルコニーで髪を切るの？」

「まあな」

夕陽で赤く染まったバルコニーで、アルミンが俺の髪を切り始める。彼は俺を立たせたまま、専用のナイフで髪を切った。立ったままのほうが上手《うま》く髪を切れると、豪語して譲らない。

まあ、素早く髪を切ってくれるのなら、立っていても苦にはならない。

それにしても、何故《なぜ》ナイフで上手《うま》く整えられるのかが不思議だ。

アルミンは俺の髪に触れると、柔らかくナイフを滑らせる。

カールと同じ赤茶色の髪が、バルコニーの床に散った。

不意に、夕陽で赤く染まったバルコニーの床が血に濡れているように見える。床に落ちたその赤茶色の髪がカールの髪に思えて、俺は身を震わせた。

「マテウス？」

「…………」

「おい、どうした？」

「ああ、うん。少し考え事をしていただけ」

「何を考えていたんだ？」

アルミンは鋭い。

だからといって、床に散った自分の髪がカールのものに見えて怯《おび》えたとは言いにくかった。

俺は少し考えてから、実際に疑問に思っていたことを口にする。

「ねえ、アルミン？　私が王城に出仕していて、気鬱《きうつ》を発症した場合はどうなるの？」

「お前が王城で気鬱《きうつ》を発症した場合、俺の判断でシュナーベルの領地に連れ帰って良いことになっている。領地に帰ったら、そろそろ婚姻相手を決めないとな。お前に見合った相手を、ヘクトール様が探してくださるだろう」

「シュナーベル家の処刑人となった私には、自由に恋愛をして自由に婚姻相手を選べる権利があるはずだけど……実際には違うの？」

「マテウスの場合はそう簡単にはいかないだろう？　シュナーベル本家の『孕《はら》み子《ご》』はお前だけだからな。血脈の弊害を目《ま》の当《あ》たりにしても、本家の血脈を欲しがる血族の者は多い。俺達は『死と再生を司《つかさど》る神の末裔《まつえい》』だ。そして、お前はその血を最も濃く受け継ぐ本家の『孕《はら》み子《ご》』だ。容姿はまあ……あれだが、引き合いは多いと思うぞ？」

「『容姿はまあ……あれだが』って……言葉を濁されると余計に辛《つら》いじゃないか。正直に美しくないと言っても怒りはしないよ、アルミン。ねえ、もしも愛する人に巡り会えなかった場合、伴侶を持たずにシュナーベル家のために生涯を捧《ささ》げる生き方を選ぶことはできるかな？　ヘクトール兄上の手伝いをして領地運営に携《たずさ》わるのは可能だと思う？」

　俺の言葉に、アルミンは僅《わず》かに苦い表情を浮かべた。だが、沈黙を守ってくれる。

　彼の表情を見て、俺は思わず言葉を発していた。

「アルミン、誤解しないでね？　別に結婚願望がないわけではないよ？　ヘクトール兄上が選んでくれた相手なら、私を大切にしてくれると思う。だから、婚姻は……私にとっては幸せなことだと分かってる」

「まあ、そうだな」

「私はシュナーベル本家の『孕《はら》み子《ご》』だから、本家にとって重要な人物に嫁《とつ》ぐことになると思う。

でも甘やかされて育った私が理想的な正妻になれると思う？　『孕《はら》み子《ご》』の子宮では子を孕《はら》むのは二人が限界だから、伴侶が側室や愛人を持つのは常識だよね？　でも、私が傲慢《ごうまん》になって彼らを虐《しいた》げるかもしれない。それが原因で、伴侶の愛情が……私から遠のいたらどうしよう？」

アルミンが髪を切りながら、少し笑みをもらした。

きっと彼も俺が理想的な正妻にはなれないと思っているに違いない。

俺はアルミンの反応を受けて、更に不安になる。そんな俺の不安な気持ちとは対照的に、アルミンが気楽な口調で話し出した。

「シュナーベルの領地にいる限り、お前は気鬱《きうつ》の症状を起こさないと思うぞ？　伴侶が側室や愛人とイチャイチャしているのを見て腹立たしくなったなら……俺と一緒にシュナーベルの領地を馬で駆けようぜ。一気に気が晴れるはずだ。いや待てよ？　正妻のマテウスを蔑《ないがし》ろにして伴侶が側室や愛人とイチャイチャしていたら、ヘクトール様が伴侶のもとに恐怖の笑みを浮かべて訪れるに違いない。マテウスの伴侶となる奴は早々に胃に穴が開くな。可哀想～。気の毒～」

髪を切りながら、違う方向で心配し始める。

ヘクトール兄上がアルミンの想像するような行動を取るとは思わないが……伴侶が兄上を恐れて側室や愛人を持たない選択をする可能性はあるかもしれない。それはそれで、困る。

なんてことだ……別の悩みが浮上してしまった！

「矛盾しているとは思うけど、伴侶が側室を持たないと言い出したら私は反対するよ。私の産みの親は三人目の子を孕《はら》んだ時に酷《ひど》く苦しんで亡くなった。正直なところ、私は子を孕《はら》むのが怖くて仕方ないんだよね。私が伴侶の子を孕《はら》むとしても……理想は一人かな。でも、跡継ぎを産むべき正妻が子を孕《はら》むのが怖いから『側室と励んでください』と、伴侶との閨《ねや》を拒否したとして許されると思う、アルミン？　婚姻生活が不安だらけになってきたぁ！　どうしよう、アルミン!!」

アルミンは俺の髪に優しく触れると、再びナイフを髪に滑らせた。その手慣れた手付きには似合わない、困ったような表情を浮かべている。

しまった！　どうしてこんな相談をアルミンにしているんだ!?　とにかく、話題を変更しよう。

「アルミンは婚約者がいないね？」

「ああ、いないな」

短い答えしか返ってこない。

俺のお悩み相談に乗るのに飽きてきたのかな？

でも、俺は性悪男なのでアルミンに更に質問する。

「でも、婚約者がいてもおかしくない年齢だよね？　アルミンは婚姻についてどう考えているの？」

「マテウスがうっとおしい〜。まあ、いいか。俺はまだ婚姻について真面目に考えたことがない。でも、俺の親父は正妻と側室四人と愛人達と仲良くやって、十一人の子供をもうけた。今も現役で励んでいるから、更に兄弟が増えそうだ。俺の産みの親は正妻だが、側室や愛人達と仲良くやっているように見えるけどな？」

「えっ！　ループレヒト叔父さんは側室が四人もいるの？　しかも愛人もいるんだ？　でも、確かに……大家族を作るには必要かもしれないな。女性のものに比べて『孕《はら》み子《ご》』の子宮は弱く、出産するのも一人か二人が限界だからなぁ。アルミンは出産に立ちあったことある？」

俺の質問に、アルミンは顔を赤らめた。その反応が意外で少し驚く。

兄弟が多いから、てっきり出産にも立ちあっていると思っていた。でも、それは前世の感覚なのかもしれない。

そういえば、ＢＬ小説『愛の為に』では、『孕《はら》み子《ご》』の出産に関して曖昧《あいまい》な記載しかないことを思い出した。

「出産に立ちあったことはない。出産は神秘的なものだとしか……俺は聞かされていない」

「そうだよね。変なことを聞いてごめんね、アルミン」

「『シュナーベルの刃』を統括する親父にとって、子を沢山作るのは義務みたいなものなんだ。側室が四人いるのはその必要があるためで、正妻もそれを理解しているから彼らと仲良くしているのだと思う。まあ、仲が良いのは表面上だけかもしれないけどな？」

「なるほど」

「シュナーベルの血縁者は各家が役割分担をして処刑業務をこなしているだろ？『シュナーベルの刃』のように罪人の首を刎《は》ねる役目を担《にな》う家。密偵の役目を担《にな》う家。王家や貴族や教会との調整役を担《にな》う家。そして、様々な役割を果たす血族者が住むシュナーベルの領地をより良く運営して守っていくことが……シュナーベル本家の役割だ」

「処刑執行を担《にな》う家に生まれたことに、アルミンは不満を感じたことはないの？　世間から最も差別的扱いを受けやすい、処刑執行人の業務を果たすのが嫌になったりしない？」

「俺の場合は、処刑執行人になるのを当然だと思って育ったからかな？　『シュナーベルの刃』を統括する親父の子として生まれたってこともあるが、処刑執行人の役目が自分には向いているって感じてる。まあ確かに、処刑執行人は蔑《さげす》まれることが多い職種だよな。悪辣《あくらつ》な罪人から蔑《さげす》んだ目を向けられた時には、流石《さすが》にやり切れない気分になる」

「……アルミン」

「王家から残酷な処刑方法を指示されて、それを実行した処刑執行人が心を病んで職を辞する例もある。それに、ルドルフ兄貴のように……偽善者ぶって処刑執行人を辞める奴もいるしな。とにかく、親父は子供を沢山持ったほうが都合がいいんだ。『シュナーベルの刃』を担《にな》う家長が側室や愛人を他家より多く持つのは必然ってことだな」

「シュナーベル家にとって、『シュナーベルの刃』は欠かせない存在だと再認識したよ。でも、その『シュナーベルの刃』に所属するアルミンを私の都合で王城に連れ出すなんて申し訳ないな」

アルミンは器用に俺の髪を切りながら、何故《なぜ》か嬉しそうな表情で口をひらいた。

「別に気にすることないぞ、マテウス。親父や兄弟がいるから、俺がいなくても大丈夫だ。それに、俺が抜ける代わりに同腹の弟が初めて処刑を仕切ることになったしな」

「え、まだ若いよね？」

「若いが才能はあるぞ。今度、男爵家の次男の処刑を取り仕切る予定になっている」

「その人はどんな罪を犯したの？」

「胸糞な話しだぞ？　まあ、お前が聞きたいなら話すが……」

アルミンは嫌悪感を露《あら》わにしながら、その男の罪状を話し始める。語気強く語る姿は何時《いつ》もの彼とは別人のようで少し怖く感じた。

「男爵家の次男は、領地から子供を拐《さら》い贄《にえ》として殺していた。子供を生かしたまま器具で生き血を搾り取って、魔物を呼び出す儀式を繰り返していたそうだ。領民からの訴えがあり、シュナーベルの密偵が調査して発覚した。ヘクトール様からはそう説明があった」

「贄《にえ》と魔物……そうなると、フォルカー教の教会関係者が絡んでくるね。異端審問官も来るの？」

「来るだろうな。だが、俺達は王国の裁きの結果に従って粛々《しゅくしゅく》と刑を執行するだけだ。男爵の次男はともかく……無理やり手伝わされた使用人達まで同罪として扱われるのは、気の毒だけどな。使用人の処刑は絞首刑と決まった。男爵家の次男は一応貴族扱いで、弟が首を刎《は》ねる手筈《てはず》になっている」

「初めて首を刎《は》ねるわけじゃないよね？」

「経験はある。だが、フォルカー教が関わる処刑には注意が必要だ。異端審問官と拷問官の人柄によって、罪人の状態が変わるんだよな。直腸に虫を入れられた罪人の首を一度刎《は》ねたことがある。あの処刑は俺にとってはある種のトラウマだな」

「直腸に虫!?」

俺は処刑場の修羅場を想像して身震いした。アルミンは記憶が蘇《よみがえ》ったのか、酷《ひど》く憤慨《ふんがい》している。

但《ただ》し、罪人を気の毒に思ってのことではなさそうだ。

「腹を虫に喰われて暴れまわる罪人の首を一刀で刎《は》ねるなんて到底無理な話だ。お陰で俺は何度も斧を振り下ろす羽目になった。それが原因で『アルミン・シュナーベルはわざと罪人を苦しめて殺す処刑人だ』って、フォルカー教の教会関係者に噂を流された。あれは完全に教会関係者の嫌がらせだ。フォルカー教の信者はシュナーベル家を敵視しているから、ほんと迷惑行為が多いんだよな。まじでなんとかしてほしい」

俺は苦笑いを浮かべる。

王立学園時代に、俺もフォルカー教の熱心な信者に襲われた。彼らには苦い思い出しかない。シュナーベルの領地では王都や他の地域と異なりフォルカー教の信者と出会う機会が少ない。その理由は、領民の多くがシュナーベル家と先祖を同じくする者達だからだ。シュナーベルの血脈が少しでも流れていると、差別により王都を始め他の地域で就業するのは難しくなる。シュナーベルの領地で生れた者は親の跡を継いで生きていくことが多い。

それに、『死と再生を司《つかさど》る神の末裔《まつえい》』であることを誇りに思い生きる者も少なくなかった。

一方で、当然だが、フォーゲル王国の法律にはシュナーベル家も従っている。シュナーベルの領地にはフォルカー教の教会もあるし、学校では神学も教えていた。その影響もあり、シュナーベルの領地でもフォルカー教を信仰する者が徐々に増えている。ヘクトール兄上の元婚約者はフォルカー教の信者だ。

そして、弟のカールも……フォルカー教の教会に熱心に通っていた時期があった。改宗したとは聞いていないが、弟は己の身に流れる血脈を『穢《けが》れたもの』として捉えていたのだろうか？　もしもそうなら、苦しい思いを抱えていたのかもしれない。

「以前の髪型にできるだけ近づけたつもりだが……マテウス、どんな感じだ？」

「……え、あっ？」

俺はアルミンの言葉にハッとして、自らの髪に触れた。以前の髪の長さに戻っているのを確認し、微笑《ほほえ》んで今の素直な気持ちを幼馴染《おさななじみ》に伝える。

「ありがとう、アルミン。気持ちまですっきりして、いい感じだよ！　カールを真似て髪を伸ばして、王太子殿下に媚《こ》びたけど……もう、その必要はないんだね。髪を切っただけなのに、本来の私を取り戻した気分だよ。本当にありがとう……これからも力を貸してね、アルミン！」

「ああ、マテウス。お前はお前らしく生きろ。さあ、もう日が暮れる。幼馴染《おさななじみ》とはいえ、俺も男だ。『孕《はら》み子《ご》』のお前を何時《いつ》までも引き留められない。部屋に戻って休め」

「あれれ～？　アルミンは私のことを『孕《はら》み子《ご》』として意識しているんだ～？」

「婚約者のヘクトール様が怖いだけだ。お前を『孕《はら》み子《ご》』として意識したことなんてねーよ！」

「おや、そうですか？　では、遠慮なくアルミンに抱き付いて癒《いや》しの香りを嗅《か》ぐとしよう！」

「うお、やめろ!!　ヘクトール様に殺される。近づくな、マテウス！　やめろ！　ぎゃぁーー！」

俺は思いっきりアルミンに抱き付いて、癒《いや》しのパフュームを楽しんだ。

やっぱり、アルミンからは『シュナーベルの領地の土と風の香り』がする。真っ赤な顔をした彼に休みの挨拶《あいさつ》をして、彼の部屋を後にした。

その日の夜。俺は自室のベッドに潜り込むと、カールのことを考えていた。

カールが父と共に別邸で暮らすようになって以降、俺と顔を合わせる機会はぐんと減った。でも、カールが頻繁に教会に通っているのを知った俺は、時々、様子を見に行っていたのだ。時には話し掛けたこともある。無視されたり、嫌味を言われたり、なのに突然花束をくれたりして、カールの考えは全く読めなかった。だけど、ある日を境にカールは教会に通わなくなる。

こうして、俺はカールとの接点を失った。

俺が王城の出仕に拘《こだわ》る一番の理由は、シュナーベル家の待遇改善のためだと周りには伝えている。だけど、本当は違う。

俺が王城出仕に拘《こだわ》っているのは、王太子殿下だけが知るカールに出逢いたいからだ。

前世を思い出す前の俺は、カールの気持ちを知る必要はないと断じて彼を処刑した。でも、本当にそれで良かったのかと……前世を思い出した今の俺は迷い始めていた。

第三章

王城出仕一日目。

俺は護衛のアルミンを伴い、馬車に乗って登城した。

昨日までの予定では、ヘクトール兄上と共に新調した馬車に乗って王城に行くはずだった。だが、急な変更があり、兄上はシュナーベルの領地に向かっている。

王城に不慣れな俺とアルミンだけでの登城に、俺の緊張はピークに達していた。アルミンは「俺に任せておけ！」と自信ありげに受け負ったが、全く頼りにならない。何故《なぜ》なら、王城の正門近くで迷路のような城内に圧倒され、俺と一緒に立ち尽くしている。

そんな迷える俺達に、可愛らしい案内係が声を掛けてくれた。

「僕は城内を案内する案内係です。差し出がましい申し出ですが、僕がお二人を目的の場所にご案内いたしましょうか？」

「案内係尊《とうと》し！　私達を案内してください!!」

「遭難しなくて済みましたね、マテウス様。では、王太子殿下の執務室まで案内を頼むね？」

「はい、承知しました！」

案内係はキラキラの笑顔をアルミンに向ける。だが、そのキラキラ笑顔は俺には向けられなかった。どうやら、顔面偏差値により扱いが異なるようだ。ちょっと悲しい。

それはさておき、王太子殿下の執務室まで先導してもらう。案内係は実に丁寧な態度だったのに、俺達がシュナーベル家の者だと分かると急に黙り込んだ。黙々と案内して殿下の執務室に着くと俺達の傍《そば》を離れ、執務室の扉を守る衛兵と二言《ふたこと》三言《みこと》言葉を交わす。しばらくして、俺達に「廊下でしばらくお待ちください」と素っ気なく言い、そそくさと執務室の前から去った。

でもまあ、その気持ちは分かる。

王太子殿下の執務室内からヒステリックな男性の叫び声が聞こえてきたら、ビビって退散したくなるよね？　俺も今すぐに退散したい気分だ。ヴェルンハルト殿下の声ではないようだが、誰かが執務室内で喚《わめ》き散《ち》らしているのは確かだ。

それから一時間以上が経過した。

俺達は殿下と面会するために、執務室前の廊下に立ち入室の許可を待つ。

フォーゲル王国の王太子殿下に、俺は『親友』として王城に招かれた。しかしその『親友』は、ヴェルンハルト殿下にとっては大切な存在ではなかったようだ。

廊下に放置されること、一時間。俺は殿下にとって『親友』どころか、『他人以下』の可能性が出てきた。

「王太子殿下の執務室を目の前にして、一時間以上も廊下で待たされるとは思いもしなかったよ。ねえ、ヴェルンハルト殿下は親友の扱いが雑だと思わない、アルミン？　それともこれは、殿下からの嫌がらせなのかな？」

「マテウス様、お疲れになりましたか？」

「ん、……まあね」

アルミンは登城してから、俺を『マテウス様』と呼ぶ。それが新鮮で、同時に照れ臭くもあった。

俺は彼から視線を逸《そ》らし、ヴェルンハルト殿下の執務室の扉を見る。

「ヘクトール兄上が出仕されているなら、兄上の執務室にお邪魔するのにな。ヘクトール兄上はそろそろシュナーベルの領地に着いたかな？」

「シュナーベルの領地にはまだ到着されていないと思いますよ？」

「王太子殿下のお子二人を連れての旅だから、気遣いや護衛の面が大変そうだものね。でも、八歳と六歳の幼い王子達に処刑見学をさせるのは……刺激が強すぎるのではないかな？」

「それを心配なさって、ヘクトール様もご一緒されたのだと思います。シュナーベルの領地で王子達が処刑を見学して失神でもされては、外聞が悪いですからね。それにしても、ヘクトール様は王子達の処刑見学に同行することに最後まで抵抗を示していらっしゃいましたね？」

「確かに……」


王太子殿下の後宮では、側室と殿下の間に生まれた二人の王子が育てられていた。

八歳と六歳の男子で、王太子殿下のお子は現在この二人だけである。

今朝、『本日、シュナーベルの領地で王子達が処刑見学をすることとなった』との知らせが、王城からシュナーベルの邸《やしき》に届いた。

王太子殿下からの急な命令に、ヘクトール兄上は何かしら思い当たる節があったようだ。だけど、婚約者となった俺にも、何も事情を説明してくれない。その代わりに、ヘクトール兄上は俺も共にシュナーベルの領地に行こうと提案してきた。

だけど今日は、王城出仕の初日という大切な日だ。

この日に向けて、俺は準備を進めてきた。だから、ヘクトール兄上と共にできないという理由で、俺自身の出仕を取《と》り止《や》めにしたくはない。

俺は素直にその気持ちを伝えた。するとヘクトール兄上は、領地行きを取《と》り止《や》めて俺と共に王城に出仕すると言い出したのだ。

これには俺も参ってしまった。

ヘクトール兄上は昔から俺に甘い。でも、ヘクトール兄上不在のシュナーベルの領地で王子達の身に何かあれば、大騒ぎに発展するのは確実だ。その件でヘクトール兄上やシュナーベル家が責任を問われる事態は絶対に避けたい。

俺は必死にヘクトール兄上を説得する。そして、渋る彼を無理やりに馬車に押し込み、シュナーベルの領地に送り出すことに成功したのだった。

「ヘクトール兄上は新調した馬車に乗れなくて、凄《すご》くガッカリした様子だったね。でも、その新調した馬車を隠してしまうだなんて、子供っぽいと思わない？　私は王城出仕一日目にその新調した馬車に乗って颯爽《さっそう》と登城したかったのにな」

「ヘクトール様を責《せ》めるのは酷ですよ、マテウス様。婚約者のマテウス様と一緒に出仕するために新調されたのですから。デザイン画を自ら工房に持ち込み職人と激しく意見交換をした末に、究極の馬車が完成したのです。にもかかわらず、俺がヘクトール様に先んじてマテウス様と共に新調した馬車に乗っては……あまりに、お気の毒というものです」

アルミンが半笑いになりながら殊勝なことを言う。領地に向かうヘクトール兄上の悲愴な表情を思い出し、俺も思わず笑いそうになった。緊張していた気持ちが少し和らぐ。

「アルミン、傍《そば》にいてね」

「マテウス様、でき得る限りお傍《そば》にいます。ですが、油断も無茶もしないと約束してください」

「約束するよ、アルミン。あ、扉が開いた！」

その時、王太子殿下の執務室の扉が開く。扉から現れた人物に俺は目を奪われた。

妃候補が着用する白を基調とした衣装。美しい黄金色の髪から、ちらりと見える翠色《みどりいろ》の瞳。僅《わず》かに紅をひいた唇。

「永遠の妃候補……」

俺は無意識に呟《つぶや》く。

ＢＬ小説『愛の為に』に登場する美しき妃候補、アルトゥール・ディートリッヒである。後々、彼は人々から『永遠の妃候補』と揶揄《やゆ》される人物だ。王太子殿下との間に子ができず心を病み、殿下と側室との間に生まれた子に危害を加える人物でもある。

勿論《もちろん》、小説の筋書通りに話が進むとは限らない。だが、その容姿が小説内の描写とあまりにも酷似していたので、不吉な予感が拭《ぬぐ》えなかった。

「待て、アルトゥール！　王太子殿下に失礼な態度を取ったまま、執務室を退出するなど許されない。今すぐに執務室に戻り、ヴェルンハルト殿下に謝罪しなさい。アルトゥール！」

「ヴォルフラム兄上、僕に非はありません！　王太子殿下が『部屋を出ていけ』と命じたのです！　僕はその言葉に従ったまでです！　兄上、僕は部屋に戻ります!!」

ヴォルフラム・ディートリッヒが妃候補を追って廊下に現れる。俺は突然の出逢いに驚き、思わずヴォルフラムの名を呼んでいた。

「ヴォルフラム様！」

「えっ、マテウス卿？」

ヴォルフラムが俺の顔と名前を覚えていてくれた。それだけで嬉しい。

俺は静かに微笑《ほほえ》み、彼らに向かって会釈《えしゃく》をする。

殿下の執務室で声を荒らげていたのは、アルトゥールだったようだ。アルトゥールとヴォルフラムは、黄金色の髪と翠色《みどりいろ》の瞳を持つ同腹の兄弟である。

「マテウス卿、お待たせして申し訳ない。しかし、マテウス卿はどうして廊下で待っておられるのですか？　王太子殿下の執務室が取り込み中の際には、案内係が来客を貴賓室に案内することになっております。もしや、案内係が仕事を怠《おこた》ったのでしょうか、マテウス卿？」

なるほど～。あの案内係は『シュナーベル家の人間に貴賓室など勿体《もったい》ない！』と考えて、俺達を廊下に放置したに違いない。

その嫌がらせに気が付かず、俺達は廊下で一時間以上も待っていたわけだ。王城の貴賓室なら、美味しい紅茶やお菓子が用意され食べ放題だったのに。

くそぉ、間の抜けた俺達を何処《どこ》かで観察しながら、案内係は嘲笑《ちょうしょう》を浮かべてお菓子を頬張っていたかも。

駄目だ、マイナスの空想がどんどん膨らんでいく。

俺がそんなことを考えていると、アルミンが前に進み出てヴォルフラムに話し掛けた。

「ヴォルフラム卿、発言をお許しください。私の名はアルミン・シュナーベル。マテウス様の護衛を務めております。ヴォルフラム卿……件《くだん》の案内係ですが、マテウス様を貴賓室に案内する気が元よりなかったように思われます。おそらく、シュナーベル家に対する偏見が原因であると推察します。マテウス様の護衛として、彼を厳しく罰していただきたく思います。また、マテウス様は繊細な心の持ち主です。偏見により傷つく主を見るのは忍びなく、このようなことが二度と起きぬように……ヴォルフラム卿には、最善の配慮をしていただきたく願います」

なるほど～。気遣いのできるアルミンが何もせずに俺を廊下で待たせていた理由は、この発言をするためだったのか。

つまり、嫌がらせに気が付いていなかったのは……俺だけってこと？　くそぉ、アルミンも、お間抜け仲間だと思っていたのに違っていたのか！　しかも、アルミンが密かに俺に発言するよう合図を出している。全く、ムカつく奴だ。

「アルミン、ヴォルフラム様に失礼です。身分を弁《わきま》えて控えていなさい！」

「申し訳ございません、マテウス様」

「マテウス卿。貴方の護衛の発言が事実ならば、案内係を罰する必要があります。シュナーベル家に対する偏見があるのは承知しておりました。ですが、王城出仕初日からマテウス卿がこのような扱いを受けるとは、思いもよりませんでした。私の配慮が至らず申し訳ございません」

俺は恩人のヴォルフラムに好印象を与えようと、にこやかに微笑《ほほえ》みながら言葉を紡《つむ》ぐ。

「ヴォルフラム様、どうぞお気になさらず。何かしらの手違いがあり、貴賓室には案内されませんでしたが、殿下の執務室前の廊下は美しい調度品に彩《いろど》られ、眺めているだけで時は瞬く間に過ぎ去りました。案内係を罰する必要はありませんよ、ヴォルフラム様？」

「マテウス卿の優しいお気遣いに感謝します。再びこのようなことがないように、案内係には相応の対応をしなければなりません。ですが、マテウス卿のお気持ちに従い厳重注意だけにいたします」

「はい、ヴォルフラム様。よろしくお願いします」

ヴォルフラムと再会し、会話を交わせたのが何より嬉しい。

だが、彼を優先するあまり、王太子殿下の妃候補を無視する形になってしまった。アルトゥールに物凄《ものすご》い眼差《まなざ》しで睨《にら》まれている。

俺が慌てて挨拶《あいさつ》しようとすると、アルトゥールのほうから言葉を掛けてくれた。

「お前が元妃候補の、マテウス・シュナーベルか？　ふん、冴えない男だな。しかし、元妃候補のお前がどうして王城にいる？　王城に留まり男漁《おとこあさ》りでもしているのか？　だが、『穢《けが》れた血脈』のシュナーベル家の『孕《はら》み子《ご》』に声を掛ける男などいないだろ？　僕の繊細な心では、お前が傍《そば》にいること自体が耐え難い。ヴォルフラム兄上、気分が悪くなりましたので、僕は部屋に戻ります」

「アルトゥール!!」

ヴォルフラムが弟の名を呼んだが、彼は振り返りもせずに廊下を歩き去る。その白い衣装が見えなくなると、俺はようやく呼吸を取り戻した。無意識に息を止めていたみたいだ。少し息が荒くなった途端にアルミンに気づかれる。

「マテウス様、大丈夫ですか？　ゆっくりと息を吐き出してください。呼吸が楽になります」

「ふふ、心配性だなアルミンは？　大丈夫、問題ないよ」

不意に、ヴォルフラムが俺に対して頭を下げた。俺は慌ててそれを制しようとしたが、彼は頭を上げようとしない。

「私の弟のアルトゥールが酷《ひど》い暴言を言い放ちマテウス卿を深く傷つけました。本来ならば、愚弟が謝るべきところですが、弟を止められなかった私にまず謝らせてください。すまなかった、マテウス卿」

「ヴォルフラム様、お顔を上げてください。妃候補となられたアルトゥール様は、環境が変わり気が立っていらっしゃるのでしょう。私もこれまでに幾度も傲慢《ごうまん》な態度を取り、兄のヘクトールに迷惑を掛けてきました。それでも、兄の支えで笑って過ごせるようになったのです。妃候補のアルトゥール様が笑って過ごせるように支えてあげてください、ヴォルフラム様」

俺がそう返事をすると、ヴォルフラムは少し驚いた顔をした。きっと、俺からも、アルトゥール並みのキツイ言葉を喰らうのを覚悟していたに違いない。

ヴォルフラムは王立学園時代の傲慢《ごうまん》な俺を知っている。だから、俺の反応が意外だったのかもしれない。

でも、まだ王城に出仕して一日目だ。流石《さすが》の俺も、気鬱《きうつ》には陥《おちい》ってはいない。

いや、アルトゥールの暴言に呼吸が乱れたのは、今後の課題になりそうだ。

アルミンは黙って俺の様子を見守ってくれている。俺はヴォルフラムに声を掛けた。

「王太子殿下はお忙しそうですが、お会いできますでしょうか？」

「ご案内します、マテウス卿。詳しい事情はお話できませんが、王太子殿下は現在非常に神経質になっておられます。マテウス卿、言動には十分お気を付けください」

「ヴォルフラム様、ご忠告に感謝します。殿下の機嫌を損ねないよう努力しますね。ところで、私の護衛であるアルミンも共に執務室に入れるでしょうか？」

「王太子殿下は、マテウス卿とお二人でお会いしたいとのことです。殿下より人払いが命じられております。アルミン殿には私と共に貴賓室でお待ちいただきます」

「承知しました、ヴォルフラム様。アルミン、ヴォルフラム様に迷惑を掛けないようにね」

アルミンが黙ったまま、物凄《ものすご》い形相で俺を見る。

怖いから睨《にら》むのやめて、アルミン！　俺を睨《にら》んでも、状況は改善しないからね？

俺がアルミンに気を取られている内に、ヴォルフラムは執務室に入室し取次ぎを済ませてすぐに廊下に出てきた。

俺はヴォルフラムに挨拶《あいさつ》をした後、アルミンにちらりと視線を送る。そして彼を安心させるために、小さく手を振った。

その後、王太子殿下の執務室に一人で入室する。

ヴェルンハルト殿下は執務室のソファーに深く座り、ぼんやりと天井を見つめていた。

俺が王太子殿下の執務室に入室して、既《すで》に三十分は経過している。俺は扉付近に立ったまま、殿下から声が掛かるのを待っていた。

俺から声を掛けるのは、身分を考えると失礼に当たる。そう自分に言い聞かせて、ヴェルンハルト殿下の様子を窺《うかが》いつつ沈黙を守る。だが、そろそろイライラが募《つの》ってきた。

俺は残念ながら堪《こら》え性《しょう》のない男だ。身分を無視して、王太子殿下に話し掛けることにした。

「ヴェルンハルト殿下。殿下は私を親友として王城に招いてくださいました。私も王太子殿下の親友として王城に出仕しております。現在、殿下はとても深い悩み事を抱えていらっしゃるご様子。どうか親友の私に、殿下のお悩みの一部分をお分けいただけませんか？」

「…………」

殿下の反応は沈黙だ。視線は天井に固定されて、俺には一切向けられない。

王城出仕一日目にして、もう気鬱《きうつ》を発症しそうだ。アルミンが忠告してくれた通り、油断も無茶もしないつもりだが……皮肉くらいは、言っても許されるのではないだろうか？

「ヴェルンハルト殿下の親友は天井だけのようですね？　殿下の親友の天井は、悩みに答えてくれましたか？」

「マテウスは相変わらず皮肉屋だな？　俺の親友の天井は、全く俺の悩みに答えてはくれない。だが、『殿下』『殿下』と媚《こ》びて親し気に振る舞い、最後には俺を裏切り離れていく人間よりはました。天井はそんな真似をしないだろう？」

王太子殿下がようやく俺に視線を向けてくれた。視線が向いたのは良いのだが、じろじろと見てくるので恥ずかしい。僅《わず》かに体温が上昇して、顔が赤くなっている気がする。ヴェルンハルト殿下に気づかれていないといいのだが。

「髪を切ったのか、マテウス？」

「はい、切りました」

「何故《なぜ》だ？」

いきなり髪型の話題か。俺は少し思考を巡らせた。だが、結局は正直な気持ちを口にする。

「私はもう王太子殿下の妃候補ではありません。殿下に媚《こ》びるために、カールの髪型を真似る必要がなくなりました。また、この髪型は私の婚約者の希望でもあります」

「……婚約者の希望ねえ？　マテウスとヘクトールは見た目の違いから、腹違いの兄弟だと世間では認識されている。だが、兄弟には違いない。その二人が婚約したとなれば、世間は悪い印象を持つだろうな？　フォルカー教の教義では、近親婚は望ましくないものとされている。フォルカー教信者がお前達の婚約を知れば、嫌悪の眼差《まなざ》しを向けるだろう。それを承知の上で婚約したのか、マテウス？　それとも、ヘクトールに婚約を強要されたのか？　答えろ、マテウス・シュナーベル」

「ヴェルンハルト殿下の問いにお答えします。私は自分の意思で、ヘクトール兄上と婚約しました。王太子殿下はご存じのことと推察いたしますが、私と兄上の関係は兄弟ではなく従兄弟です。近親婚ではありますが、婚約に問題は生じません。シュナーベル家の者は望んで近親婚を繰り返しているわけではありません。世間の偏見と差別により、血縁者以外とは縁を結べない状況なのです。差別の原因の一つとして、王国より与えられた処刑業務が挙げられます。王国が処刑業務の返上を認めないのであれば、シュナーベル家を差別や偏見から守っていただきたいのです。未来の国王である王太子殿下には、シュナーベル家が近親婚を繰り返す必要のない、差別のない世の中を作っていただきたいと心から望んでおります」

「相変わらずよく喋《しゃべ》るな、マテウス？」

俺の発した言葉に対して、王太子殿下は意地悪な笑みを浮かべた。その笑みに、俺は思わず身構える。それに気が付いたヴェルンハルト殿下はますます薄い笑みを浮かべる。薄笑いを浮かべた顔で、俺に手招きをした。

「マテウス、立たせたまま待たせて悪かったな。こちらに来て、ソファーに座れ」

「承知しました、ヴェルンハルト殿下」

俺は一礼した後に、ヴェルンハルト殿下の向かい側のソファーに座る。王太子殿下は正面から俺を見つめるとゆっくりと口を開いた。

「シュナーベル家において、カールは『駒』として扱われ、酷《ひど》い境遇で育った」

「はい？」

「だが、カールの同腹の兄のマテウスはシュナーベル家で大切に守られて育てられたようだな？　特にヘクトールは世間や血族の批判を覚悟の上で、王城出仕をするマテウスと婚約した。つまりマテウスは、ヘクトールにとってただの『駒』ではないということだ。そうだろ、マテウス？」

殿下が妙なことを言い始める。

シュナーベル家において、カールは『駒』として扱われ、酷《ひど》い境遇で育った……ヴェルンハルト殿下はそう言ったよね？　間違いないよね？

だけど、そんな事実はない。

殿下が何を根拠にしているのかは分からない。だが、シュナーベル家の名誉のためにも、ヴェルンハルト殿下の誤解を解く必要がある。俺は反論することにした。

「ヴェルンハルト殿下は誤解されておられます。シュナーベル家は、カールを酷《ひど》い境遇で育てたことなどございません。カールを『駒』扱いしたこともございません。王太子殿下は何を根拠にそのようなことを仰《おっしゃ》っているのですか？　それに、王太子殿下ご自身はどうなのですか？　殿下はカールの殺害犯を引き寄せる餌として、私を『駒』扱いするおつもりですよね？　ご自身のことは棚に上げ、根も葉もないことを仰《おっしゃ》らないでください。シュナーベル家への侮辱《ぶじょく》は止《や》めてください、ヴェルンハルト殿下！」

語気を強くする。だが、王太子殿下は表情を変えることなく、俺を真っ直ぐに見つめていた。やがて、ゆっくりと言葉を紡《つむ》ぐ。

「俺はカールを殺害した犯人を知っている」

「えっ？」

「俺はカールの殺害を二人の臣下に命じた。一人目が、ヘクトール・シュナーベル。二人目が、ヴォルフラム・ディートリッヒだ。どちらがカールを殺害したのかは知らない。だが、殺害犯が誰であろうとも、俺には関係のないことだ。カールさえ確実に死ねば……それで良かった」

「殿下は……何を仰《おっしゃ》っているのですか？」

「俺がここまで語ってもその反応か、マテウス？」

王太子殿下の様子が明らかにおかしい。

たとえ人払いをしていたとしても、こんな会話を執務室でするべきではないだろう。しかも、ヘクトール兄上やヴォルフラムを巻き込む内容だ。

ヴェルンハルト殿下に、このまま会話を続けさせては駄目だと考えた俺は、殿下の会話を中断しようとする。

「ヴェルンハルト殿下、今日はここまでにいたしましょう」

「その必要はない」

「王太子殿下、どうなさったのですか？　慎重さが殿下の身を守ります。どうか、会話はここまでにしてください、ヴェルンハルト殿下！」

「黙れ、マテウス!!」

俺の制止は届かなかった。ヴェルンハルト殿下は更に会話を続ける。

「亡くなったカールの身代わりとして、王城にやってきた妃候補のマテウス。俺の目には、お前は傲慢《ごうまん》で愚かな人物に映った。そんな人物をヘクトールが大切に扱うはずがない。愚かな『駒』は使い捨てにされるのが常だ。妃候補を外されシュナーベル家に戻れば、マテウスもカールと同じ道を辿ると分かっていた。お前はカールと違い……傲慢《ごうまん》で愚かだ。だが、カールと同じ道を辿らせることに……俺が抵抗を覚えた。幾度か交わったお前に情が湧いたのだろうな。故《ゆえ》に、俺の手元に置くことに決めた。多少強引な手段ではあったが、お前を『親友』として王城出仕させることに成功した。俺はこのままマテウスを手元に置くつもりだった」

ヴェルンハルト殿下が何を話しているのか理解できない。だが、王太子殿下が会話を止める気がないのなら付き合うしかなかった。そして、俺の知らない情報をできるだけ殿下から引き出す。そうでなければ、俺がこんな危険な綱渡りに参加する意味がない。

「カールと同じ道を私が辿るとはどういう意味ですか？　私がカールのように……殺されるという意味ですか？　愚か者にも分かるように説明してください、ヴェルンハルト殿下」

「愚か者ねえ？　あの狡猾《こうかつ》なヘクトールがただの『駒』と婚約するとは思えない。つまり、ヘクトールにとって、マテウスは同類であって『駒』ではないということだろ？」

「ヴェルンハルト殿下。申し訳ありませんが、私には殿下の仰《おっしゃ》る意味がよく分かりません。もう一度、説明を願います。ヘクトール兄上と私が同類とは、どういう意味でしょうか？　それに、カールと同じ道を辿らぬように殿下は私を手元に置くつもりだったと仰《おっしゃ》いました。それは、どういう意味ですか？」

「言葉の通りの意味だ。カールと同腹の兄弟であるお前が、カールと同様の酷《ひど》い扱いを受けるのは避けたかった。だが、諸悪の根源はヘクトールにより既《すで》に排除されたようだな？　ならば、お前がカールと同じ道を辿ることはない。マテウス……お前はもう王城に出仕する必要はない。俺との寝所での会話は全て忘れろ。そして、シュナーベルの領地で一生を穏やかに過ごすといい」

「……王城に出仕する必要はない？」

「ああ、お前は不要だ。王都より去るがいい」

王太子殿下はあまりにも身勝手すぎる。王城出仕のために、俺は周りの人達に心配と迷惑を沢山掛けた。なのに、ヴェルンハルト殿下は、「不要」の一言で片付けようとしている。

「王太子殿下は身勝手です」

「…………」

ヴェルンハルト殿下の言葉をなんでもいいから引き出したい。このままでは……王城を去れない。

「王太子殿下は誤解されています。シュナーベル家がカールに対して酷《ひど》い扱いをしたことなどございません。カールは私と同様、シュナーベル家において大切に育てられました」

「…………」

黙り込むのは卑怯だ。せめて、俺が不要になった理由を分かるように説明してほしい。

「私とカールの産みの親が亡くなった後は、彼は父上から溺愛されて育ちました。私は父上に見向きもされず、嫉妬《しっと》を覚えたほどです。カールが酷《ひど》い扱いを受けて育ったと王太子殿下が思い込んでおられるのは……カールがそのように話したからではないのですか？」

「…………」

「カールが王太子殿下に『シュナーベル家で酷《ひど》い扱いを受けている』と訴えていたのであれば……

それは、ヴェルンハルト殿下の気を惹《ひ》くためについた嘘だと思われます」

俺の言葉にようやく殿下が反応を示す。だが、それは俺の望んだ反応ではなかった。

俺の反論を王太子殿下は鼻で笑った後、急激に怒りの表情を露《あら》わにする。

不意に殿下の手が動く。素早い動きで俺の頭部に手をやると、無理やりテーブルに押さえ付けた。

テーブルに頭をぶつけた俺は、衝撃のあまり震え出す。何故《なぜ》このような扱いを受けたのか理解できず、ただ怖くて震えが止まらなかった。

王立学園時代に男達に襲われたのを思い出し、吐き気がする。

「殿下……や、やめてください……」

「ふん、大口を叩く割には随分と弱々しい反応だな、マテウス？『カールが殿下の気を惹《ひ》くためについた嘘』だと？　お前はカールの実兄でありながら……よくも、そんな言葉が吐けるな！」

「殿下……私は……っ……」

「お前は同腹の弟のカールのことを何も知らないらしい。いや、その様子では……カールの心を理解しようと努力をしたことすらないだろう？　随分と弟に冷たい態度だな、マテウス？　美しいカールの容姿に、お前は嫉妬《しっと》でもしていたのか？」

ヴェルンハルト殿下に頭を押さえ付けられて身動きが取れない。頬をテーブルに押し付けられて、呼吸が上手《うま》くできなかった。恐怖も相まって、呼吸が乱れ苦しい。

「殿下……苦しい……です……」

「少しは我慢しろ、マテウス。お前は本当に甘やかされて育ったようだな？　カールならば、この程度の責め苦で泣き言は言わなかったはずだ」

「何故《なぜ》、カールなら……泣き言を言わないと言い切れるのですか？　殿下がカールの……何を知っているというのですっ!!」

俺はテーブルに頭を押さえ付けられたまま、なんとか殿下に言葉を投げ掛ける。

王太子殿下に会話の主導権を握られたくなかった。虚勢だとしても抵抗は示したい。

だが、ヴェルンハルト殿下の次の言葉で、俺のそんな思いはあっさりと吹き飛んでしまった。

「よく聞け、マテウス。お前の弟のカールは実父のアルノー・シュナーベルによって何度も凌辱されていた！　お前の父親は何度もカールを穢《けが》していた！　これが真実だ、マテウス!!」

「な、何を……何を仰《おっしゃ》っているのですか、殿下？」

ヴェルンハルト殿下はとんでもない勘違いをしている。

確かに父はカールを溺愛していた。だけど、それだけだ。

カールが父上に凌辱されていた？　殿下は……何を言っているんだ？

「シュナーベル家現当主のアルノーには、血脈の弊害が現れていた。そのことは、マテウスも知っているな？　アルノーの血脈の弊害は、己に近い濃い血脈を好む性癖として現れている。彼は腹違いの弟で『孕《はら》み子《ご》』のグンナーを溺愛し側室とした。そして、二人の間にはマテウスとカールが生まれた。だが、三人目の子を孕《はら》んだグンナーは腹の子と共に亡くなる。しかし、グンナーが亡くなった後も、アルノーの濃い血脈を渇望《かつぼう》する性癖は止まらない。彼の標的はグンナーに容姿のよく似たカールに向けられた」

「あり得ない……そんなこと、あり得ません、殿下……そんなこと」

俺の声は酷《ひど》く震えていた。

ヴェルンハルト殿下は間違っている。だから、訂正してもらう。絶対にだ！

「おそらく、アルノーはお前も標的にしていたはずだ。アルノーは『孕《はら》み子《ご》』のマテウスに己の子を孕《はら》ませたかったに違いない。だが、お前はシュナーベル家の者により守られた。一方、弟のカールが守られることはなく、まともではない当主を慰《なぐさ》める『駒』として使われた。シュナーベル家現当主の父親に犯され続けたカールが、自分自身を『駒』扱いしたシュナーベル家の破滅を望んだとしても不思議はないだろ、マテウス？」

「違います、違います……そんなこと……」

カールは俺に会う度に父に大切にされているのを自慢していた。俺が父に無視されるのは『容姿が美しくないからだ』と俺の容姿を貶《けな》す。俺が悔しくて泣き出すと、カールは黙って去っていく。

そんなことを繰り返している内に、カールと顔を合わせても会話がなくなっていった。

互いの存在を意識しながら、すれ違い離れていく背中。それが日常になったのは、何時《いつ》の頃からだっただろうか？

「カールは……父に大切にされていると自慢していました。私が父に無視されるのは……容姿が美しくないからだと貶《けな》しました。泣かされたのは私で……カールは平然としていて……」

ヴェルンハルト殿下は鼻で笑うと、俺の頭をテーブルに押さえ付けた状態で応じる。

「『孕《はら》み子《ご》』の精神はゆっくりと成長する。兄のお前に泣きついても救われないと、幼いながらもカールには分かっていたのだろう。実際、お前には、カールは救えはしなかっただろう。それにしても、次期当主に選ばれたヘクトールは随分上手《うま》く立ち回ったものだな？　次期当主の座を揺るがしかねないカールをアルノーにあてがい排除した。そして手元には本家の『孕《はら》み子《ご》』が残った。次期当主に選ばれた時、ヘクトールはまだ十代だったはずだ。流石《さすが》は『シュナーベルの刃』から選ばれただけはある。実に優秀で……容赦がない」

「ヘクトール兄上が父にカールをあてがっただなんて……あり得ない！　殿下は酷《ひど》い誤解をなさっています！　兄上は……ヘクトール兄上はそんな人じゃない！」

「疑うなら、ヘクトールに直接カールの件を聞くといい。お前はヘクトールの婚約者となったのだから、なんでも聞ける立場だろ？　しかし、元は従兄弟とはいえ、お前とヘクトールは長く兄弟として育ってきたはずだ。そんな二人に『親愛以上の愛』が育つものなのか？」

「私の身を守るために……兄が婚約を申し込んでくださったのです」

「ヘクトールから報告は受けた。『王城出仕にあたり、マテウスの身を守るために婚約した』とな。だが、実際はどうだろうな？　お前が妃候補時代にヘクトールと共に庭園を散策したことがあっただろ？　暗部からの報告書には『まるで恋人同士のような兄弟』と記されていたぞ？　ヘクトールとお前の関係はアルノーとグンナーの関係と同じかもしれないな？　互いの濃い血脈に惹《ひ》かれ合《あ》っているだけということだ。アルノーのいかれた性癖を引き継いだようだな、マテウス？」

「違う！　私は父の性癖など引き継いでいない！　絶対に違う！　この婚約は、私の身を案じたヘクトール兄上が提案してくれたもの。『親愛の情』から生まれたもの。確かにキスはしたけれど、それは従兄弟の『ヘクトール様』に恋をしていた過去の私が……まだ心に燻《くすぶ》っていたから。私には濃い血脈を感じて……心を惹《ひ》かれた経験などありません！」

「はっ、お前はお喋《しゃべ》りだな？　兄とキスをしたのか？　やはりシュナーベル家の者は異常だな？」

興奮して余計なことを言った。頭をテーブルに押し付けられたまま、俺は悔し涙を流す。それでも抗議せずにはいられなかった。

「訂正してください、殿下！　シュナーベル家の者が異常だなんて……酷《ひど》すぎます！　殿下の言葉はシュナーベル家に対する侮辱《ぶじょく》です！　訂正してください、ヴェルンハルト殿下！」

不意に殿下が頭を押さえ付ける力を緩め、何故《なぜ》か俺の髪を優しく撫《な》でた。だが、拘束を解くつもりはないらしい。俺はテーブルに頭を押さえ付けられた状態で髪を撫《な》でられるという、異常な状態に身を置いていた。

とにかく、今の殿下は尋常ではない。怖い。怖くてたまらない。

「訂正はしない、マテウス。俺は真実を言っただけだ……シュナーベルの血脈が流れる者には程度の差はあれ、血脈の弊害が現れる。シュナーベルの血が流れる、俺自身がそうだからな」

「え？」

「マテウス、俺の秘密を知りたいか？」

「……殿下の秘密？」

「俺の秘密を知りたいかと聞いている。返事をしろ、マテウス！」

もしれない。


「知りたいです、殿下」

強い口調で問われて、俺は『知りたい』と答える。

でも、本当は知りたくはなかった。ヴェルンハルト殿下の秘密を知れば、後戻りできなくなるかもしれない。

なのに、俺には拒否する術《すべ》がなかったのだ。

ヴェルンハルト殿下は一方的に話し始める。

「……俺の産みの親は、シュナーベルの『孕み子《はらみご》』だ。つまり、俺の体にもシュナーベルの血脈が流れているわけだ。ただ、俺の産みの親は傍系の出身だ。流れる血脈はそう濃くない。実際、妃候補のお前と情交を交わすまでは、シュナーベルの血脈の存在を感じたことなど一度もなかった。その俺が……この有様だ。シュナーベル本家の濃い血脈が流れるマテウスを前にすると、心がかき乱される。カールの苦しみを何も知らずに育ったお前が憎い。だが同時に、恐ろしいほど……お前に心を惹《ひ》きつけられる。胸がざわつき、愛憎に心が揺れて……おかしくなりそうだ。尋常でない行動に走る俺がいる。今、お前の頭を押さえ込んでいる、俺自身の行動が信じられない。これ以上、その濃い血脈で俺を煽《あお》るな……マテウス」

「はい??」

ちょっと待て！　俺の血脈が原因で、殿下が尋常でない態度を取ってしまうだって!?

責任転嫁も甚《はなは》だしい。

BL小説『愛の為に』のヴェルンハルト殿下は優しくて凛々《りり》しくてとっても素敵だった！　なの

に、今世《こんせ》の殿下はどうしてこんな暴力男になってしまったんだよ？　落差が大きすぎて、受け入れられない。

いや、そんなことよりも……王太子殿下はとんでもない秘密を俺に暴露したよね？

王太子殿下はその身にシュナーベルの血脈が流れていると言った。産みの親がシュナーベルの『孕《はら》み子《ご》』だとも言った。

だけど、ＢＬ小説には、ヴェルンハルト殿下の産みの親は男爵位ヨッヘン・レトガーの令息だと記されている。レトガー家はシュナーベル家の血族じゃない。

ヴェルンハルト殿下が嘘をついているのか？　それとも、これも『月歌』先生が仕掛けた裏設定なの？

「マテウス……今、俺を疑っただろ？　だが、俺の体にシュナーベルの血脈が流れているのは確かだ。俺の産みの親の名は、ペーア・シュナーベル。シュナーベルの傍系の家に生まれたペーアは、領地で農業に従事する両親のもとで美しい『孕《はら》み子《ご》』に成長した。だが、両親がフォルカー教に改宗したのを切っ掛けに、ペーアは家族と共にシュナーベルの領地を去ることになる。彼らはシュナーベルの血縁者であることを伏せて、王国内を転々としながら暮らしていた。だが、美貌のペーアは各地で人目を惹《ひ》き、求婚する者によって度々家族の身元調査が行われる。その結果、シュナーベルの血縁者であると発覚し、ペーアと家族はその地の住人から侮蔑《ぶべつ》的な扱いを受けた。その都度、住居を捨て新しい住処を探す日々がペーアの家族を疲弊させる。話し合いにより、家族は再びシュナーベルの領地に戻ろうと決意した。だが、ペーアだけはそれを拒否する。フォルカー教への信仰心が強かった彼は、シュナーベルの血脈を嫌っていた。シュナーベルの血脈に縛られる生き方を嫌い、家族と別れ出自を伏せて一人で生きていく道を選んだ」

「殿下の産みの親がシュナーベルの血縁者？　私と殿下は血脈で繋がっている？　でも、シュナーベルの血縁者が側室になった話など……私は聞いたことがないです」

「俺の話に興味を持ったようだな、マテウス？　野心家で大胆な性格をしていたペーア・シュナーベルは、自らの美貌を最大限に生かせる後宮に入るために様々な画策したようだ。当時、陛下は健康体にもかかわらず多くの妃候補や側室と交わっても子宝に恵まれなくて、焦《あせ》りを募《つの》らせておいでだった。それで、詳しく出自や家系調査をしないまま、更に多くの側室を後宮に迎え入れたのだ。その時に後宮入りした美貌の側室ペーアは、陛下の寵愛《ちょうあい》を得て子を孕《はら》み無事に赤子を産んだ。その子は成長し、現在はヴェルンハルト・フォーゲルと名乗っている。つまり、俺だ。これが、俺の隠された出自だ」

「……ヴェルンハルト殿下の……隠された出自」

「陛下は子宝に恵まれ大いに喜んだ。側室の子が王太子の位に就く事例は極めて少ない。だが、陛下の唯一の子供であった俺は、王太子の位に就く。王太子の誕生で余裕を取り戻した陛下は、新しく召した側室達の出自を詳しく調べるように臣下に命を下した。その結果、陛下の唯一の子を産んだ側室のペーアが、出自を伏せて後宮入りしていたことが判明する。ペーアはその美貌を生かし、老齢で独身のレトガー男爵家の当主に取り入った。そして、偽《いつわ》りの身元保証書でヨッヘン・レトガーを騙《だま》してレトガー家の養子となったのだ。そして『ペーア・レトガー』の名で念願の後宮入りを果たす。詳しい出自や家系調査を怠《おこた》った陛下にも落ち度はあった。だが、寵愛《ちょうあい》していた側室に騙《だま》されていたことに陛下は激しく自尊心を損なわれる。陛下はペーアを憎むようになっていった。それでも、唯一の子供である俺を王太子の位に留めおく。だが、父上——陛下は、俺のことも憎むようになっていった。俺は陛下の存在に怯《おび》えながら子供時代を過ごすことになる」

「陛下に憎まれて……子供時代を……」

「陛下に憎まれることは死に直結する。ある日、俺は陛下より『シュナーベルの領地で処刑見学をするように』と命じられた。不審に思いながらも、俺は陛下の命に従い処刑見学に向かった。そして、シュナーベルの領地に到着して……初めて、処刑者が産みの親であるペーアだと知らされる。彼の罪状は魔物と交わり姦淫《かんいん》に耽《ふけ》った罪だ。ペーアは敬虔なフォルカー教の信者だった。そのペーアが魔物と交わった罪で処刑されるなどあり得ない。俺は異端審問官に異議を申し立てたが、そいつは決まり文句を繰り返すだけだった。『正式な異端審問により罪状が明らかになりました。処刑の執行を止めることはできません』とね。確かに、ペーアは出自を偽《いつわ》って後宮入りを果たし陛下を騙《だま》した。それは、明らかな大罪だ。だが、ペーアを見出し寵愛《ちょうあい》したのは……陛下自身。父上には跡継ぎを産んだペーアに、少しは情けを掛けていただきたかった。だが、俺の産みの親は火刑に処される。産みの親が炎に焼かれる姿に耐えられなくなり、俺は処刑場から逃げ出した。そして俺は……産みの親ペーアに酷《ひど》い運命を与えたフォルカー教の唯一神を罵《のの》りたくなる。だからシュナーベルの領地にあったフォルカー教の教会に駆け込んだ。そこで俺は初めてカールと出逢った」

「教会で……カールと出逢ったのですか？」

「ああ、そうだ。教会には、カールだけがいた。その当時、カールは熱心に教会に通っていたらしい。俺は祈りを捧《ささ》げていたカールに声を掛けた。『俺は今から唯一神を罵《ののし》るつもりだ。お前の祈りの邪魔になるが良いか？』俺がそう尋ねると、不意にカールは祈りをやめてこう返事した。『シュナーベル家が滅びるように神に祈ってきた。実の父親に罰が下るようにと。でも、何度祈っても、僕の願いを叶えてくださらない。僕も一緒に唯一神を罵《ののし》っても良いだろうか？』……そんなカールの返事に、俺は驚き戸惑《とまど》った。だが結局、二人でフォルカー教の神を罵《ののし》る。教会で神を罵《ののし》った俺達は、慌てて教会を後にした。そんな一度の出逢いで、俺達はお互いに惹《ひ》かれ合《あ》った。カールは俺に親友になってほしいと言った。俺もカールの親友になりたいと返事した。こうして、俺達の関係は始まったんだ」

「恋人ではなく……親友……？」

カールが教会に通っていたのは知っている。

フォルカー教に傾倒する彼が、俺には理解できなかった。俺と同じく『死と再生を司《つかさど》る神の末裔《まつえい》』なのに、己の血脈に宿る神を否定してフォルカー教を信仰することに反発を感じていたのだ。

そのフォルカー教の教会が、カールとヴェルンハルト殿下を巡り合わせる。

その出逢いは、二人にとって幸せなものだったのだろうか？

「俺とカールは恋人ではなく、親友を求めていた。互いに親交を深めていった俺達は、本物の親友になれたのだと思う。ある日、カールが泣きながら自らが抱える秘密を全て打ち明けてくれた。『実父のアルノーに毎日のように犯されている』『父上が僕を求め犯すのは、己に近い濃い血脈を感じたいだけ』『それは、シュナーベル家が繰り返してきた近親婚が原因』『濃い血脈同士で惹《ひ》かれ合《あ》うシュナーベルの穢《けが》れた血脈をこの世から消し去りたい』……カールの残酷な身の上に、俺の身は震え出していた」

あのカールが泣いていた？　俺よりずっとしっかり者だった弟が？　カールは本当に……父上の慰《なぐさ》み者にされていたの？　毎日のように父上に凌辱されていたの？　俺の前で一度だって涙を見せたことのないカールが……辛《つら》くて泣いていたの？

嫌だ、俺は信じない。信じたくない！

でも、カールが父上の慰《なぐさ》み者にされていたなら……シュナーベル家を憎んでも当然だ。

なのに、俺はカールを殺した。カールの事情など何も考えずに殺してしまった。

ヘクトール兄上はこのことを知っていたのかな？　もしも、王太子殿下が言っていたように……ヘクトール兄上が父にカールをあてがっていたとしたら？

違う、違う!!　俺は、何を考えているんだ!!

心が軋《きし》んで痛いよ、ヘクトール兄上。

真実が見えない。でも、真実が知りたい。

だけど、ヘクトール兄上に聞いてどうする？　真実ならどうする？

否定したい。全てを否定したい。そうでないと、俺の心がおかしくなってしまう。俺の心が軋《きし》んで壊れてしまう。

「そんなの……カールのついた嘘に決まっています！　殿下も仰《おっしゃ》っていたでしょ？　カールはヴェ

ルンハルト殿下にも嘘をついていたと。カールは……嘘つきです。カールは嘘つきです！」

俺の髪を撫《な》でる殿下の手が少し震えている。怒りからの震えではなく、悲しみからくる震えに思えた。

同腹の兄が弟を全否定する姿は、ヴェルンハルト殿下の目にはどう映っているのだろうか？

「カールの苦しみを『嘘』の一言で消し去るつもりか、マテウス？　まあ、お前のように甘やかされた人間には、受け入れ難い真実かもしれないな？　親友だと自負していた俺自身も、カールの本当の辛《つら》さを少しも理解していなかったのだからな。俺は少しでもカールの心が穏やかになればと考え、俺自身の秘密を打ち明けた。『俺の産みの親はシュナーベルの傍系の出自だった。だが、その血脈を嫌い身元を偽《いつわ》り後宮入りを果たして俺を産んだ。後にそれを知った陛下は、俺の産みの親を火刑に処し、シュナーベルの血縁者である事実を永遠に葬《ほうむ》った。俺自身はシュナーベル家に対して恨みはない。だが、親友であるカールのために、ここで誓う。俺が国王となった暁《あかつき》には、近親婚を禁じる法を作る。シュナーベルの血脈の弊害を断つために』……今思うと、俺は随分と偉そうに、カールに未来を語っているな。だがその時は、俺の言葉がカールの希望になると信じていた。その言葉はカールの気持ちを逆撫《さかな》でするだけだった」

ヴェルンハルト殿下は一度呼吸を整えるとまた話し出す。俺は黙ってそれを聞くことにした。

「……俺がカールに秘密を打ち明けてからしばらく後に、王城や王都に俺に関する噂が流れ始めた。『王太子殿下の初恋相手はカール・シュナーベルらしい』『王太子殿下はカールに求愛したようだ』『王太子殿下はカールを妃に迎えるらしい』『恋に溺《おぼ》れたヴェルンハルト殿下は王太子に相応《ふさわ》しくない』『シュナーベル家の者を妃に求める殿下は、フォルカー教信者ではないのでは？』等々。全ての噂が後ろ楯のない俺には致命傷になり得るものだ。俺はすぐにそれを流している人物に気が付く。カールは俺を巻き込み、シュナーベル家と現当主のアルノーを破滅させるつもりなのだと悟った。俺はカールに出自の秘密を話すべきではなかった。シュナーベルの血脈が流れる俺は、カールにとっては滅ぼすべき対象となったのだ」

シュナーベルの血脈をカールは嫌っていた。血縁者同士で惹《ひ》かれ合《あ》うシュナーベルの血脈を、消し去りたいと願っていた。

なのに、カールは気付かぬ内に、シュナーベルの血脈が流れるヴェルンハルト殿下に惹《ひ》かれてしまっていたのだろう。それはカールの心を酷《ひど》く傷つけたはずだ。

カールは己にも父上と同じ血脈の弊害が現れたと思い込み、自暴自棄になったのかもしれない。

「俺は噂を止めようとカールを呼び出し問い質した。どうして俺を窮地に追いやるのかと尋ねる。すると、カールは笑いながら答えた。『シュナーベルの血脈が流れていると分かった瞬間に、殿下は親友ではなくなりました。殿下はもうシュナーベル家と父上を破滅に追いやる駒となったのです』……俺はカールの言葉に酷《ひど》く傷ついた」

ヴェルンハルト殿下が苦しげに言葉を切る。俺は言葉を挟むことができなかった。

王太子殿下が再び話し始め、俺は黙って聞く。

「カールは駒となった俺に、父親のアルノーを破滅させる計画を饒舌《じょうぜつ》に語った。『王太子殿下、僕は今すぐに父上を破滅させる必要に迫られています。父上はおそらく毒物を盛られています。最近は幻覚を見るようで、僕を抱きながらマテウスの名を呼び「子を孕《はら》め、子を孕《はら》め」と迫ってくるのです……気持ち悪いでしょ？　僕は父上が完全に正気を失う前に罰を下したいのです。殿下は「カールを妃として召したい」と書いた直筆の手紙を今すぐにシュナーベル家に送ってください。僕は父上を誘導して、僕が「孕《はら》み子《ご》」だという証明書を医者に書いてもらいます。王家を謀《たばか》る偽造書類を作成した父上は、これで破滅させられるでしょ？　シュナーベル家にも咎《とが》めが下されるはず。シュナーベル家に手紙を出すだけならば、どれほど間抜けな駒でも容易にできるでしょ、殿下？』

カールは早口で話し終わると、俺の前で楽しそうに笑い出した。もしかすると、カールも毒を盛られていたのかもしれないな」

「そんな……」

今の話を信じるなら……王城から届いた『カールを妃として召したい』との殿下直筆の手紙は、カール本人が殿下に送るよう強要したことになる。それに、カールや父が毒を盛られていたのが真実なら……誰が二人を害そうとしていたの？

ＢＬ小説『愛の為に』の内容が、作者の『月歌』先生の悪戯《いたずら》で、裏設定満載なのは既《すで》に分かっている。だけど、ヴェルンハルト殿下の初恋の相手がカールだという根本設定までもが覆《くつがえ》されるなんて……もう、何を信じていいのか分からないよ。

「俺はカールにそんな手紙は出せないと断った。加えて、カールに異常に執着しているアルノーがカールを手離す一因になる偽造書類を作るとは到底思えないとも指摘した」

王太子殿下が言葉を発し、俺は思考を停止する。殿下は少し話しづらそうに続けた。

「俺の指摘に、カールは問題ないと答えた。『父上を誘導するのはすごく簡単だから大丈夫です。兄のマテウスの名前を出せば、父上はなんでも僕の希望を叶えてくれます。何故《なぜ》って、父上は最初からマテウスが欲しかったからですよ。兄上は孕《はら》み子《ご》だから、父上は自分の子を孕《はら》ませられる。僕のお願いを聞いてくれたならマテウスを父上のもとに密かに連れてきますと、伝えるだけで大丈夫です。父上はきっと偽造書類を作りますよ。だって、マテウスの名を出すだけで自慰行為に耽《ふけ》るくらいですからね。父上は完全におかしくなっているのですよ、殿下』カールはそう言っていた」

「父上が……私を欲していた？　私との子を？」

俺は動揺で震え出す。殿下が俺の髪を優しく撫《な》でたが気持ちが抑えられず、涙が溢れた。

「カールはその上で俺を脅《おど》してきた。『殿下は今すぐに「カールを妃として召したい」と、シュナーベル家に手紙を送ってください。もし、その願いを叶えてくれないのなら、殿下の出自の秘密を世間に明かします。殿下にシュナーベルの血脈が流れていると世間が知ったなら、どれほどの騒ぎになるか想像もできませんね？　殿下の告白は遅すぎたのです。僕がシュナーベルの血脈を嫌っていると知った時に、殿下にも同じ血脈が流れていると告白すべきでした。殿下は僕の心を深く傷つけたのです。その報《むく》いは受けてもらいます。僕は殿下が手紙を送ってくれるまで、殿下を破滅に追いやる噂を流し続けます。覚悟してくださいね、殿下？』カールは俺にそう伝えると、それ以上の会話を拒み、アルノーの待つ別邸に帰っていった。これが、カールとの最期の会話だ」

「カールとの最期の会話……」

「俺はカールを親友だと思っていた。だが、俺がシュナーベルの血縁者だと知ると、カールは俺を切り捨て破滅に追いやろうとした。いや、元よりカールにとって、俺は親友ではなかったということなのだろう。俺の失望感は大きく、カールに対して激しい怒りを覚えた。この面会を切っ掛けに、俺はカールに見切りを付ける。そして、俺はカールの『死』を心から欲するようになった」

「……殿下っ！」

「俺はまず、シュナーベル家の次期当主ヘクトール・シュナーベルを呼び出した。そして、カールの現状を説明し、ヘクトールにカールの排除を命じる。だが、ヘクトールからの返答はなく、奴は無言で王都の邸《やしき》に帰っていった。同時期、側近のヴォルフラム・ディートリッヒがカールの排除を進言してくる。俺は迷うことなく、ヴォルフラムにカール殺害を命じた。一方で、俺はカールの脅《おど》しに屈して、シュナーベル家に『カールを妃として召したい』と記した手紙を送る。だが、それでも俺に関する噂は流れ続けた。我が子に『妃を迎えるの？』と聞かれた時に、カールと出逢ったことを後悔した。俺が転落すれば、子供達も巻き込むことになる。俺とカールの出逢いは、結局は不幸しか産まなかった」

「殿下は……あまりに身勝手です！」

「その通りだ、マテウス。俺は身勝手な人間だ！　俺が側室から生まれた王太子でなければ！　陛下に嫌われた王太子でなければ！　もっと優秀な王太子だったなら！　……俺は出逢ったその時に、シュナーベル家に圧力を掛けてカールを救っていた。だが、俺は自分自身の身を守ることすら覚束《おぼつか》ない、不完全な王太子でしかない。だが、誰だってそうだろ？　完全な人間なんて、書物の中でだけ許される……英雄ぐらいしかいないはずだ」

「でも、殿下は……書物の中の殿下は凛々《りり》しく勇敢な……主人公です……」

「はっ、なんだそれは？　受け入れがたい事実から目を逸《そ》らすな、マテウス。最後まで正気を保って、俺とカールの話を聞け。同腹の弟の最期を記憶に刻み込め、マテウス！」

「嫌だ……私は、私は！　殿下っ……！」

「ある日、突然にカールは遺体で見つかった。馬車に乗って出掛けた先で、盗賊に襲われ亡くなったと臣下から報告が上がってきたんだ。俺は遺体を確認した。体が潰され酷《ひど》い状態の遺体だった。顔は腫《は》れてはいたが潰されてはおらず、それ故《ゆえ》に遺体はカールだと確認できた。俺にはカールを殺害した人物が、ヘクトールなのか、ヴォルフラムなのか……或《ある》いは、偶然に現れた盗賊の仕業だったのかは分からない。だが、カールの『死』を手にした俺は、二人に真実を尋ねることはしなかった。カールの殺害を依頼しながら実行犯の把握をしていないのは、ただの偶然だ。俺は犯人を知る必要はないと判断した。何故《なぜ》なら、秘密を抱えるのは苦しいことだと知っているからだ」

「ヴェルンハルト殿下、どうしてですか？　何故《なぜ》、ヘクトール兄上やヴォルフラム様を巻き込んだのですか？　貴方がカールの親友を名乗るのならば……ご自身で手を下すべきでした！」

「お前に俺を批判する資格があるのか、マテウス？　アルノーにカールをあてがったのはシュナーベル家だ！　カールは心を壊し廃人寸前の状態で……この騒動を引き起こした。全ての元凶は、シュナーベル家の穢《けが》れた血脈だろ？　俺が国王となった暁《あかつき》には、近親婚も血族婚も法により禁じるつもりだ！　血脈の弊害がカールを生み出し、人生を台無しにした！　そして、カールは殺された！　俺はその元凶を断ち切る。もう二度と……カールのような人生を歩む者を生み出させはしない。近親婚と血族婚を禁じる法が原因でシュナーベル家が滅びるなら、俺には望ましいことだ。穢《けが》れたシュナーベルの血脈など滅びてしまえ!!」

「なんて酷《ひど》いことを仰《おっしゃ》るのですか、殿下！　シュナーベル家が近親婚や血族婚を続けるのは、世間の偏見と差別が原因です。その偏見や差別の心を王国民に植え付けたのはフォーゲル王国ではありませんか！　王太子殿下ならば、王家の謀《はかりごと》でこの差別が作られたのをご存じのはずです！　それなのに殿下は、シュナーベルの血脈を穢《けが》れていると言って憚《はばか》らない！　恥ずかしくないのですか、殿下！　ヴェルンハルト殿下にもシュナーベルの血脈が流れているならば、自分を貶《おとし》めるような発言は止《や》めてください！　シュナーベルの血脈は『死と再生を司《つかさど》る神』に繋がる尊いものです！　どうして、同じ血族の殿下から侮辱《ぶじょく》されなければならないのですか！　許せない！　許せません!!」

　俺は許せなかった。

　ヴェルンハルト殿下は大切なヘクトール兄上やヴォルフラム様を巻き込んだのだ。『親友』だと名乗りながら、カールをその手で葬《ほうむ》ることもなく……臣下にその役を押し付け、罪の意識もない。

　産みの親を喪《うしな》い、後ろ盾もない王太子殿下の立場は弱いだろう。それでも、ヴェルンハルト殿下は支配者の側だ。そして、その殿下に屈している自分が許せなかった。

　ヴェルンハルト殿下の拘束から抜け出すために、俺は殿下の頬を爪で思いっきり引っ掻く。

「痛っ……！」

　ヴェルンハルト殿下が声を上げ、俺の頭を押さえる力が緩んだ。俺は殿下の手を跳ね除け、ソファーから立ち上がった。そして殿下から距離を取ろうとする。

だが、体が上手《うま》く動かず、足がもつれて執務室の床に倒れ込んでしまった。あまりの無様さに唇を噛む。涙が滲《にじ》んで頬を流れ、止まらなくなった。

「マテウス！」

ヴェルンハルト殿下が名を呼び、床に倒れ込んだ俺の体に触れようとする。俺は恐ろしくなって、床を這《は》って扉に向かった。途中、殿下に腕を掴まれて、その胸に抱き込まれる。

俺は恐怖で震え出していた。それでも、殿下への怒りは収まらず、息を荒らげる。

「殿下……シュナーベル家への侮辱《ぶじょく》は……許しません！　殿下にも、シュナーベルの血脈が流れているなら、それは、自分自身を……侮辱《ぶじょく》することだと……何故《なぜ》、分からないのですか！」

「マテウス、息が乱れている。苦しいのか？」

「貴方には関係ない、はぁはぁ、はぁ……はぁ……」

息が上手《うま》くできない。苦しい。涙がぽろぽろと零れて頬を濡らす。

その時、王太子殿下に抱き上げられた。俺は目を見開き殿下を見る。

この人は何をするつもりだ？　怖い、嫌だ!!

「嫌だ、もう嫌！　離して……アルミンを呼んで。苦しい、息が……アルミン！」

「マテウス、今から寝所に運ぶ。そこで休むといい」

「嫌だ、やだ、行きたくない！」

「お前を襲うつもりはない。寝所で休ませるだけだ。お前に暴力を振るうつもりなどなかった。だが、マテウスを前にして……俺の感情は乱れてしまった。すまない、マテウス。ただ、お前に真実を伝えたかっただけなんだ。いや、動揺させて真実を吐露《とろ》させようとの思惑《おもわく》もあった。お前がカール殺害に関わっているのかどうかを知りたかった。もしも関わっているならば、安心してお前に……我が子の将来を託せないからな」

「……？」

「処刑見学と偽《いつわ》り、俺の息子達をシュナーベルの領地に避難させた。二人にもシュナーベルの血脈が流れている。俺が王太子の座から転落すれば、二人の王子も道連れになるのは明らかだ。血脈を頼り、シュナーベル家に避難させたが……ヘクトールは信用できない。お前がシュナーベルの血脈を大切に思っていることは十分に理解した。それと、お前の反応から……カール殺害にマテウスは関わっていないと判断した。お前はカール殺害とは無関係なんだろ？　だから、頼みたい。俺の子供達の安全を、お前に取り計らってもらいたい。お前に託したい、マテウス」

「………っ」

「マテウス、頼めるか？」

「私は殿下の信頼に値しません」

「マテウス、怒っているのか？」

「怒りもします。腹も立ちます。ですが、私が信頼に値しないのは……別の理由からです」

呼吸が少し楽になってきた。殿下に抱き上げられた状態で、ゆらゆらと体が揺れている。

「マテウス、よく聞いてほしい。俺は間もなく……王太子の地位を追われる。陛下の妃候補が子を孕《はら》んでいた。今日にもお産が始まる。陛下は己の妃候補が臨月を迎えるまで、その事実を完全に隠し通した。俺は数日前にその事実を知った。俺は完全に陛下に敗北したんだ」

「……陛下と妃候補の間にお子が生まれる？」

「そうだ、今日にもお生まれになるだろう。陛下は昔から俺を嫌っていた。だが、一人息子であり王太子の地位にある俺を、簡単には排除できない。排除するためには、新たに子を授かるしかない。俺は常にその可能性に戦《おのの》きながら生きてきた。だが、陛下もそれなりの年齢になられる。最近では、陛下が子宝に恵まれることはもうないだろうと思っていた。しかし、陛下は諦めてはおられなかったんだな。そして、高位貴族の妃候補との間に子供を授かった。妃候補が無事に子をお産みになれば、その赤子が王太子となられる。そして、側室の子である俺は、位を返上し万が一のための予備となる。陛下は俺を嫌っていらっしゃる。良い待遇は望めないだろう。おそらく、陛下の子が無事に成長するまで牢獄で過ごし、時が来れば……処刑されるだろう」

「そんな……」

「俺の妃候補のアルトゥールとは、もう会ったか？　彼は陛下と妃候補の間に子供ができたことを今日知ったらしい。アルトゥールは俺を散々罵倒《ばとう》して執務室から去っていった。『側室の子である俺に嫁《とつ》がされた自分は不幸だ』と喚《わめ》いていたな。確かにそうだ。俺の存在は周りの人間を不幸にする。それでも、俺は牢獄の中で死を待つのが怖い」

ヴェルンハルト殿下の苛立ちや焦《あせ》りは、これが原因だったのか。

でも、殿下が王太子の地位を追われることはないはずだ。何故《なぜ》なら、妃候補が孕《はら》んだ陛下の赤子は死産となるからだ。小説内で記されていたので間違いない。

「お前が婚約者のために髪を切ったと口にした時、これからも多くの人に愛され生きていくマテウスが不意に妬《ねた》ましく思えた。そして、その中に……俺が含まれないのが悔しかった。こんな心根の狭い人間は王太子の地位には相応《ふさわ》しくないな。マテウス、酷《ひど》い扱いをしてすまなかった」

BL小説『愛の為に』には、俺を含めて沢山の裏設定が織り込まれている。俺が転生した今世《こんせ》は、小説内に隠されていた真実の物語に違いない。

作者の『月歌』先生だけが覗くことを許された小説の裏側。

今世《こんせ》を見た時、表面的には小説の筋書から大きく逸脱していない。

ならば、ヴェルンハルト殿下はまだ死なない。まだ、生きる。

「殿下……陛下の子は死産です……」

まずいことを口にしている。その自覚があるのに、思ったことが次々と口から溢れ出す。殿下は俺を抱き上げたまま、静かに反論した。

「陛下の子は死産などしない」

「死産します」

「マテウス……何故《なぜ》そう言い切れる？」

「そうなると、運命で決まっているからです」

「そうか……」

殿下はそのまま沈黙し、俺を抱き上げて歩き続けた。ゆらゆらと体が揺れて眩暈《めまい》がしそうで、俺は目を瞑《つむ》る。殿下の体温を感じながら話し掛けた。

「私が王城への出仕を決めたのは、ヴェルンハルト殿下だけが知るカールに出逢うためでした」

「ではもう願いは叶ったな、マテウス？」

「いいえ、まだ叶ってはいません。私はカールの真実の姿を、殿下の会話からほんの少しだけ知ることができました。ですが、まだ足りません。私には真実のカールを知る義務があるのです。本来ならばカールに逢って真実を聞き出したい。でも、亡くなったカールにはもう逢えない。ならば、殿下との会話を通じて、真実のカールと出逢うしかありません。ヴェルンハルト殿下、弟のカールのことをもっと私に教えてください」

「マテウス、お前はもう踏み込まないほうがいい。俺はお前がカールの殺害に関わっているのか、関わっていないのかを知りたかっただけだ。お前が我が子を託すのに信頼に値するかどうかを試すために、無用な話を聞かせてしまった。今は後悔している……すまない、マテウス」

「違います、殿下。私が真実を知りたかったのです。私は殿下の仰《おっしゃ》るように、カールのことを何も知ろうとはせずに過ごしてきました。そして、カールの死を前にして……私はようやく弟のことを想ったのです。弟の悪意ある行動の裏には、彼の苦しみが隠れていた。それなのに、私は何も気が付かずに……カールを死に追いやったのです。あの子が……死ぬ必要はなかったのに。私がカールを殺した……私が殺した。父上、どうして。カールはまだ子供だった。子供だったのに……私のカールを」

「落ち着け、マテウス。カールの死はお前の責任ではない。呼吸の乱れもあるが……少し混乱も見られるな？　お前は本当に心が繊細らしい……お前を疑ったこと自体が間違いだった。寝所のベッドでゆっくりと休め。体は辛《つら》くないか、マテウス？」

「寝所は嫌です……殿下」

「すまない、マテウス。陛下の子が生まれるまでは、俺は誰にも会いたくない。執務室と寝所は、隠し通路で繋がっている。今はその隠し通路を進んでいるところだ。寝所まではもう少しかかる。

俺に抱き付いてくれると歩きやすいのだが……マテウス？」

寝所に繋がる隠し通路を……歩いてるの？　俺を抱き上げて？　寝所に着いたら、殿下は俺に何をするの？

嫌だ。こんなのは嫌だ。俺はヘクトール兄上の婚約者だ。なのに、俺は殿下に抱き上げられて、抵抗もせずに何をしている？

これは、ヘクトール様への裏切り行為だ。

「やだ、嫌だ!!　助けて、兄上！　ヘクトール兄上！」

俺は瞑《つむ》っていた目を開いて叫ぶ。必死に手足をばたつかせた。すると、殿下にきつく体を抱きしめられる。

元妃候補の体は、ヴェルンハルト殿下の体をしっかりと憶えていた。それが堪らなく恥ずかしい。涙が溢れると、殿下は抱きしめる力を緩めてくれた。

「安心しろ、マテウス。先にも言ったが、お前に性行為を求める気はない。寝所で休ませるだけだ。とにかく、落ち着いてくれ。マテウスは俺の親友として王城に出仕したと、執務室で言ったはずだ。

ならば、振りで良いから、王太子の座から転落寸前の俺に……慰《なぐさ》めの言葉の一つでも掛けてくれ。俺は親友が欲しい」

「ヴェルンハルト殿下は本当にカールとは恋人関係ではなかったのですか？　カールの初恋相手が殿下でないのならば……弟の……あの子の初恋の相手は、誰だったのでしょうか？」

ヴェルンハルト殿下が僅《わず》かに笑った気がする。自分でも、どうしてそんな質問をしたのかよく分からない。

意識が遠のいていく感覚が怖くて、いつの間にか俺は王太子殿下にしがみ付いていた。

「カールとは親友関係だった。気は合った。会話も弾んだ。だが、恋愛関係には発展しなかった。キスさえしたことがない。それに、カールには……心に想う人がいたようだ」

「…………」

小説内のヴェルンハルト殿下は優秀で凛々《りり》しく、真面目で優しく……暴力など振るわない人物だ。でも、今世《こんせ》の殿下は……己の弱さを補うように暴力をふるい相手を威圧する。今世《こんせ》の殿下と作中の殿下では、大きな違いがある。それなのに、ストーリー自体に大きな歪《ゆが》みは発生していない。

その理由は分からない。でも、小説のストーリーに歪《ゆが》みがないのならば、ヴェルンハルト殿下が牢獄に入れられることはないはずだ。処刑されることもない。

だって、王太子殿下が死ぬのはまだ先で……貴方を殺すのは別の人物だから。

◆◆◆◆◆

「……マテウス、気を失ったのか？　まあ、お前に聞かせても余計に混乱させるだけか。これは俺の憶測にすぎない。だが、カールがあれほどシュナーベルの血脈を恐れて、消し去りたいと願った理由は……カールの想い人に起因するのかもしれない。カールは平然と嘘をつく奴だった。もっとも、マテウスに関して悪意ある嘘をつく時のカールは、何時《いつ》もと様子が違っていた気もする。苦しそうで、切なそうで……見ていて辛《つら》かった。カールが最後まで父親のもとから逃げ出さずにいたのは、お前を守りたかったためかもしれないな？　人の心とは複雑だと思わないか、マテウス？　カールの初恋は、苦く痛みを伴う……そんな恋だったのかもしれない。しかし、そんなカールの初恋も、彼の死と共に天に召されたか、或《ある》いは地に還ったことだろう。カール、俺の声が聞こえるか？　悪かったな、マテウスに勝手に俺の憶測など聞かせて。だが、マテウスは気絶しているから、俺の声は届いていない。それでも伝えたかったんだ……カール、お前の気持ちを。俺の言葉など、もう聞きたくもないだろうな。だが、俺はお前ともっと長く親友でいたかった。俺の声はお前に届いているか、カール？」

◆◆◆◆◆

俺は一時的に気を失っていたみたいだ。

どれくらい気を失っていたのかな？　まあ、それほど長い時間ではないはずだ……十分程度かな？

とにかく、気を失っている内に俺は隠し通路を通り抜けて寝所に辿り着いていた。殿下が気を失った俺を静かにベッドに寝かせる。

実際には既《すで》に目覚めていたが、俺は何があろうとも起きる気はない。目を開けないので、感覚に頼るしかなかった。

だが、間違いない。ここは、殿下と妃候補であった俺が子作りに励んだベッドの上だ！　この滑らかなシーツの心地良さを忘れるはずがない。裸で眠りたい心地良さだ。裸には絶対にならないけど！

「……まだ目を覚まさない。マテウスにとっては、心を抉《えぐ》られる内容を語ったわけだから無理もないか？　しかし、これほど繊細な心の持ち主だったとはな。そうなると、気鬱《きうつ》の発症は演技ではなかったということになる。ヘクトールが気にかけるわけだ」

前世には、狸寝入《たぬきねい》りという人を騙《だま》す技がある。俺はその技が得意だった。まさか、今世《こんせ》においても役に立つとは思いもよらなかったが。

王太子殿下を騙《だま》しているのに、繊細な心の持ち主だと評されるのは大変申し訳なく思う。それでも、目覚める気はない。

「陛下の子は何時《いつ》生まれるのだろうか？　陛下は子の誕生を祝う俺の言葉を受け入れてくださるだろうか？　父上には無様な王太子の姿は見せたくない。たとえ、虚勢でも……」

どうやらヴェルンハルト殿下は約束通り、俺を寝所のベッドで休ませるだけのようだ。まあ、今の心理状態では性欲も湧かないかな？

「しばらく目覚めないなら、襟元《えりもと》のボタンを外したほうが良いだろうか？　呼吸が楽になるといいが」

　殿下、いけません！　確かに襟元《えりもと》が苦しいとは思っていました。ですが、近づかないでください。狸《たぬき》寝《ね》入《い》りがばれます。

　目を閉じていても、殿下の近づく気配が分かる。うう。やめてください、殿下。

「ボタンを二つほど外すか。それにしても、マテウスは相変わらず美しい肌をしているな。冴えぬ顔立ちであるのが誠に惜しい。いや、交わっている時は……妙に愛らしいところもあったな」

　ヴェルンハルト殿下、止《や》めて。独り言を言いながら、ボタンを外さないでください。しかも、『冴えぬ顔立ちであるのが誠に惜しい』とはなんですか！

「王太子の座を追われたら、即座に牢獄行きだろうな。今この時を逃せば、『孕み子《はらご》』を抱く機会が失われる。『孕み子《はらご》』の体格は好みではないが、男を抱けなくなると分かると、このほっそりした体も魅力的に見えてくるな。……マテウスは世間知らずだ。俺が泣いて懇願《こんがん》すれば、抱かせてくれるだろうか？　ふむ、ボタンはもっと外したほうがいいな」

　殿下、惨《みじ》めったらしい独り言はやめてください。俺の頭を押さえ付けて自分勝手な言い分を威圧的に語っていた殿下は何処《どこ》に行ったのですか。ボタンは外しすぎです！

「マテウス、早く目覚めろ。話し相手がいないのは寂しい。お前は俺の親友になってくれるのだろ？　俺の話を聞いてくれ。お前の話も聞きたい。やはり、親友が天井だけでは寂しいものだ。マテウスの皮肉は割と気に入っている。まだ、目覚めないのか……？」

ヴェルンハルト殿下、そんなに切なそうに独り言を呟《つぶや》くのは卑怯です。まさか、狸寝入《たぬきねい》りに気が付いていて、俺をからかっているのではあるまいな？

「ん？　寝所の扉がノックされた？　まさか……俺は、もう牢獄行きなのか？」

コンコンコン……コン。

「四回のノックなら……ヴォルフラムか？　俺達が執務室にいないことに気が付いて、慌てて寝所に来たというところか？　ヴォルフラムは秘密通路の存在を知っているからな」

ヴォルフラム・ディートリッヒ!!

「ヴォルフラムもいい加減に他の側近と同様、俺を見捨てれば良いものを。いくらディートリッヒ家の後ろ盾があるとはいえ、転落する俺に最後まで付き合う必要もないだろうに。まあ、優秀な奴だが、ヴォルフラムも事情持ちだから仕方ないか。とりあえず寝所に入れるとするか」

で、殿下!?　この状態の俺を放置して寝所の扉を開く気ですか！　せめて、衣装のボタンを留めてください。胸が丸見えです！　ヴォルフラム様に見られる。やだ、恥ずかしい。

自分でボタンを留めるか？　いや、不自然すぎるだろ!?　ヴェルンハルト殿下、ボタンを留めてください!!

ガチャ。

「ヴェルンハルト殿下!!」

「静かにしろ、ヴォルフラム。マテウスをベッドで休ませている。それよりも後ろの奴は誰だ？

その男の入室許可は出していない。名を名乗るのは許可してやる」

「王太子殿下、アルミン・シュナーベルと申します。シュナーベル家次期当主ヘクトール・シュナーベルより、マテウス様の護衛を命じられております」

アルミン！　アルミンだ！　今すぐにベッドに来て。アルミンの体に抱き付いて、癒《いや》しの体臭を嗅《か》ぎたい。『シュナーベルの領地の土と風の香り』を思いっきり味わいたい。

とにかく、タイミングを見計らって目覚めないと！　そして、アルミンに抱き付く！

「ヘクトールの犬か。寝所へのお前の入室は許可しない。今すぐに、ここを立ち去れ」

「王太子殿下。マテウス様の護衛の立場として、殿下にお伺いします。マテウス様は気を失っておられる様子。その上、衣装が乱れ、額《ひたい》が腫《は》れています。マテウス様はどのような状況により、このようなお姿になられたのでしょうか？　説明を願えますか、ヴェルンハルト殿下？」

「ヘクトールの犬だけのことはある。その位置から額《ひたい》の傷まで見えたのか？」

「ヴェルンハルト殿下、アルミン殿の意見は正しいと思われます。気を失った方の衣装を乱すとは、あまりに配慮に欠けています。まして、マテウス卿は『孕《はら》み子《ご》』でいらっしゃいます。意図せず殿下がなさった行為でも、彼は恐怖心を抱き怯《おび》えるのです。すぐにマテウス卿の衣装を整えます。よろしいですね、ヴェルンハルト殿下？」

ヴォルフラムはやはり王立学園時代から変わっていない。

どうして、そんなにも素敵なのですか。王太子殿下に苛《いじ》められた後だけに、優しさが身に染みる。

でも、ヴォルフラムに衣装を整えてもらうのは恥ずかしすぎる。アルミン、さっさと俺の傍《そば》に来い！

「ヴォルフラム、いい加減に綺麗事を並べるのはやめろ！　意図せず衣装を剥《は》ぐわけがないだろ？　俺はマテウスを殴って気絶させた。そして、マテウスを抱こうと衣装を乱していた。そこに、邪魔な二人が現れた。現実を見ろ、ヴォルフラム。そして、そのヘクトールの犬を連れて今すぐ寝所を出ていけ！」

ヴェルンハルト殿下、どうして嘘をつく必要があるのですか？　介抱していたのは事実だから、素直に認めれば良いではないですか！　どうして、そう意地っ張りなのですか！　へそ曲がりなのですか！　殿下は子供ですね。お子ちゃまですね！

ああ、もう目覚めるしかない！

「なるほど、なるほど〜。王太子殿下は陛下の子が生まれるまでの時間を……『孕《はら》み子《ご》』を抱いてお過ごしになるつもりだったのですね？　確かに牢獄に入っては、『孕《はら》み子《ご》』を抱けませんからね。お気持ちはよく分かりますよ？　牢獄で自慰行為など……元王太子殿下がなさることではありませんからねぇ？　ヴェルンハルト殿下のお気持ち、御察しいたします」

アルミンーー‼　止《や》めなさい。殿下を煽《あお》るの止《や》めて。これ以上、問題を起こさないで！

「アルミン殿、ヴェルンハルト殿下への侮辱《ぶじょく》は容認できません！」

ヴォルフラム様！　アルミンは下品で下ネタが大好きな男なのです。悪気はないのです。

くそ、目覚めるタイミングが掴めないじゃないか！

「アルミンといったな？　よく吠《ほ》える犬だ。他にも言いたいことがあるなら言え！」

「では、発言させていただきます。マテウス様はシュナーベル家次期当主ヘクトール様の婚約者でいらっしゃいます。王太子殿下が婚約者がいる相手を無理やり抱くなど外聞が悪いかと。しかし幸いなことに、私には婚約者がおりません。以前より殿下をお慕いしておりました。どうか、私を閨《ねや》に誘ってください……ヴェルンハルト殿下」

アルミン、やめなさい！

「面白い提案をする。だが、お前と面識はない。にもかかわらず、俺を慕っていたとほざくか？」

「王太子殿下の母上を処刑いたしました」

「!!」

「火刑となられた母上をご覧になって、殿下は泣いておられました」

「黙れ!!」

「アルミン殿！」

「私に興味を抱いていただけましたでしょうか、ヴェルンハルト殿下？　もし、私を抱いていただけるならば、火刑に処された殿下の母上の最期を……閨《ねや》にて、じっくりとお話しさせていただきます。それとも、王太子殿下は過去の恐怖に囚われて……勃起しませんか？」

「アルミン、貴様を縛り上げ、その体を凌辱しつくすことにした！　他に希望があれば言え」

「殿下に抱いていただけるとは、まるで夢のようです！」

「ヴェルンハルト殿下!!」

「ヴォルフラム、お前にはマテウスの護衛を命じる。但《ただ》し、二人きりにはなるな。医師を呼び、マテウスの治療をさせよ。小姓も呼ぶといい。返事をしろ、ヴォルフラム！」

「……承知いたしました、王太子殿下」

「それでいい、ヴォルフラム。アルミン、貴様の体格ならば『孕《はら》み子《ご》』ではないな？　今すぐに抱いてやる。ついて来い、アルミン・シュナーベル」

「お待ちください、殿下。私は正式に医師より『孕《はら》み子《ご》』ではないとの診断を受けておりません。ですので、閨《ねや》に入るには処置をせねばなりません。子を孕《はら》まぬための王家の秘薬があると耳にしております。その秘薬を是非《ぜひ》試してみたいです。先ほど殿下は希望があれば言えと仰《おっしゃ》いましたよね」

「……なるほど、それが狙いか。ヘクトールに命じられたな？　秘薬を調べろと？」

「いえ、違います。ヴェルンハルト殿下を心よりお慕いしております。どうぞ、閨《ねや》にてなんなりとお申し付けください。縛り上げて何度でも尻を貫《つらぬ》いてください。必ずや殿下を満足させてみせます」

「ふん、嘘つきめ。まあいい。ついて来い、アルミン！」

「はい、王太子殿下」

目覚めるタイミングを完全に逸してしまった。

殿下とアルミンはどうやら寝所と続き扉で繋がっている隣室に向かったようだ。扉が開き、閉じられる音がする。

二人の気配が完全に寝所から消えてしばらくして、ヴォルフラムが俺に話し掛けてきた。

「もうお目覚めですね、マテウス卿？」

「はい、目覚めております」

ヴォルフラムが目の前にいる。王立学園時代よりも更にいい男になって。

今はアルミンの心配をすべき時なのに、ヴォルフラムを前にしてドキドキが止まらない。すまない、アルミン！

「医者と小姓を呼びますね、マテウス卿？」

ヴォルフラムが俺に話し掛けてきた！　王立学園時代の傲慢《ごうまん》な俺の印象を、この機会に少しでも払拭《ふっしょく》したい。ヴォルフラム様に、良い印象を持っていただきたい。

「ヴォルフラム様、ご心配をお掛けして申し訳ございません。ですが、医者は不要かと思います。小姓を呼んでいただくだけで大丈夫です」

俺はそっと微笑《ほほえ》みながら返事をした。すると、ヴォルフラムは少し困った表情を浮かべる。

まずい、俺の微笑《ほほえ》みが気持ち悪かったのかもしれない！

動揺を隠せないでいると、ヴォルフラムが丁寧に説明してくれる。

「おそらく、ご自身で思っている以上に……額《ひたい》が赤く腫《は》れていると思いますよ？　治療もせずに、貴方を婚約者のヘクトール卿のもとに帰せません。怪我をさせた時点で、ヘクトール卿の怒りは避けられないでしょうが……」

ヴォルフラムが困った表情を浮かべたのは、俺の笑顔が気持ち悪かったせいではないようだ。それについては安心した。

でも、額《ひたい》が腫《は》れているなら治療は必要だな。ヘクトール兄上は心配性だから。

「分かりました、ヴォルフラム様。お手数ですが、医者も呼んでいただけますか？」

「承知しました、マテウス卿。ただ、医者を呼ぶ前に……胸元のボタンを留めていただいてもよろしいでしょうか？」

「え、え、あぁあっ、ごめんなさい。今、留めます！　はしたない姿を見せてごめんなさい」

憧れの人に指摘されて、胸元が全開になっているのを思い出す。だが、手が緊張で震え始めた。

俺は子供の頃から焦《あせ》るとボタンが上手《うま》く嵌《は》められなくなる。

アルミンならば『子供なのか、お前は？』と嫌味を言いつつも、即座に俺に代わってボタンを留めてくれただろう。そのアルミンは殿下に抱かれるために、部屋を出ていってしまった。

まさか、本当に殿下と寝るつもりなの、アルミン？　どうしよう、どうしたらいいの!?

「手が震えておられます」

「私は不器用なのです」

「王立学園時代の貴方と会話を交わしたのは、一度きりでしたね？　その時も、マテウス卿は酷《ひど》く震えていらっしゃいました。そして、今も同じように震えていらっしゃいます」

王立学園時代にヴォルフラムと会話したのは、男達に襲われた時だけだ。確かにあの時の俺は、救ってくれたヴォルフラムに抱き付き酷《ひど》く震えていた。

もしかしてヴォルフラムは、俺が殿下に襲われたと勘違いしているのかな？

「ヴォルフラム様、誤解しないでくださいね？　殿下は私を介抱しようとなさって、ボタンを外しすぎたのです。王太子殿下は本当に不器用なお方ですね？　私も酷《ひど》く不器用なので、少し親近感が湧きました。きっと、私と殿下は似た者同士です。でも、このような物言いは不敬に当たりますね。王太子殿下には内緒にしていただけますか、ヴォルフラム様？」

手の震えがますます酷《ひど》くなる。ベッドに横たわったまま、胸元のボタン相手に悪戦苦闘した。

流石《さすが》に恥ずかしすぎる。ボタンが憎い。

「マテウス卿、失礼します」

「あっ！」

「ボタンを留めます。肌には一切触れません。動かないでいただきたい、マテウス卿」

「分かりました、ヴォルフラム様」

ヴォルフラムの指がボタンに触れて、素早く衣装を整えていく。俺はヴォルフラムの顔を間近で見ることになり、呼吸が荒くなった。

その時、彼の指が僅《わず》かに肌に触れる。俺はびくりと体を震わせた。そして、ヴォルフラムの手を自らの手で弾き飛ばす。

「あっ！」

俺は自分自身の行動に驚きの声を上げた。ヴォルフラムはすぐに数歩下がり、静かに頭を下げる。

「マテウス卿、失礼しました。衣装は整いましたので、医者と小姓を呼びますね？」

「は、はい。よろしくお願いします」

以前の傲慢《ごうまん》な印象を払拭《ふっしょく》するつもりが失敗した。少し肌に触れられただけで、その手を弾くなんて何様って感じだ。

俺は恥ずかしさのあまり、ふかふかのベッドに潜り込んで顔を隠す。それにしても、王城のシーツは何故《なぜ》これほど心地良いのか。裸になりたい。

「マテウス卿、医者と小姓を呼びにいきます。お疲れのようですので、眠っていても構いませんよ？　すぐに戻りますので、ご安心ください」

「はい、ヴォルフラム様……お帰りをお待ちしております」

「……っ！」

「ヴォルフラム様？」

「いえ、すぐに戻ります」

ヴォルフラムはあっさりと返事をし、ベッドから足早に去った。

ディートリッヒ家は『武』を重んじる家柄だ。ベッドに潜り込む元同級生の姿は、彼には非常に情けなく見えたに違いない。俺の見た目がアルトゥール並みの美形ならば、ベッドに潜り込む姿も愛らしさに満ちていただろうに。

己の冴えない顔が憎い！

ヴォルフラムが扉から出ていく音がした。その時点で、俺は思考を切り替える。ヴォルフラムのことで悩むのは止《や》めて、別の問題に思考を向けた。ベッドに潜り込んだ状態で独り言を呟《つぶや》く。

「アルミンを救出しに行くべきだろうか？」

だが、アルミンはヘクトール兄上からの命を受けて、殿下の閨《ねや》の相手に名乗りを挙げた節があった。俺が下手に動いては、邪魔することになる。第一、アルミン救出のために部屋に突入して、殿下と交わっている最中だったらどう対処するつもりだ？　俺にはどうすることもできない。しかも、二人が向かった部屋も分からない。

「救出は無理だ……すまない、アルミン」

結局のところ、俺にアルミンの救出は無理という結論に至った。可哀想だが、後でお尻に軟膏を塗ってあげよう。そうしよう。俺は男に抱かれた先輩として慰《なぐさ》めれば良いだけだ。

「アルミンはおそらく、男に抱かれるのは初めてのはずだ。精神面が心配だな。私も初めて殿下に抱かれた時は凄《すご》く怖くて泣いてしまったからな。アルミンが泣いていたら抱きしめて慰《なぐさ》めよう」

その時、俺はある重大なことに気が付く。気鬱《きうつ》にならないための対策として、俺はアルミンに定期的に抱き付く予定を立てていた。アルミンは嫌がるだろうが仕方ない。

だが、アルミンの体にヴェルンハルト殿下の香りが染み付いてしまったらどうしよう。心が癒《いや》されるどころか、過呼吸を起こしそうだ。

今後も殿下に仕える決意を固めたばかりなのに、早速揺らいでいる。

「うう、アルミン……」

俺がベッドの中でアルミンの名を呟《つぶや》いた時、突然、寝所の扉が大きな音を立てて開かれた。俺はベッドの中でびくりと体を震わせる。

「フリートヘルム兄上！　この部屋に王太子殿下はいらっしゃいません！　怪我人がベッドで眠っています。お入りにならないでいただきたい！」

フリートヘルム・ディートリッヒ!!

「嘘をつくな、ヴォルフラム！　お前が殿下のお傍《そば》を離れるはずがない。ベッドに潜って震えておられるのは、ヴェルンハルト殿下に違いない！　殿下を抱きしめて慰《なぐさ》めて差し上げたい。だが、今はそれどころではない。王太子殿下には、我がディートリッヒ家に避難していただく！」

「兄上、そのような身勝手を父上がお許しになるはずがありません。ディートリッヒ家がお仕えしているのはあくまでも王家です。王太子殿下を連れ出し匿《かくま》えば、ディートリッヒ家が王家より謀反《むほん》を疑われます。フリートヘルム兄上、どうぞ冷静になってください！」

どうやら、ディートリッヒ兄弟は共に冷静とはいえない状態のようだ。兄のフリートヘルムは殿下へ向ける愛故《ゆえ》に、王太子殿下をディートリッヒ家に避難させるつもりらしい。だが、ヴォルフラムが指摘した通り、その行為は謀反《むほん》を疑われかねない。

そして、ヴォルフラムも冷静とはいえなかった。ベッドで眠るのがシュナーベル家の人間だと分かっているのだから、あらゆる手段を使って兄の口を封じるべきだ。

それにしても、BL小説『愛の為に』の登場人物、フリートヘルム・ディートリッヒと寝所で遭遇するなんて予想外の展開だ。彼は国王陛下の側近なのに、こんな時までヴェルンハルト殿下の尻を追いかけるなんて愛が深すぎる。

また、呼吸が苦しくなってきた。

アルミン、早く帰ってきて。アルミンもピンチだろうけど、俺もまずい状況だ。フリートヘルムに見つかりたくない！

「兄上、ベッドで眠っているのは別の方です。ベッドには近づかないでください！　兄上はお忘れになったのですか？　先日、父上にお叱《しか》りを受けたばかりではないですか！　『陛下の側近として真面目に勤めよ』と説教されたばかりでしょう。どうぞ陛下のもとにお戻りください」

ディートリッヒ家の現当主はアレクサンダー・ディートリッヒ。その現当主と正妻の間に生まれたフリートヘルムは、ディートリッヒ家の次期当主の立場にある。

だが、彼は少々難ありの人物として小説内では描写されていた。

フリートヘルムは王太子殿下の同級生であり、学園時代には学友として過ごす。だが、友情を拗《こじ》らせたフリートヘルムはヴェルンハルト殿下に恋をしてしまったのだ。彼は殿下を抱きたいと、大胆にも本人に何度も迫った経歴がある。小説の王太子殿下はフリートヘルムに迫られる度に、彼を『白豚が！』と罵《ののし》っていた。

その他に彼の容姿に関する記載がないので、フリートヘルムは美白肌ぽっちゃり系の人物と読者達は認識している。

小説『愛の為に』を愛読書としていた俺としては、実物のフリートヘルムをこの目で見たい。しかし、彼はシュナーベル家の人間を毛嫌いしている。故《ゆえ》に、絶対に邂逅《かいこう》を避けねばならない。

何故《なぜ》なら怖いから！　とにかく、ベッドからは出ない！

「ヴォルフラム、聞け。間もなく陛下のお子がお生まれになる。お産は全て順調に進んでいると宮廷医者が話していた。お子が生まれた直後に、陛下はヴェルンハルト殿下を監禁する命を下す」

「ならば、それに従うしかありません」

「貴様、それでも殿下の側近か！　ヴェルンハルト殿下のお命さえ危《あや》うい状態なのだぞ？」

「兄上は勘違いをなさっておられます。我々が忠義を捧《ささ》げるのは王家に対してです」

「お、お産が順調に進んでいる!?」

「!!」

「!?」

俺は我慢できずに、ベッドから飛び起きて叫んでいた。鼓動が激しく脈打ち、冷や汗が流れ出る。

無垢《むく》な子供の死を望む己がおぞましいが、それでも信じられずに言葉を漏らしていた。

「フリートヘルム様、お産が順調とは誠ですか!?　逆子《さかご》の上にへその緒が首に巻きついた状態でのお産ですよ？　普通分娩で難産にならないはずがない。筋書きに歪《ゆが》みはないと思っていたのに、何故《なぜ》くるったの？　いや、まだくるったとは限らない！　フリートヘルム様、宮廷医師が話していた内容を詳しく聞かせてください！」

「誰だ、お前は？」

恐ろしく冷たく低い声だ。視線の先に、白銀の髪が印象的な美丈夫が立っている。

端正な顔立ちに相応《ふさわ》しく、彼は均整の取れた体格をしていた。

誰だ、この美形は？　俺が今探しているのは、美白肌ぽっちゃり系の男性だ。この男ではないことは明らか。

だが、美形故《ゆえ》に名前を知りたい。彼も小説の登場人物の可能性が高いのだ。

「貴方こそ、どなたですか？」

「俺が侯爵家の出自と知った上で、先に名を名乗れと命じているのか？　実に無礼な奴だ。ん、その体つきは……お前は『孕《はら》み子《ご》』か？」

「私は『孕《はら》み子《ご》』ですが……何か問題でもありますか？」

「いや、その……『孕《はら》み子《ご》』ならば、大切に扱わねばならぬと思っただけだ。お前の無礼を許そう。俺の名は、フリートヘルム・ディートリッヒだ。次はお前が名乗れ」

「フリートヘルム・ディートリッヒ⁉」

俺は驚きのあまり、フリートヘルムの名前をそのまま口にしていた。

小説内の王太子殿下は彼の容姿を『白豚が！』と表現していたが、明らかに間違っている。読者の大半が美白肌ぽっちゃり系を想像していたのに完全に騙《だま》された！　フリートヘルムは美形だ！

これも、作者『月歌』先生の罠か！　彼の容姿を詳細に書かずに『白豚が！』で表現するとは。『月歌』先生、読者を騙《だま》すのが好きすぎます！

「フリートヘルム様、お初にお目にかかります。私はマテウス・シュナーベルと申します。王太子殿下のお声掛かりにより、本日より殿下の親友としてお仕えすることになりました。フリートヘルム様、お聞きしてもよろしいでしょうか？　先ほど、王太子殿下が今日にも監禁されるとお話されていましたね？　私にも、詳しいことを聞かせていただけますでしょうか？」

俺はできるだけ下手に出たつもりだ。だが、フリートヘルムは『シュナーベル家』の名前を聞いた途端に顔をしかめる。

「……マテウス・シュナーベル？　ああ、元妃候補のマテウス卿か？　ふん、妃候補を外された身でありながら、まだヴェルンハルト殿下にしがみついているとは。冴えぬ顔立ちでも『孕《はら》み子《ご》』ならば婚姻相手はいくらでも見付かるはずだ。出仕初日からベッドで休む者に、王城勤めなどできるはずもない。さっさと穢《けが》れたシュナーベルの領地に帰り、婚姻相手を見つけて家庭を持つことをすめる。『孕《はら》み子《ご》』の人生とはそうあるべきものだ」

王太子殿下に続き、フリートヘルムからも『冴えぬ顔立ち』と言われてしまった。

俺は小説の脇役なのだから、冴えない顔付きが正解なの！　いちいち、そこを指摘しないでほしい。地味に心が折れるじゃないか。

うう、気鬱《きうつ》発症寸前だ。アルミン、抱きしめて。アルミンの発する匂いが恋しい。

だが、アルミンは現在、裸で任務遂行中のはず。幼馴染《おさななじみ》が体を張って頑張っているのに、俺がディートリッヒ家の人間に言い負けてたまるか！

「フリートヘルム様、発言の撤回と謝罪を求めます。『穢《けが》れたシュナーベルの領地』とは、あまりに侮辱的《ぶじょくてき》な言葉！　私はこの度、次期当主ヘクトールの婚約者となりました。この発言は、婚約者のヘクトールに報告させていただきます！」

俺ははっきりとフリートヘルムの顔を見て、侮辱《ぶじょく》発言の撤回と謝罪を求める。彼は僅《わず》かに眉を上げ、俺の顔をじろじろと見た後に発言した。

「マテウス卿がヘクトール卿の婚約者だと？　だが、二人は腹違いの兄弟だろ？」

「フリートヘルム兄上。マテウス卿とヘクトール卿は血縁上は従兄弟の関係です」

「そうなのか、ヴォルフラム？　随分と詳しいな？　だが、二人が兄弟として育ったことに変わりはないだろ？　それに、従兄弟同士でも近親者に変わりはない。フォルカー教の教義では、近親婚は望ましくないとされている。フォルカー教を国教とするフォーゲル王国で、近親婚を繰り返す一族があるのは誠に残念だ。マテウス卿、知っているか？　フォルカー教の発祥の地であるフォルカー教国では、近親婚を行った者達は異端審問に掛けられ罰せられるそうだぞ」

「フリートヘルム様。フォルカー教国において、近親婚が禁忌とされているのは承知しております。ですが、ここはフォーゲル王国です。我が国では信仰の自由が認められております。私もヘクトール兄上もフォルカー教には入信しておりません。故《ゆえ》に、近親婚を望ましくないとする教義に縛られることはありません。また、ヴォルフラム様の説明の通り、私とヘクトール兄上は兄弟として育ちましたが、血縁上は従兄弟です。ですので、私がヘクトール兄上と婚約をしても、なんら問題はありません！」

言い切った。言い切ってやった！　反論があるなら受けて立つぞ、フリートヘルム!!

「二人がフォルカー教信者でないのなら、近親婚の問題について話題にするのは止《や》めよう。それよりもマテウス卿には謝らねばならないな。まさか、兄弟として育った相手からしか婚約の申し出がない『孕《はら》み子《ご》』がいるとは、思いもよらなかった。俺の不用意な発言で傷ついたなら許してほしい。マテウス卿、『冴えぬ顔立ち』などと言って申し訳なかった」

違うだろ！　そこを謝罪されると余計に傷つくじゃないか！　馬鹿なのか？　こいつは、馬鹿だな。

「フ、フリートヘルム様は勘違いされておられます！　私はヘクトール兄上から愛を込めて婚約を申し込まれました。決して、憐《あわ》れみで求婚されたのではございません！　ヘクトール兄上は毎日、毎日、私に愛の言葉を捧《ささ》げてくださいます。私は大切にされて大変幸せに思っております。ところで、フリートヘルム様は世間に広まっているご自身のお噂をご存じでしょうか？」

「マテウス卿も『孕《はら》み子《ご》』らしく噂好きか？　ふむ、話したいなら話すといい」

「では、ご本人の許可を得てお話しいたします。フリートヘルム様が婚約者の方を蔑《ないがし》ろにするあまり、お相手の方が婚約破棄を申し出られたと噂になっております。王太子殿下への恋心は諦めて、婚約者に愛情を向けられてはいかがですか？　婚約者の持参金は莫大な金額と聞いておりますよ？ディートリッヒ家の領地は我が領地とは異なり豊かな大地とはいえません。婚約者の生家との繋がりも重要です。フリートヘルム様は次期当主の立場でいらっしゃいます。ヴェルンハルト殿下への想いに心を奪われ、領地運営を蔑《ないがし》ろにするとは……失望いたしました！」

傲慢不遜《ごうまんふそん》な態度で言い切ってしまった。フリートヘルムの表情が険しくなる。それどころか、ヴォルフラムの眼差《まなざ》しまで冷たくなった気がする。

最悪だ！　ディートリッヒ家の領地の貧弱さを指摘したのが、二人の気に障《さわ》ったに違いない。ディートリッヒ家が荒れた領地の改善に尽力していることは知っている。だが、上手《うま》くいっていないのも事実だ。俺は真実を指摘したにすぎない。

だとしても、明らかに煽《あお》りすぎた。険悪な空気が重く部屋に漂《ただよ》う。

その険悪な空気が、一気に殺気立ったものに変化した。ディートリッヒ家兄弟が同時に、帯刀した剣の柄《つか》に手を掛ける。

「ひぃ！」

俺は思わず悲鳴を上げた。ディートリッヒ家の人間がこんなに短気だとは知らなかった！

「マテウス卿、落ち着いてください。そのまま動かず、ベッドから降りないように。『マテウス卿の騎士』となる機会を私にお与えください。王太子殿下の命に従い、必ず貴方をお守りします」

「え？」

ヴォルフラムがベッドの傍《そば》に来て、俺を守るように立ち塞《ふさ》がった。弟の動きを把握したフリートヘルムが、扉付近に体を向けて声を投げ掛ける。

「気配なく部屋に侵入する者は、不審者として斬られても文句は言えまい？　斬り合うか？」

「あー、気配を消して部屋に入ったことは謝る。無作法だった。だが、斬り合うことはできない。私はメスしか持たぬ医者だからな。ところで、ベッドにいらっしゃるのは……マテウス様かな？」

「え、その声は……ルドルフおじさま⁉」

「やはり、マテウス様でしたか！　貴方の切迫した声を耳にし、無礼を承知で無断で部屋に入りました。どうぞ、お許しください。ところで、彼らは敵ですか？　排除が必要ですか、マテウス様？」

「違います、ルドルフおじさま。二人は敵ではありません！」

突然部屋に現れた白衣の男性は、叔父一家の長男である、ルドルフ・シュナーベルだった。

ルドルフはヘクトール兄上やアルミンの腹違いの兄である。『シュナーベルの刃』の叔父一家の長男として、処刑人の任を果たしていた。だが、ある日を境に処刑人を辞めて、シュナーベルの領地を去る。その後、王都で開業医として働いていると聞いていたが……

「医者が気配もなく部屋に侵入できるとは思えない。以前は何を生業《なりわい》にしていた？」

「シュナーベル家の処刑人だ。今は王都で医者をやっている」

「『シュナーベルの刃』か？」

「元『シュナーベルの刃』で、今は只の町医者だ。いい加減、警戒を解いてもらいたいのだが？」

白衣の男が俺の知り合いと分かったにもかかわらず、フリートヘルムもヴォルフラムも警戒を解く様子がない。未だに帯刀した剣の柄《つか》に手を添えたままだ。

「それで、王都の医者が……何故《なぜ》王城を彷徨《さまよ》っている。誰から登城の許可を貰《もら》った？」

フリートヘルムは尚も用心を怠《おこた》らない。立ち姿も姿勢良く美しかった。

これで、殿下の尻を追わなければ完璧なのに。何故《なぜ》、友情を拗《こじ》らせて殿下に恋してしまったのか、フリートヘルムよ！

「陛下の妃候補の親族より、お産の様子を診てほしいと頼まれた。宮廷医師は順調と言うばかりで、不安が募《つの》ると頼ってきたのだ。妃候補の様子を診て、子を救いたければ早急に子宮を切るように助言した。だが、宮廷医師達にお産部屋から追い出されてしまった。で、王城を去ろうとした時に、医師を探す小姓に捕まりここに立ち寄った。説明はこれで良いかな？」

「良いでしょう。マテウス卿は額《ひたい》に怪我をされているようです。どうぞお通りください、ルドルフ殿」

フリートヘルムが俺の怪我に気が付いていたとは少し意外だった。

ルドルフはフリートヘルムに軽く会釈《えしゃく》をすると、すぐにベッドに近づいてくる。そして、俺の顔を覗き込み、俺の腫《は》れた額《ひたい》にそっと触れた。

「ルドルフおじさま。陛下の妃候補のお産は順調に進んではいないのですか？」

「まあ、順調ではないね。宮廷医師は逆子《さかご》のまま分娩させるつもりだ。だが、母子共に随分と弱っていた……難しいかもしれないね」

「妃候補のお産は難産なのですね？　シュナーベル家の医療知識があれば、事前に準備をして帝王切開に切り替えるのが可能だったかもしれないのに。シュナーベル家の医療関係者が差別により宮廷医師になれないのが悔しいです」

俺の言葉を受けて、ルドルフは皮肉な笑みを浮かべると言葉を吐き出す。

「貴族も王都の住人も、患者がぎりぎりの状態にならなければ、シュナーベル家の医療に頼らない。これでは救える命も救えない。シュナーベル家の医療技術が進んでいるのを知りながら、世間体を気にして患者の死の間際になるまで我々を頼らない。王家がシュナーベル家への偏見を止《や》めない限りは、この国の医療技術の向上は見込めないだろうな。残念なことだよ、マテウス様」

医師としてのルドルフが不敬にあたりそうな言葉を滔々《とうとう》と語る。彼の言葉には傲慢《ごうまん》な部分もあったが、そこにはシュナーベル家への偏見に対する怒りが込められていた。

「待て、ルドルフ殿！　妃候補のお産が順調ではないとの言葉は真実か？　宮廷医師はお産は全て順調に進んでいると話していたし、陛下にもそのように報告していた。ルドルフ殿の今の話と食い違いが生じている！」

会話に喰い付いたのは、フリートヘルムだ。

彼の言葉から、宮廷医師が陛下にもお産は順調だと報告していたことが分かった。これは、虚偽の報告にあたるのではないのか？

「今はマテウス様の診察中です。話は後にしてください、フリートヘルム卿。マテウス様、腫《は》れに効く軟膏を塗ります。少しヒリヒリしますが、ご容赦を」

「んっ！」

ルドルフが軟膏を丁寧に塗ってくれる。確かにヒリヒリした。

治療はこれで終わりのようだ。大袈裟《おおげさ》な治療でなくて良かった。

「マテウス様、ベッドに横になって休まれるといい。この軟膏を渡しておきますが、腫《は》れが引くと青アザに変化します。しばらく青アザが残りますが、いずれは消えます。前髪で隠れると良いのですが……今の髪の長さでは無理のようですね」

「青アザを隠す必要は感じませんが、やはり他人から見ると不快でしょうか？　冷やしても、消えませんか？」

「残念ながら消えません。それと、不快ではありませんが、目にすると心配にはなりますね。特にヘクトール様は平気ではいられないでしょう。ヘクトール様には怪我の経緯を嘘偽《いつわ》りなく説明してください。転んで床にぶつけたという説明は駄目ですよ、マテウス様？　ヘクトールは、失礼、ヘクトール様は、嘘をつかれるのを酷《ひど》く嫌いますから」

「……承知しました。ヘクトール兄上には正直に怪我の経緯を伝えます」

ルドルフはヘクトール兄上の実兄だ。弟のヘクトール兄上の性格を俺より良く理解しているのだろう。

ここはルドルフの忠告通り、ヘクトール兄上には正直に怪我の原因を話したほうが良さそうだ。

「ところで、マテウス様はヘクトール様と婚約したと聞いたのだが……本当かい？」

「はい、婚約いたしました。王城に出仕する『孕《はら》み子《ご》』に婚約者がいないと、悪い噂を立てられるそうです。それを心配したヘクトール兄上が婚約を申し出てくださいました」

ルドルフが僅《わず》かに眉間に皺を寄せて、苦い表情を浮かべた。そして、ゆっくりと言葉を紡《つむ》ぐ。

「ヘクトール様から強要されて婚約話を受けたのではないのかい？」

「え？」

「答えてくれるかい、マテウス様？」

「ルドルフおじさまの質問の意図がよく分かりません。なので、ご質問にはお答えしかねます。ルドルフおじさまは何を気に掛けておいでなのですか？」

「いや、なんでもないよ。妙な質問をして悪かったね、マテウス様」

「……いえ、大丈夫です」

ルドルフとヘクトール兄上は、『シュナーベルの刃』である叔父一家に生まれた。ルドルフはヘクトール兄上より年上だったが、本家の次期当主に選ばれたのは弟のヘクトール兄上だ。

確か、ルドルフが処刑人を辞めて王都に出ていったのは、カールと父上が別邸で二人きりで暮らし始めた頃だった。もしかすると、ルドルフは……カールと父上の関係を知っていたのだろうか？

そして、カールを父上に差し出したシュナーベル家に失望して、シュナーベルの領地を去った？

駄目だ……今は、カールと父上の件を考えたくない。ヘクトール兄上がこの件にどう関わっていたのかも考えたくない。

それに、ディートリッヒ家の兄弟が傍《そば》にいるのに、シュナーベルの家が問題を抱えていることを晒《さら》すわけにはいかなかった。

とにかく、今は陛下の子供のお産に意識を集中しよう。

小説内では、陛下の子が死産となった後に、お産に関わった宮廷医師が数人処刑される。宮廷医師ではないけど、ルドルフも今回のお産に関わっているのだ。彼はどう扱われるのだろうか？

「ルドルフおじさま、仮定の話として聞いてください。陛下に対して宮廷医師が妃候補のお産は順調だと報告したとします。ですが、実際には難産で、死産となってしまった。この場合、宮廷医師は陛下に対して虚偽報告をしていたことにはなりませんか？　もしも陛下の子が死産となると……宮廷医師は処刑対象となるのでしょうか？」

「それはないと思いますよ、マテウス様？　子が死産となったからといって重い罪を科していては、宮廷医師のなり手がなくなります。しかし、宮廷医師は難産であることを陛下に正しく伝えておくべきでしょうね」

ルドルフが処刑対象になることはなさそうだ。妃候補のお子が死産となっても処刑はない。

でも、それならば、宮廷医師は何故《なぜ》陛下に真実を伝えない？　それに小説内には、宮廷医師が幾人か処刑されたとの記載があった。

何かがおかしい。

「宮廷医師はどうして陛下に真実を報告しないのでしょうか？　ルドルフおじさま、宮廷医師が処刑された事例は過去にありましたでしょうか？」

「そうだね……かなり古い例になるが、宮廷医師が妃候補の生家と結託して、死産した赤子と生きた赤子を入れ換えた事案があった。これは王家を偽《いつわ》る大罪だ。この時は、多くの宮廷医師が処刑された。だが、随分と古い案件だよ、マテウス様？」

息が大きく乱れ、俺は息を吐き出して呼吸を整える。俺の発言によって、小説の筋書きに大きな歪《ゆが》みを生じさせるわけにはいかない。でも、堪《こら》え性《しょう》のない俺は黙っていられない。

「ルドルフおじさまは妃候補の生家とどの程度の繋がりがありますか？」

「なるほど。マテウス様は宮廷医師が陛下のお子の入れ換えを図るつもりだとお考えなのですね？まあ、可能性は否定しませんが……もし処刑があったとしても、私は対象外です、マテウス様」

俺は大きく頷《うなず》くと、黙って話に聞き入っていたフリートヘルムに声を掛けた。

「フリートヘルム様。貴方は王家に忠義を誓う、ディートリッヒ家の次期当主でいらっしゃいます。万が一、赤子の取り替えが行われたら、それは王家への反逆行為です。貴方が陛下の側近ならば、王太子殿下のことで心を惑《まど》わされずに己の責務を果たしなさい。フリートヘルム様、今すぐに陛下に疑惑を報告し、宮廷医師の監視をなさってください。王太子殿下の身は貴方の弟ヴォルフラム様が守ります！　今すぐに陛下のもとに行き、忠義を尽くすべきです。フリートヘルム・ディートリッヒ!!」

フリートヘルムは俺の言葉を最後まで聞くことなく寝所を飛び出していった。

「やれやれ、忙しいお方だね。ところで、マテウス様は何故《なぜ》お一人なのですか？　護衛が傍《そば》を離れるなど、あってはならぬことです」

「ルドルフおじさま。護衛はアルミンですが、今は王太子殿下と……こ、今後について協議中です。今は殿下の側近であるヴォルフラム様が私を守ってくださっています」

ルドルフはちらりとヴォルフラムを見る。ヴォルフラムは礼儀正しく会釈《えしゃく》したが、ルドルフがそれに応じることはなかった。

「ディートリッヒ家の人間が護衛とは承服しかねる。マテウス様、私をこのまま傍《そば》に置いていていただきたい。まあ、マテウス様が反対しても動くつもりはありませんが」

アルミンと同じく、なんと図太いことか。俺を心配しての言葉だけに反論しにくいが、恩人であるヴォルフラム様を侮辱《ぶじょく》されてはたまらない。

「ルドルフおじさま。ヴォルフラム様は王立学園時代に私を救ってくださった恩人です。その方を侮辱《ぶじょく》することは、私が許しません！」

「何を言われても、マテウス様のお傍《そば》を離れはしません」

兄弟揃って意地っ張りだ。処刑人と医師と道は違っても、根っこに流れる血脈は同じらしい。

「マテウス卿、私はルドルフ殿にこのまま残っていただきたい。殿下より、マテウス卿と二人きりになることを禁じられております。ルドルフ殿の提案は私にとって、ありがたいことです」

「ヴォルフラム様……」

ヴォルフラムは、なんていい人なんだ！　殿下に仕える決意をさせた動機の半分が、貴方に会いたかったからだなんて絶対に秘密にせねば！　こんな邪心を知られたら、軽蔑されるに違いない。

「マテウス卿、申し訳ない。色々あって忘れておりました。小姓よりマテウス卿に渡してほしいと、しおりを預かっておりました。妃候補の折に注文されたとお聞きしております。マテウス卿は押し花をされるのですね。美しいしおりです」

ヴォルフラムから手渡されたものは、確かに俺が殿下の妃候補時代に小姓に頼んだものだった。

ヴォルフラムは完全に勘違いしている。押し花はヘクトール兄上が作ったものだ。

だが、俺も兄上に付き合い押し花作りをしてきた。この押し花は俺が作ったものとしておこう。ヘクトール兄上も許してくださるはずだ！

「押し花作りは心が和《なご》みますので、時折花を摘み趣味に勤《いそ》しんでおります。紙職人がその押し花を素敵なしおりに仕上げてくれました。ヘクトール兄上が読書を趣味としていますので、しおりにしてお渡ししたいと考えておりました」

俺はできるだけ可愛らしく微笑《ほほえ》む。気持ち悪くはないはずだ。信じるんだ、自分の顔面を。

「婚約者のヘクトール卿が羨ましい限りです。私にもいつか押し花をいただけますか、マテウス卿？」

「え？」

「駄目でしょうか？　弟のアルトゥールは可愛らしいものを収集しております。弟が癇癪《かんしゃく》を起こした時に手渡せば、すぐに収まるかと思いましたので。ですが、マテウス卿の押し花をそのようなことに使うのは……失礼にあたりますね。お忘れください、マテウス卿」

「お任せください、ヴォルフラム様！　早速大量に押し花を作り、お渡しします。ヴォルフラム様は弟想いのお優しいお方ですね！」

ヘクトール兄上に押し花を大量発注しよう。この際、お金を払ってもいい。

そう考えていると、ヴォルフラムが僅《わず》かに笑った。その笑みは苦笑いだ。俺は不思議に思い、首を傾《かし》げる。

「私の第一の役目は、兄のフリートヘルムを諫《いさ》めることです。第二の役目は、弟のアルトゥールの機嫌を取り、殿下の子を孕《はら》むようにとりなすことです。ディートリッヒ家の現当主から私に求められている役割はそれだけです」

何故《なぜ》、この人は俺にこんな話をするのだろうか？　ディートリッヒ家の内情を話すなんて無用心すぎる。

え、もしや、俺に甘えているの？　まさか、え、甘えている？　俺に甘えているのか、ヴォルフラム!?　くうっ、にやけ顔になってしまう。

俺は必死に愛らしく微笑《ほほえ》んだ。

「ヴォルフラム様は殿下の側近でいらっしゃいます。今回の件を無事に乗り切れば、殿下と共に日の当たる場所にいけるでしょ？　私には羨ましい限りです。『孕《はら》み子《ご》』が王城に長く勤めるのは難しいですから。でも、あの王太子殿下に仕えるには忍耐が必要ですね……ヴォルフラム様？」

俺の言葉でヴォルフラムも微笑《ほほえ》みを浮かべた。尊い！　その笑顔、尊いです!!

「マテウス卿が殿下の親友として王城に出仕されると聞き、正直なところ不安に思っておりました。ですが、王立学園時代の貴方とはまるで異なっておいでだ。自分を制する努力をされたのですね、マテウス卿。できれば、私とも友として接していただけると嬉しく思います」

「勿論《もちろん》です、ヴォルフラム様！　どうぞ、お友達になってください！」

ヴォルフラムの言葉に顔が火照《ほて》る。

大切な恩人からの友人申請。これは喜んでいいよね。

夢見心地になっている俺に、ルドルフがいつの間にか飲み物を用意していた。なんだかルドルフの目が据《す》わっているように思うのは、気のせいか？

「マテウス様、こちらをお飲みください」

「ルドルフおじさま、この香りは……よく眠れるあれですか？」

「そうです、マテウス様」

「……ルドルフおじさま、今はアルミンの帰りを待ちたいです。アルミンには私の励ましが必要なのです。ですから、私は眠りたくはありません」

「自分ではお気付きではないようですが、呼吸が乱れ気味です。少しお休みになったほうが良いと、医師の立場から申し上げております、マテウス様」

「分かりました、ルドルフおじさま。では、アルミンが戻りましたら私を起こしてください」

「承知しました、マテウス様」

俺はルドルフから飲み物を貰《もら》って一気に飲む。苦い飲み物だと記憶していた通り、苦い。

そのままベッドに横たわり、俺は目を瞑《つむ》った。

◇◇◇◇◇

悪夢が来る。もうすぐ、悪夢が来る。

夢だ。夢だと分かっている。

だけど、この夢は怖い。夢でも酷《ひど》く怖い。

怖いから、大嫌い。

でも、大丈夫。ヘクトール兄上が悪夢から逃げる方法を何度も教えてくれたから。

早く悪夢から逃げ出そう。耳を塞《ふさ》いで。目も閉じて。ベッドの中に潜り込む。

大丈夫、怖くない。ヘクトール兄上が起こしてくれるまで待てばいいだけ。


「――アルノー様！　何故《なぜ》、マテウスの寝室にいるのですか!?　今すぐに、マテウスから離れてください。屋敷には来ない約束をしたはずです。即行、別邸にお帰りください!!」

「んん……あれ、父上？」

「やあ、マテウス。目が覚めたかい？」

「父上！　私に、会いに来てくださったのですか？　ですが、真夜中ですよ？　朝に来てくださったなら、父上と馬で遠駆けができたのに！　でも、嬉しいです、父上！　カールはどこですか？　一緒ではないのですか、父上？　今日は教会前でカールと偶然出逢いました。でも、今日のカールは意地悪を言ったので嫌いです！　一週間前に会ったカールは私に綺麗なお花を手渡してくれました。だから、一週間前のカールは大好きです！　あ、あ、でも、父上が一番好きです！　ヘクトール兄上は父上やカールに会うなと言うから嫌いです。私は屋敷でとても行儀良く過ごしております。なので、別邸に行っても、自分で身の回りのことはできます。迷惑は掛けません。父上、私も別邸で暮らしたいです。父上やカールと一緒に暮らしたいです！　駄目ですか、父上？」

「マテウス!!」

「ヘクトール兄上？」

「衣装を整えてベッドの中に潜りなさい。何も聞かない。何も見ない。兄と約束しなさい！」

「ヘクトール兄上はどうしてそのように大きな声を出すのですか？　やはり、兄上は時々怖いから嫌いです。衣装は整っています。私は身の回りのことはできます！　あれ……服のボタンが全部外れてる。あれ？　あれ？　ち、父上、これは誤解です！　普段の私はこのようなはしたない格好で眠ったりしません。眠る前に自分でボタンを全部留めました！　私は身の回りのことは、カールと同じように自分でできます。でも、ボタンが外れてる……あの、今すぐにボタンを留めます！　あれ、あれ、手が震えて……すぐにとめますから。だから、父上、私を嫌いにならないで!!」

「大丈夫だ、マテウス。そんなに泣きそうな顔をするものじゃないよ。マテウスを嫌いになどならないから安心しなさい。カールがお前に酷《ひど》いことを言ったと知り、心配して駆けつけただけだから。マテウス、私がボタンをはめてあげよう。それにしても、マテウスは綺麗な肌をしているね」

「マテウス!!」

「ヘクトール兄上？」

「ベッドの中に潜って、耳を塞《ふさ》いでいなさい！」

「嫌です、兄上！　父上が心配して、私に会いに来てくださったのですよ？　父上、私はカールのように綺麗な見た目ではありません。でも、私を嫌わないでください！　私もカールと同じように、別邸に連れていってください！　父上、どうしてですか？　どうして私は父上やカールと一緒に住めないのですか？」

「……マテウスの体は柔らかいね。やはり幼くても『孕《はら》み子《ご》』の体つきをしている。いくら食事制限をしても、運動制限をしても、カールには硬い筋肉がつく。それが不快で堪らないのだよ。やはり、私が欲しいのはマテウスだ。この子宮に……我が子を孕《はら》ませたい」

「孕《はら》ませる⁇」

「黙れ！　その汚らわしい口を閉じろ‼」

「ヘクトール兄上？」

「マテウス、耳を塞《ふさ》げ！　何も聞くな！　ベッドの中に潜って、俺が許可を出すまでベッドから出るな！　マテウス、早くしろ‼」

「ひゃ！　はい、ヘクトール兄上！」

「おやおや、可哀想に。マテウスを怒鳴るとは、酷《ひど》い兄だね？　ベッドに潜り込むマテウスの姿も可愛いがね。おや、ヘクトール？　そのナイフで私を刺すつもりかい？　だが、私を殺すつもりならば、剣を持って掛かってきなさい。私もシュナーベル家の処刑人だよ？　お前を斬り捨てるなど雑作もないことだ。お前が死ねば、私は簡単にマテウスを手に入れられる。斬りかかってきてはどうだい、ヘクトール？」

「そのようなことはしませんよ、アルノー様。貴方がマテウスを手にすることはもはや不可能です。シュナーベルの血縁者達は既《すで》に俺が掌握《しょうあく》しております。貴方を別邸に軟禁することに反対した者は皆無《かいむ》でしたよ、アルノー様？　貴方はグンナー様にのめり込むあまり、シュナーベル家の当主の務めを放棄した。そして、腹違いの弟のグンナー様を三度も孕《はら》ませ……最終的には死なせた。アルノー様の血脈の弊害は明らかです。誰も貴方の言葉には耳を貸さないでしょう。貴方に代わって領地運営を行う俺に、皆が味方するのは当然の成り行きでしょう、アルノー様？」

「ふむ。カールを私に差し出した時とは随分と様子が異なるじゃないか、ヘクトール？　カールを私に差し出した時のお前は泣き出しそうな顔をしていたのにねぇ？　感情のコントロールもできないお前に、不快感を抱いたことを私は今も覚えている。少しの期間で随分と冷淡な人物になったものだ。甥《おい》のヘクトールの成長を嬉しく思うよ。だが、シュナーベル家現当主の私を蔑《ないがし》ろにする態度は改めるべきだと思うけれどね、ヘクトール？」

「俺が実質上のシュナーベル家現当主です。態度を改めるつもりはありません、アルノー様」

「血脈を薄めるためのただの『駒』が、『俺が実質上のシュナーベル家現当主です』と言い切るとはね！　『シュナーベルの刃』の長を引き継いだ弟のループレヒトは随分と傲慢《ごうまん》な『駒』を選んで本家に送り込んできたものだな？」

「『シュナーベルの刃』の処刑人が俺の天職だと思ったことは一度もありません。ですが、俺は処刑人として一生を捧《ささ》げるつもりでした。しかし、『シュナーベルの刃』を統括する父上は、シュナーベル本家の次期当主に俺を選びました。戸惑《とまど》いはありましたが、やりがいがあると思っていました。本家の血脈を薄める『駒』であろうとも、シュナーベル家次期当主には変わりありませんので。俺はシュナーベル家次期当主に相応《ふさわ》しい人物になろうと努力しました。その頃は努力は報《むく》われるものだと信じ込んでいましたから。ですが、貴方が俺の前に現れて、努力だけでは解決できない問題があると知りました。特に貴方からマテウスとカールの二人を差し出すように迫られた時には、次期当主の座から逃げ出すことも脳裏をよぎりました。ですが、『駒』に逃げ道など用意されてはいなかった。ならば、前に進むしかないでしょ？　それで決意を新たにしたのです。俺が実質上のシュナーベル家現当主になると。アルノー様と対峙して……必ず貴方を排除すると」

「思い出したよ。ヘクトールは昔から負けず嫌いだったね？」

「あの当時の俺は無力で、二人の弟を守り抜くのは不可能だった。貴方に廃嫡《はいちゃく》を匂わされて脅《おど》しに屈した。俺が廃嫡《はいちゃく》されたら、マテウスもカールも共にアルノー様に奪われる。それだけは避けたかった。だから俺はシュナーベル家の次期当主として、カールに貴方の相手をするように命じました。カールはその命令に応じた。グンナー様の容姿に似たカールを得て満足されていたはずです。契約をこれ以上は望まないと、貴方は俺と契約を交わしました。それを忘れたとは言わせません。契約を反故《ほご》にすることは、貴方にとって失うものが多いはずです」

「私を脅《おど》すのかい、ヘクトール？　やはり君は冷淡な人間になったね。カールならば長く私の相手を務められると考え……あの子を私にあてがった。そして、実際にそうなる。彼は逃げもせずに、私によく尽くしているよ。もしも、カールではなくマテウスを差し出していれば、マテウスはすぐに精神を病んで死を選んでいたかもしれないね？　マテウスの精神の成長は他の『孕《はら》み子《ご》』よりかなり遅れている。産みの親のグンナーの壮絶な死が心に深い傷を負わせたのだろう。可哀想なマテウス。弟のカールのほうが精神的に早熟だが、マテウスのことになるとあの子は冷静ではいられないようだね。マテウスを私から守るために必死に尽くすカールの姿は、実に健気《けなげ》で憐《あわ》れだ。こうなると分かっていて、お前はカールを私にあてがった。お前は残酷なことが平気でできるようだね、ヘクトール？」

「……黙れ」

「それにしても、おかしなことだね？　今のお前はカールを救い出すだけの権力を手にしたはずだ。それにもかかわらず、カールを救わないのは何故《なぜ》だい？　しかも、カールに使用させている潤滑剤には、ベラドンナ草の毒を含ませているね？」

「幻覚を見ましたか、アルノー様？」

「希望通りの幻覚は見ないものだよ、ヘクトール。幻覚でカールが『孕《はら》み子《ご》』に見えるとでも思ったのかい？　ベラドンナ草の幻覚作用はそう都合良くはない。カールは成長と共に私の好みから離れてゆく。ただ、毒素が我々の体を蝕《むしば》んでいくだけだ。まあ、お前は……私もカールも処刑したいようだから、幻覚目的だけで毒を盛っているのではないのだろ？」

「…………」

「沈黙を返事とするか？　ならば、別の質問をするとしよう。カールを『孕《はら》み子《ご》』のような体つきに近づけるには、どのような施術が必要だろうか、ヘクトール？」

「俺に答えさせるのか？」

「私にも理性は残っている。お前はマテウスを婚姻相手とすれば良い。お前の産みの親は本家とは繋がりの薄い傍系の出自だ。『死と再生を司《つかさど》る神の末裔《まつえい》』であるシュナーベル本家の血脈が薄まることを私は望んではいない。だが、ヘクトールは上手《うま》くやっているよ。血脈の薄さから血縁者に蔑《ないがし》ろにされた時期もあったようだが、お前はシュナーベルの血族を短期間で掌握《しょうあく》した。カールまでもがお前の言いなりだ。まあ、カールもお前も護りたいものが同じだから当然か」

「アルノー様、カールを去勢すればいい。男性器を全て除去すれば筋肉が自然と落ちるはずです」

「ヘクトール、お前は本当に冷淡な子だね。カールの未来を摘むわけだね？」

「アルノー様、この屋敷から出ていってください。カールが別邸で毒を含んだ潤滑液を体中に塗り込み、貴方の帰りを待っているはずです。別邸に帰りカールと交わり、毒を舐《な》めて幻覚に溺《おぼ》れるといい。アルノー様、マテウスには二度と近づかないでください！　マテウスは俺が守ります！　マテウスに近づかないよう、カールにも、忠告してください。カールはアルノー様と同類です。カールを貴方に差し出したのは、第二のアルノー様を作り出さないためです！」

「は、そうか！　カールは俺の同類か？　だが、いずれはお前もマテウスにのめり込む。三人目を孕《はら》ませて子宮が裂けぬように気を付けてやることだ。グンナーはあまりに酷《ひど》い死に方だった」

「三人目を無理やり孕《はら》ませたアルノー様に、そのようなことを忠告されたくない。それに、私はマテウスを婚姻相手にするつもりはない。マテウスにはいずれ相応《ふさわ》しい相手が現れる。俺はそれを見守るだけだ」

「ふん。できもしないことを口にするな、ヘクトール。後に苦しい思いをするのは、お前自身だぞ？　マテウスが幼い内に婚約して、己に縛りつけることだ。精神的に不安定な『孕み子《はらご》』のマテウスは、誰にでも懐き心を開くぞ？　私はそうなる前に、弟のグンナーを捉えた。腹違いの弟のグンナーを抱いた時、その幸福に涙した。神の血脈を強く感じて身が震えた。お前も血脈の濃いマテウスと一度でも情を交わせば、もはや手放すことなど不可能になる。早くマテウスを囲うことだ」

「アルノー様……どうぞ、別邸にお帰りください」

「忠告はしたぞ、ヘクトール。さて、お前の素晴らしい案を採用して、カールを去勢することにした。文句はないな、ヘクトール？」

「好きにしてください。だが、屋敷には二度と現れるな……二人とも早く死んでくれ」

「やっと本音が出たな、ヘクトール？」

◇◇◇◇◇

「……ああっ……はぁ、はぁっ、兄上。また、怖い夢を見ました。兄上……どこですか？」

「マテウス、大丈夫か？」

「兄上、とても怖かった……ヘクトール兄上？」

「マテウス、ヘクトール様はいない」

「そうなの？　あれ、アルミンがいる⁉」

「ああ、俺が傍《そば》にいるから安心しろ。マテウス、息が酷《ひど》く乱れている」

「アルミンが起こしてくれたの？　ありがとうね、アルミン。時々、悪夢を見るんだ。でも、夢の内容が思い出せなくて。それなのに凄《すご》く怖いなんて変だよね？　兄上は無理に思い出す必要はないって言ってくれるけど。でも、気になってしまって。あ、私が悪夢を見ると、ヘクトール兄上が凄《すご》く心配するから、今回のことは内緒にしてくれる？　そうだ、アルミン……私を抱きしめて」

「俺から抱きしめるのはまずいかな？　何時《いつ》もみたいにマテウスから抱き付いてくれよ」

「ふふ、何それ？　うーん、ここはまだ夢の中なのかな？　だって、アルミンが同じベッドで寝ているなんて現実にはあり得ないもの。私が抱き付くとすぐに逃げ出すアルミンが、一緒のベッドで寝てくれるはずないよね？　もしかすると、私達は夢の中で伴侶になっているのかもしれない。しかも初夜設定かも？　うおー、なんて恥ずかしい夢を見ているんだ！」

「うむっ……初夜なのか、マテウス⁉」

「きっと初夜に違いないよ、アルミン！　だって、夢の中でアルミンと交わった記憶が全くないもの。恥ずかしいけれど、これはいい機会かも！　私は初夜の直前に、伴侶と今後の約束事を取り交わすつもりでいるんだよね。私の練習に付き合って、アルミン？」

「マテウス、初夜の直前は止《や》めておけ。伴侶のあそこが萎《な》えたらどうするつもりだ？」

「アルミン、うるさいです！　では、始めます。『私はアルミンが側室を持っても、彼らを虐《いじ》めないと誓います』『でも、側室を寵愛《ちょうあい》しすぎないでください』『私は嫉妬《しっと》深いに違いないから、側室を鞭《むち》で打つかもしれません』『子を孕《はら》むことを急《せ》かさないでください』。あとは、『アルミンの体臭が好きだけど、変態ではありません』『アルミンは毎日私を抱きしめてください。たっぷり匂いを嗅《か》ぎます』それでは、アルミン……私を抱きしめてください」

「……抱きしめていいのか、マテウス？」

「夢の中のアルミンは凄《すご》く格好いいよ！　真面目な顔のアルミンは男らしい。だらしない何時《いつ》もの顔面は落としちゃったの、アルミン？」

「ああ、何処《どこ》かに落としてきたらしい」

「ふふ、抱きしめて」

「分かった、マテウス」

「……ベッドから出ろ、アルミン」

「ベッドから出てください、アルミン殿」

「ん？」

「嫌だぁーー！　俺は殿下に抱かれて心身ともにヘロヘロなの！　おバカなマテウスを補給しないと死ぬの！　マテウス、聞いてくれ！　ヴェルンハルト王太子殿下は変態だった。俺を裸にしてベッドに縛り付けると、産みの親をどのように処刑したか聞いてきた。だから、俺は殿下の産みの親がいかに悲惨な最期を迎えたか、ねっとりと話してやった。マテウスを傷つけたくせに全く反省していない殿下に、精神的攻撃を喰らわせてやった！　そうしたら、あのくそ殿下はマジ切れして、俺の尻を貫《つらぬ》きまくりやがった！　俺の尻を見てくれ、マテウス！　尻が犠牲になった。切れてるから、切れまくってるから。初めての経験だったのに、殿下は優しくなかった。酷《ひど》いーー！」

どうやら、アルミンは王太子殿下から解放され無事に帰還したらしい。だが、彼の尻は無事では済まなかったようだ。

そして、俺も無事では済まなかった。恩人にして想い人であるヴォルフラムと、ルドルフおじさまの目の前で、アルミンとベッドでイチャイチャしてしまった！

なんて無様な目覚め姿か。恥ずかしい。恥ずかしい。恥ずかしすぎる！　もう、泣くしかない。

「マテウス卿、泣くことはありません！　貴方の目覚めの言葉は全て脳内から消し去りました。アルミン殿が虫のような素早さでベッドに潜り込んだために、侵入を防げませんでした。害虫を斬り刻めなかった己の未熟さを悔やんでおります。申し訳ございません、マテウス卿」

「そうです、マテウス様。全てはアルミンの責任です。マテウス様の目覚めが悪かったのは、アルミンがベッドに侵入したせいです。弟が失礼をしました。アルミン、何時《いつ》まで主のベッドに潜り込んでいるつもりだ！　早く出なさい!!」

慰《なぐさ》められると余計に辛《つら》い。しかも、ヴォルフラムにアルミンとの会話をがっつり聞かれたことが判明した。

ヴォルフラム様、脳内から都合良く記憶を消し去るのはかなり難しいそうです。ヘクトール兄上が俺の悪夢を消し去る精神医療を研究していますが、道半ばのようなのです。

俺がヴォルフラムの脳内について考えていると、不意にアルミンが険しい表情でルドルフを睨《にら》み付《つ》けた。

「ん、なんで兄貴がここにいるんだ⁉ 処刑人を辞めて、シュナーベルの領地から逃げ出した卑怯者が！ まあいい、今は医者が必要だ。あんたでも役に立つ。くそ、吐きそうだ。いや、吐き出したほうがいいか？ 兄貴、聞いてくれ。王太子殿下とのセックス前に、水銀とコモンタンジーとスパニッシュフライを飲まされた。直腸には柑橘類を半分に切ったものと綿が詰まりまくってる。精子が直腸にある子宮口に流れ込むのを防ぐ処置だと思う。だが、俺には子宮がないから問題ない。但《ただ》し、直腸がヒリヒリして痛い。柑橘類の汁のせいだと思う。とにかく、まずは飲んだ毒の成分を抜いてくれ。兄貴は医師だろ！ すぐに解毒薬を調合してくれ。すまない、マテウス。ベッドを奪って悪いが……休ませてくれ……くそ、体が、痺《しび》れる……気持ち悪い、吐きたい……」

俺はアルミンの異変に驚き、ベッドを幼馴染《おさななじみ》に譲った。彼は脂汗を流して、吐き気を抑え込んでいるようだ。

「水銀と、コモンタンジーと、スパニッシュフライ⁉」

『孕《はら》み子《ご》』に飲ませる王家の秘薬の避妊薬って、それなのか？ 最悪……全てが毒だ。

水銀、コモンタンジー、スパニッシュフライ。

水銀で避妊効果は得られないと思う。少量の摂取ならすぐにはアルミンの身に問題は出ないはずだが、大量に飲んだのなら問題だ。

コモンタンジーは毒性成分ツヨンの含有量が多い植物だ。毒性作用は痙攣《けいれん》……嘔吐《おうと》……子宮からの出血。重篤な場合は、呼吸停止……多臓器不全。子宮を収縮させるから、避妊や堕胎には使えるけど、毒性が強すぎる。

スパニッシュフライに避妊効果はない。毒成分カンタリジンを体内に蓄えた昆虫を乾燥させて粉にしたもの。人間が摂取するとカンタリジンが尿道の血管を拡張させて充血を起こす。この症状が性的興奮に似ているから、催淫剤として古くから用いられてきた。だが、催淫剤より暗殺薬として使うほうが向いている。

毒の成分名は前世の知識でも、毒草の知識はシュナーベル家で学んだものだ。シュナーベル家の者にとって、医学と薬学の知識は必須。特に『シュナーベルの刃』に属するアルミンならば、俺などより詳しいはずだ。なのに、どうして毒を口にしたの？

「アルミン、毒だと分かっていて口にしたの？　私だって毒だと分かるのに、アルミンが知らないはずがないよね？　これはヘクトール兄上の指示？　アルミンは『駒』じゃないのに。カールだって、私だって『駒』じゃないのに。こんな扱いは駄目だ。婚約者として……ヘクトール兄上に抗議をしないと、はぁ、はぁ、はぁ、はぁ……」

息が苦しい、呼吸が上手《うま》くできない。こんな時に俺が取り乱してどうする。アルミンは今から治療が必要だというのに。落ち着け、俺！

「ルドルフおじさま、アルミンの治療をお願いします。私は……取り乱していて、治療の邪魔になりますので……部屋を出ます」

「マテウス様、その状態で一人で出歩いては倒れてしまう！　ヴォルフラム卿、マテウス様のことを頼んでもよろしいですか？」

「承知しました、ルドルフ殿。マテウス卿には私が付き添います。ルドルフ殿、医療に通じた小姓を呼びましょうか？」

「それは助かる。マテウス様、無理をなさらないように」

「はい、ルドルフおじさま。アルミンの治療を……お願い……します……」

「さあ、マテウス卿。行きましょう」

「はい」

俺はヴォルフラムに寄りかかって扉に向かった。彼はしっかりと俺を抱きしめてくれている。アルミンのために部屋を出る……そんな選択肢しか選べない自分が惨《みじ》めだった。

「マテウス」

「アルミン」

「心配掛けて……悪いな」

部屋を出ていく俺に、アルミンが優しく声を掛けてくれる。なのに、俺は涙が溢れて返事もままならなかった。

扉の前で待機していた小姓には医療の知識はない。ヴォルフラムが医療知識のある小姓を部屋に呼ぶように命じる。そして、俺のふらつく体を抱き込み寝所を後にした。

廊下に出ると、彼が語り掛けてくる。

「何処《どこ》かで休まれますか、マテウス卿？」

「ヴォルフラム様、庭園を散策しても……よろしいですか？」

「構いませんが、体がふらついていらっしゃいます。ご自身の体調はお分かりですか？」

「……呼吸を整えます。息が苦しいのは……精神面からきています。『孕《はら》み子《ご》』は情緒が不安定なので……歩いて、呼吸を整えます」

「承知しました。私にも『孕《はら》み子《ご》』の弟がおります。弟のアルトゥールも時折、呼吸を乱します。では、庭園を散策しましょう、マテウス卿」

「はい」

俺はヴォルフラムに寄りかかりながら、庭園をゆっくりと散策していた。

呼吸を整えつつ深く息を吐き出す。少し呼吸が落ち着いてくる。

美しい庭園を更に進むと、薔薇園が広がっていた。大輪の薔薇に溶け込むように、大きな蝶がいる。俺達の歩みに合わせて、薔薇からふわりと蝶が飛び立った。薔薇がゆらりと揺れて、葉が重なり合う音が聞こえた。

不意に、何故《なぜ》その小さな葉の重なり合う音が、俺の耳に届いたのかが気になる。そして、王城が静かすぎることに思い至った。あまりに静かだ。

「ヴォルフラム様、陛下のお子がお亡くなりになったのですね？」

「……マテウス卿が眠っていらっしゃる間に知らせがきました。陛下のお子も妃候補も、お亡くなりになりました」

「っ！」

「宮廷医師が数人捕まったそうですが、詳細は伏せられています。兄のフリートヘルムがマテウス卿に改めて感謝の意を伝えたいと申しておりました」

小説の内容通りに、陛下の子供は死産となった。一方、妃候補の生死は記載されてはいなかったように思う。

運命には逆らえない。でも、手を尽くせば救える命もあったのではないか？

そう考えるのは、傲慢《ごうまん》だろうか？

「マテウス卿、貴方は陛下のお子の死産を予言されました」

ヴォルフラムの言葉に、俺は思わず顔を上げた。その瞳と視線が絡み合う。

彼の翠色《みどりいろ》の瞳が、俺を捉えて離さない。

その瞳を見つめたまま、俺は言葉を発した。

「偶然です、ヴォルフラム様」

「そうであってほしい。マテウス卿、もしもこの先何かを予見されても、言葉として発してはいけません。異端審問に掛けられる可能性があります。よろしいですね、マテウス卿？」

「気を付けます、ヴォルフラム様。ですが、私はフォルカー教信者ではありません。異端審問に掛けられるのは、信者が異端行為を疑われた場合だけだと認識していましたが、違うのですか？」

「ヘンドリク・マーシャルを覚えていらっしゃいますね、マテウス卿？」

ヘンドリクの名を聞き、俺は思わず身を震わせた。躊躇《ためら》いを隠せず、問いかける。

「どうして、その名を今出すのですか？　もう、あれは過去の出来事です。王立学園時代の……」

「マテウス卿を襲った首謀者のヘンドリクは学園を中退となりました。王城に勤める資格を失った彼がどういう経緯を辿ったのかは不明ですが……現在は異端審問官になっています」

あの男が異端審問官になったのか？

偏見の塊《かたまり》のようなヘンドリクに、正しく異端審問ができるとは思えない。とにかく、彼には二度と会いたくない。

「……ヘンドリク様が異端審問官になられようと、私には関わりのないことです。そうでしょ、ヴォルフラム様？　私はもう……あの時のことは忘れたいのです！」

「申し訳ない、マテウス卿。ですが、ヘンドリクはいまだにマテウス卿に執着していると耳にしました。ですので、マテウス卿には細心の注意を払っていただきたいのです」

「ヴォルフラム様、ご忠告に感謝します。ですが、怖くて。胸をお借りしてもよろしいですか？」

俺は震えが止まらず、ヴォルフラムの返事も聞かずに彼の胸に顔を埋める。

「マテウス卿……」

――凌辱寸前だった。見知らぬ男達が夕暮れの空き教室に俺を連れ込み床に押し倒したのだ。次々に手が伸ばされ、衣装が剥《は》ぎ取られていく。手足を男達に押さえ込まれ、泣き叫ぶことしかできなかった。

ヘンドリク・マーシャルは泣き叫び抵抗する俺に覆《おお》い被《かぶ》さると、何度も唯一神を信仰しろと叫ぶ。彼は酷《ひど》く興奮していた。俺の体に指を這《は》わせながら、乳首を口に含んで舐《な》める。大きな手で太ももを撫《な》で、勃起したペニスを何度も擦り付けた。

怖くて、気持ち悪くて、吐きそうだ。叫ぶ声が気力と共に弱まり、ただ泣きじゃくる俺に、ヘンドリクは酷《ひど》く醜《みにく》い笑みを見せる。もう駄目だと思ったその時、ヘンドリクの体が吹き飛んだ。

ヴォルフラムが教室に飛び込んで助けてくれたのだ。そして、俺の気付かぬ間に男達を次々に殴り飛ばし捩じ伏せていった。最後にヘンドリクを俺から引き剥《は》がすと、床に蹴り飛ばして失神させる。

だけど、俺は泣きじゃくったまま、新たな男の出現に恐怖していた。俺を保護しようとするヴォルフラムに対して、彼の顔を引っ掻き、髪を掴み、叫びながら体を拳で叩き続ける。

それでも、彼は俺を見捨てはしなかった。俺を労《いたわ》り優しく紳士的に接してくれる。危機を救った彼は、ヘクトール兄上が到着するまでに俺を正気に戻し、衣装を整えてくれた。震えて泣きじゃくる俺に優しく声を掛け、抱きしめ続けてくれる。

その後、俺は王立学園を中退した。シュナーベルの領地に戻り静養中、何時《いつ》もヴォルフラムのことを考えるようになる。

それが、恋かもしれないと気づいたのは……何時《いつ》の頃だっただろうか？

『ヴォルフラム・ディートリッヒ』

優しく紳士的なヴォルフラム様。

その貴方が、ヴェルンハルト殿下を殺害するのは何故《なぜ》ですか？

王太子殿下を背後から刺すなど、王家に忠誠を誓うディートリッヒ家で育った者が選ぶ手段ではないでしょ？　たとえ、ディートリッヒ家の血筋を受け継いでいなくとも、ヴォルフラム様はやはりディートリッヒ家の実直な性質を受け継いでいます。なのに、どうしてですか……ヴォルフラム様？

間話　『愛の為に』最終章

――玉座の広間に続く回廊を、ヴェルンハルトは感慨深い思いで歩を進めていた。

間もなく、玉座の広間で戴冠式が執り行われる。

衣擦《きぬず》れの音がして、ヴェルンハルトは気付かれぬようにそっと背後を窺《うかが》った。王家のしきたりに従い、妃候補達、その後ろを側室とその子供達、そして最後に臣下一人、『親友』一人が、それぞれ神妙な面持ちで回廊を歩いている。

ヴェルンハルトは再び視線を前に向けた。

本来ならば、玉座の広間に続く回廊には多くの近衛騎士が配置され、戴冠式に華やかさを添えていたことだろう。だが、今回の戴冠式では、近衛騎士の数を最小限に抑えるように指示が出されていた。

数年前にフォルカー教国で大流行した伝染病のフォルカー病が、現在、フォーゲル王国でも流行の兆《きざ》しを見せている。たとえ、戴冠式という大切な儀式であろうとも、そこを起点として伝染病が蔓延《まんえん》しては国の威信に関わる。

慣例の変更に反対する王侯貴族もいたが、ヴェルンハルトは今回の戴冠式は簡素に行うとつっぱねた。

そんな苦難を乗り越え、ようやく迎えた戴冠式だ。簡素ではあるが、厳《おごそ》かさを損なわないものであってほしい。

そう願いながら、ヴェルンハルトは玉座の広間に向かい歩き続ける。

その時、不意に甘い香りが風に乗って回廊を通り抜けた。

ヴェルンハルトはその香りにつられカールを想う。

カールが身に纏《まと》っていた香水の匂いに似ている。庭園に咲く花の香りだろうか？　カールが身につけていた香水は、この花の香油を元に作られたものかもしれない。

カールが悲劇的な死を迎えた後も、ヴェルンハルトの人生は続いた。多くの愛情に触れて、哀歓を共にしたいと思う男性とも出逢った。

だが、カールは常にヴェルンハルトの心の内にあり、消えることがない。それが、ヴェルンハルトには嬉しくもあり、苦しくもあった。

『全てが思い通りになる人生などありはしませんよ、ヴェルンハルト殿下？』

これは、カールの口癖だ。

美しい顔《かんばせ》に、赤茶色の髪、憂いを含んだ茶色の瞳。

だが、その美しい唇から発せられる言葉は、何時《いつ》も人生を達観したものだった。

玉座の広間を目前にして、ヴェルンハルトは『親友』に声を掛ける。

「良い花の香りがする。あれを香水にすることは可能か？」

「ヴェルンハルト殿下、あれは『死の香水』の原料となる植物の花の香りです。原料となる植物には猛毒が含まれており、香油も僅《わず》かしか取れません。そのため、市場に出回る数はごく少数で、その独特の香りから高値で取引されています。国王となられる殿下ならば、手にできるでしょうが、おすすめはいたしかねます。『死の香水』と呼ばれる所以《ゆえん》は、香水を身に纏《まと》う者やその人物と親しく接する者が、香水に含まれる毒により早死にするからです。とはいえ、戴冠式を迎えられた殿下への祝いの品として、私が『死の香水』を調合してお渡ししても構いませんよ？　実は、私も以前より興味があり、どの程度身につければ害になるのか、マウスで実験をしておりました。殿下も実験体として参加を……」

「それ以上は話さなくていい。それから、『死の香水』を作るのも禁止だ……危険すぎる」

「うー、えー、王太子殿下の命令に……従います」

相変わらず毒草に詳しい『親友』だ。奴のことだから実験には細心の注意を払うだろうが、危険な行為には違いない。

ヴェルンハルトは頬を膨らませて抗議する『親友』に呆れつつも、彼の存在に感謝した。

『死の香水』という言葉を耳にして、カールの残酷すぎる死と同時に、なんとも言い得ぬ不吉な予感を覚える。

だが、赤茶色の髪を靡《なび》かせて抗議をする膨《ふく》れっ面《つら》の『親友』の姿に、その不吉な予感も鎮まった。

これから国王となる自分が何を恐れることがあるのかと、己を鼓舞して姿勢を正す。

「ヴェルンハルト殿下」

その時、臣下のヴォルフラムに呼び止められた。彼の駆け寄る気配を背後に感じ、「何事だ？」

と問うつもりで振り返ろうとする。

だが、胸に激しい痛みを感じ、ヴェルンハルトは言葉を発することができなかった。ヴォルフラムに背後から剣で刺されたのを悟る。

背中に刺し込まれた刃が引き抜かれた時、致命傷を負ったのを確信した。血反吐《ちへど》が口から溢れ、ヴェルンハルトは自身の血に濡れた回廊の床に倒れ込む。

それでも必死に手を伸ばし、ヴォルフラムの足首を掴んだ。

「何故《なぜ》だ、ヴォルフラム？」

血の泡を吐きながら、彼に問う。

だが、返事はなかった。ヴォルフラムは足首を掴むヴェルンハルトの手を振り切ると、黙ってその場を立ち去る。その右手に握られた剣の刃から血が滴《したた》り落ちて、床を濡らしていた。

意識が遠のき、周りの声も聞こえなくなる。ヴェルンハルトは薄暗くなる視界の先に、ヴォルフラムを待つ人物を視認した。

その名を口にしたが言葉にはならず、血の泡となり床に消えていく。

玉座の広間を目前にして、ヴェルンハルトは死を迎える覚悟を決める。

玉座が遠のいていく。国王にはなれない。

ヴェルンハルトは悔しさから唇を噛みしめていた。

だが、その時、ヴェルンハルトの体を必死に抱き起こし、自身の膝を枕代わりにした者がいた。

暗くなっていく視界に、赤茶色の髪が映り込む。美しい指先がヴェルンハルトの頬を撫《な》でる。

その時、ヴェルンハルトの頬に雫が落ちてきた。その雫が涙だと分かった時には、既《すで》に視界を失っている。

ヴェルンハルトは静かに目を閉じた。終わりが近い。

「運命が……ヴェルンハルト殿下を奪ってしまった。私は……」

ヴェルンハルトは手を持ち上げると、自身の頬に添えられた指にそっと触れた。

触れたつもりだった。

しかし実際には、腕を持ち上げる力さえ残っておらず、自身の頬に添えられた指には触れていない。

それでも、ヴェルンハルトは幻の中でその指に触れていた。そして、その人物に話し掛ける。

『カール』

ヴェルンハルトは確かにカールの姿を見た。

独特の香りに包まれたカールが、ヴェルンハルトを膝枕して微笑《ほほえ》んでいる。

カールが身に纏《まと》うその香りが『死の香水』だと気が付いたヴェルンハルトは、その香りを肺の奥に送り込もうとした。

けれど、気道が血で塞《ふさ》がれ呼吸ができない。

美しい笑みを浮かべたカールがヴェルンハルトの額《ひたい》にキスをする。すると、ヴェルンハルトは突然、呼吸を取り戻した。

肺の中に送り込まれる『死の香水』が、カールをより身近に感じさせる。

ヴェルンハルトはカールの美しい姿に目を細めた。不意に、カールがその美しい唇をゆっくりと動かし、言葉を紡《つむ》ぐ。

『全てが思い通りになる人生などありはしませんよ、ヴェルンハルト殿下？』

相変わらずの達観した言葉に、ヴェルンハルトはカールに向かって笑みを浮かべていた。

カールと出逢った時点で、国王にはなれない運命だったのかもしれない。

だが、それでいい。

ヴェルンハルトは頬に添えられたカールの指に己の指を絡めて、ゆっくりと死の闇に落ちていった。


（完）

第四章

ＢＬ小説『愛の為に』は、ヴェルンハルト殿下の死をもって完結となる。

前世の俺は小説のラストに衝撃を受け、愛読書を何度も読み返した。小説内のヴォルフラム・ディートリッヒは、ヴェルンハルト殿下が危機に陥《おちい》ろうとも決して殿下を裏切らない人物として描写されている。その実直なヴォルフラムが、王太子殿下を殺害して物語の幕引きをするのだ。その上、殺害動機は作中で一切明かされない。

多くの読者がこの完結に対し、違和感とある種の失望を覚えた。俺もその一人だ。

「――マテウス卿」

不意にヴォルフラムから小声で話し掛けられて、俺の意識は今世《こんせ》に引き戻された。

俺は彼の胸からゆっくりと顔を上げる。ヴォルフラムは自然な動きで俺から身を離すと、己の背後に身を隠すよう指示を出した。その指示に従い、彼の背後に回る。

その時、薔薇園の小路をゆっくりと此方《こちら》に進む人物に気が付いた。

その人物は金髪を風に靡《なび》かせている。金髪から覗く瞳は、右虹彩がブルー、左虹彩がブラウン。虹彩異色症の登場人物は、この小説では一人しか存在しない。

王弟殿下のシュテフェン・フォーゲルだ。

「……っ！」

「!!」

俺とヴォルフラムは王弟殿下の突然の出現に驚き、言葉を失った。だが、理由はそれぞれ違う。

BL小説『愛の為に』のラストシーン。『ヴェルンハルトは薄暗くなる視界の先に、ヴォルフラムを待つ人物を視認した』と記載されている。

多くの読者は『ヴォルフラムを待つ人物』は、彼と深い関わりがあり、王太子殿下の死により得をする人物だと考えた。そして、『王弟殿下黒幕説』を支持している。とにかく、黒幕かもしれない王弟殿下が突然目の前に現れたのだ。臆病な俺は完全にびびってしまった。

「ヴォルフラム、我が子よ。久しいねえ？　私が王城で軟禁されている間に『孕《はら》み子《ご》』の恋人ができたのかい？　だが、君は私と同様に『孕《はら》み子《ご》』との交わりを陛下に禁じられているはずだが？」

王弟殿下はいきなりヴォルフラムを『我が子』と呼んだ。彼は王弟殿下の言葉に苦い顔をしたが、反論はしない。

「シュテフェン殿下は誤解されています。彼は王太子殿下に共に仕える同僚です。マテウス卿に挨拶《あいさつ》の機会を与えていただけますでしょうか、王弟殿下？」

「構わないよ、ヴォルフラム」

「マテウス卿、王弟殿下にご挨拶《あいさつ》を」

うぉ！　待ってよ、ヴォルフラム様！　いきなり王弟殿下に挨拶《あいさつ》するとか、難易度が高いよ!?

挨拶《あいさつ》、あいさつ？　あいさつ??

「一瞳は夜の空を、一瞳は昼の晴天を映す、あまりにも美しい瞳に心を奪われ、礼儀作法を忘れてしまいました。シュテフェン様、お許しください。私はマテウス・シュナーベルと申します。シュナーベル家現当主、アルノー・シュナーベルの次男にあたります。シュテフェン様にお会いでき、光栄に存じます」

俺の挨拶《あいさつ》を聞き、王弟殿下のシュテフェンは笑い出す。

笑われた……ヴォルフラム様、挨拶《あいさつ》に失敗しました。どうしましょう。

「『一瞳は夜の空を、一瞳は昼の晴天を映す』。私の瞳をそう表現したのは、マテウスが初めてだ。ふむ、その表現は気に入った。王城の者は私の目を『呪われた瞳』と味気なく表現し、口に出すことも忌《い》み嫌《きら》う。故《ゆえ》に、私への挨拶《あいさつ》でこの瞳の色に触れる者はいない。知らなかったのかい？」

「シュテフェン様、もしや……私の挨拶《あいさつ》がお気に障《さわ》りましたでしょうか？」

小説内に記載があったので、俺は既《すで》に知っていた。王弟殿下の左右の瞳の色の違いを王城の人々は嫌悪し、『呪われた瞳』と呼んでいる。

「王弟殿下、マテウス卿は本日が王城出仕初日なのです。王城については、まだ知らぬことも多くございます。同僚の失礼は私が謝ります。申し訳ございません、シュテフェン殿下」

ヴォルフラムにフォローされてしまった。

王弟殿下の瞳があまりに美しく、言葉が溢れ出たのだ。だが、瞳に触れたのは失敗だった。

王弟殿下がにやりと笑いながら、俺の顔を見つめる。そして、俺に向かって一気に話し出した。

「マテウスは今日が王城出仕の初日か！　それは、それは、ご苦労だったね。王城出仕一日目にして、仕えるべき王太子殿下が危《あや》うく牢獄行きとなり、君は職を失うところだった。だが、陛下のお子が亡くなり、再び職にありつく。すっかり安堵《あんど》した君は、男漁《おとこあさ》りに勤《いそ》しむことにしたわけだね？　ヴォルフラムを薔薇園に連れ込んで必死に誘惑していた。そこに私が現れ邪魔をされて、少し不機嫌になっているようだ。しかし、ヴォルフラムを誘惑するには……もう少し容姿が整っていないと無理だと思うよ？　君はその容姿に相応《ふさわ》しい相手を見つけてはどうかな？」

いきなりむかつく奴だ。

脇役はこんな顔でいいの！　俺はこの容姿で満足してるの！

「王城出仕一日目にして、あまりにも様々なことがありました。故《ゆえ》に、身も心もくたくたになったのです。そんな私を気遣い、ヴォルフラム様が薔薇庭園を案内してくださっていたところです。気分転換の散策を男漁《おとこあさ》りなどと決めつけられては、身の置き場がありません。ところで、王弟殿下は王城にて軟禁状態にあったと仰《おっしゃ》っていましたが……恩赦があったのですか？」

「マテウス卿、王弟殿下はお忙しい身です。そろそろお暇《いとま》をいたしましょう」

ヴォルフラムが俺の会話を無理やり切り上げようとした。

これ以上、王弟殿下を刺激するなという指示かな？　確かに、無駄に刺激していい相手ではない。

「私はとても暇だよ、ヴォルフラム？　マテウスは意外に鋭いね？　陛下の妃候補がめでたく臨月を迎えたと聞き及び、陛下の側近に手を回して恩赦を進言させた。実に上手《うま》くいったよ。陛下はかなり上機嫌で、妃候補が無事に子を産む前に恩赦を出した。今頃は後悔しているかもしれないね？」

「そのような事情があったのですね。陛下は悲しみにくれて、今は王弟殿下の存在をお忘れかもしれませんね？　陛下のお子は亡くなられました。王弟殿下が再び軟禁状態に置かれることはないのでしょうか？」

「マテウス卿、無礼は慎《つつし》みなさい！　王弟殿下、申し訳ございません。どうぞ、この者の無礼を御許しください。マテウス卿はもう黙りなさい」

ヴォルフラムに怒られた。

しかし、ただいま気鬱《きうつ》寸前のマテウスは、性悪男になっております。

今すぐにこの場から逃げ出したいのに。シュテフェン殿下に関わるとまずいのに。王太子殿下殺害の黒幕かもしれない人物なのに！　言葉が止まらないぃ!!

「いや、ヴォルフラム。マテウスに自由に話をさせよ。マテウス、面白いね！　実に面白い！　そうだね。一度恩赦を出してすぐに取り消しては、王家の権威に関わるのではないかな？　私が再び異端審問に掛けられない限りは、軟禁生活に戻ることはないと思うよ。ところで、マテウスは私が軟禁されていた理由を知っているかい？」

話しすぎだと自覚しながらも俺は言葉を止められなかった。

「死者の眼球を収集していたのを異端視されたと記憶しております。患者の同意があれば、死後に解剖して医学に役立てることは何も問題ではありません。しかし、王弟殿下は正式な手続きを省いて死体を集め、眼球をくり貫《ぬ》き解剖していたとのこと。倫理的に問題があったかと思います。解剖学に興味をお持ちならば、シュナーベルの領地へお越しください。シュナーベル家は王家より処刑者の解剖を許可されております。王弟殿下のお越しをお待ちしております」

「マテウス、ますます気に入ったぞ！　だが、ヴォルフラムは私と同様に陛下より子作りを禁じられている。『呪われた瞳』を絶やすためにね。つまり、『孕《はら》み子《ご》』の君はヴォルフラムとは交われない。がっかりしたかい、マテウス？」

王弟殿下の突然の切り返しに、俺は慌ててしまった。僅《わず》かに顔が火照《ほて》る。

「わ、私とヴォルフラム様は……そのような関係ではありません。ヴォルフラム様は私の恩人です。大切な人です。それに、虹彩異色症は子孫に影響を及ぼすものではありません。　ヴォルフラム様と情を交わしても問題はなく……いえ、問題が判明しました！　私には婚約者がおりました！　まずは婚約解消を前提に検討してからの話となります。いえ、駄目です！　婚約解消はできません。ヘクトール兄上との婚約を解消する理由がまったく見つかりません！」

俺は何故《なぜ》か王弟殿下にではなく、ヴォルフラムに向かって言い訳する。彼が困り顔で口を開いた。

「マテウス卿、落ち着いてください。婚約解消を口になさるとは、正気とは思えません。今すぐに休養が必要です。マテウス卿、ゆっくりと深呼吸してください……落ち着きますよ？」

「ヴォルフラム様！　ヘクトール兄上のように私を子供扱いしないでください。私はもう立派に大人です！　子を孕《はら》む覚悟もできております！」

ヴォルフラムの言葉にさえ苛立つとは、もはや気鬱《きうつ》を発症していること間違いなし。性悪男なマテウスを、再びヴォルフラムに見せてしまうなんて恥ずかしい！　くそ、王弟殿下の笑い声が更にムカつく。

思わず王弟殿下を睨《にら》むと、殿下は肩を竦《すく》めた。

『孕《はら》み子《ご》』とは、随分とお喋《しゃべ》りな上にヒステリックだな？　だが、子供扱いは嫌だと『孕《はら》み子《ご》』本人が言っている。では、大人として扱おう。おいで、マテウス。お前はうるさいから、その口を塞《ふさ》いであげよう……私の唇でね」

「ひやぁ！」

突然、王弟殿下に引き寄せられ、唇を奪われる。抗《あらが》ったが、唇は塞《ふさ》がれたままだ。

「王弟殿下っ、お止《や》めくださいっ!!」

無礼がすぎた。王弟殿下に抱き寄せられて唇を奪われているくらいだから、間違いない。喋《しゃべ》りすぎた！

でも、口を塞《ふさ》ぐのなら別の方法を選んでほしい。しかも、舌を入れる必要はないはずだ！

「んっ……、んっ…ぁっ…ん！」

「っ……っん……」

「んっ、んっ、はぁ、んんっ……!!」

「王弟殿下、マテウス卿を離してください！」

ヴォルフラムが王弟殿下から俺を奪い返し、強引に抱き寄せた。そして、軽々と抱き上げる。唇から唾液が溢れて、俺は慌てて両手で唇を隠した。

「はぁ、久しぶりに『孕《はら》み子《ご》』の唇を味わった。やはり良い。ん、マテウスは何故《なぜ》泣いている？　唇を奪われることなど、男漁《おとこあさ》りをする『孕《はら》み子《ご》』には大した衝撃でもあるまい？」

俺は涙目になっているだけで、泣いてはいない！　王弟殿下とは相性が最悪だ。王太子殿下とも最悪だけど。

俺はヴォルフラムの胸に顔を隠し、王弟殿下に対して抗議の声を上げる。

「私は……男漁《おとこあさ》りなど、しておりません。まして、ヴォルフラム様を誘惑などしておりません。私には婚約者がいます。なのに、唇を奪われました。ですから、ヘクトール兄上に申し訳なく……婚約解消を考えるべきでしょうか？　今日は色々ありすぎました。何故《なぜ》か今、気を失いそうで……困っております。酸欠です……王弟殿下は性悪です。ヴォルフラム様、ごめんなさい。私は疲れました。気絶します……たぶん……」

俺はヴォルフラムの胸に顔を埋めて、気を失ってしまった。

◆◆◆◆◆

「ははは、混乱の末に気を失うとは！　『孕《はら》み子《ご》』は情緒が不安定と聞くが、これほど酷《ひど》い有様とは知らなかった。だが、実に面白い。興味深い！　しかし、随分と体調が悪そうだな？　マテウスを私の部屋に運べ、ヴォルフラム」

「シュテフェン殿下は陛下より『孕《はら》み子《ご》』と交わるのを禁じられておられます」

「ふん、それはお前も同じだろ？　この両眼の色の違いを理由に、私は子を成すのを禁じられた。だが、『孕《はら》み子《ご》』を介抱するのは禁じられていない。マテウスは私の両眼を見て怯《おび》えもせずに『美しい』と言ったのだ……愛《め》でたくもなるだろ？」

「マテウス卿は渡せません、王弟殿下」

「随分と頑固だな、ヴォルフラム？　マテウスはお前のお気に入りか？」

「……………」

「沈黙が返事か？　まあ、息子である君のお気に入りなら仕方ない。ふむ、マテウスと同じ瞳の死体を探そう。今度は慎重に動かねばな」

「王弟殿下！　殿下は異端審問に掛けられましたが、王城での軟禁で済みました。ですが、貴方に異端行為を強《し》いられた者は皆、重い処罰を科されています。それなのに、まだ眼球集めをなさるおつもりですか！　神への冒涜はお止《や》めください、シュテフェン殿下！」

「『神とは金と権力を得る手段にすぎない』……君には何度も教えたはずだがな？」

「私は唯一神を信じております」

「ヴォルフラム、君は愚か者らしいな？　君の信じる神は、君の存在を許しはしない。何故《なぜ》なら、君の産みの親は……私と姦淫《かんいん》の罪を犯し、君を産んだのだからな」

「産みの親の寝込みを襲い孕《はら》ませたのは、貴方ではありませんか!!」

「確かにそうだ。しかし、罪の子を堕胎させなかったのは、ディートリッヒ家の選択だ」

「っ！」

「あれは領地視察でディートリッヒ家に泊まった初日だったな。あの日は大変な歓迎ぶりだった。『呪われた瞳』の王弟殿下と呼ばれていた私には、ディートリッヒ家の歓迎が大袈裟《おおげさ》に思えてならなかった。だが、当主の美しい側室と巡り逢えたのは幸運だった。その夜、私は己の子種の種付けに成功したのだから。奇跡だと思ったよ。ふむ、もしかすると、神は存在するのかもしれないね？」

「貴方はディートリッヒ家に混乱を招きました。忠誠を誓う王族に裏切られた父上がどれほどの苦痛を味わったのか、想像もできません。それでも、王族の血を引く子を殺すことはできず、寵愛《ちょうあい》する側室に王弟殿下の子を産ませたのです」

「ディートリッヒ家らしい選択だ。おそらく、ヴォルフラムは他の兄弟と変わらず、大切に育てられたのだろうね。確か、君には同腹の弟がいたね？　それは側室がその後も君の父上に愛された証《あかし》だ。何も問題はないように思うがね、ヴォルフラム？」

「……王城勤めを始めたばかりの私に貴方が声を掛けてくださった時はとても嬉しかった。王弟殿下の側近となった私は、何も気が付かずに貴方に仕えていた。だが、貴方は私の秘密を世間に暴露すると、ディートリッヒ家に脅《おど》しを掛けていた。その本性に気が付きもせずに、愚かにも私は貴方に忠誠を誓っていた。なのに要求は増すばかりで、その要求に応じられなくなったディートリッヒ家への貴方の制裁は酷《ひど》いものでした。貴方は臣下が立ち並ぶ場で……陛下に私の出自を明らかにした」

「私にとっては、最高に楽しい日だった」

「っ！」

「私を斬りたいという顔をしているね？」

「シュテフェン殿下にとって最高の一日でも、ディートリッヒ家にとっては最悪の一日だった。貴方は陛下に向かい、父上の側室を凌辱し子を孕《はら》ませたことを楽しげに語った。父上は『呪われた瞳』の血脈を絶つことなく側室に子を産ませた責任を王家より問われ、重職を辞して今も領地で謹慎しています。そして、私は『呪われた瞳』の血脈を絶つべく、子を作ることを禁じられました。もはや出世も望めぬ身であるというのに、王家は私を監視するために王城勤めを強要した。ですが、王家もそれを切っ掛けとして……王弟殿下の異端行為の発覚に繋がるとは、思いもよらなかったでしょうね？」

「あれは予想外だった。見事に王家に足元を掬《すく》われたよ。異端審問の末に王城に軟禁されるとはね。しかし、君は異端審問官から上手《うま》く逃げ切ったものだな？」

「無実でありながら異端審問官に責《せ》め苛《さいな》まれて、私は自ら命を絶ちたいとすら思いました。ですが、ディートリッヒ家の皆が私のために奔走《ほんそう》してくれたのです。血の繋がらない私のために。それで私の無実は証明され、刑罰に処されることはなかった。全てディートリッヒ家の皆のお陰です」

「ふん。私が眼球を集め解剖していたのは事実だ。しかしそれは、瞳の色が『呪い』などで左右されるものではないことを証明したかっただけだ。それは息子である、君のための研究でもあった。だが、私はその研究に息子を巻き込むことはしなかった。それ故《ゆえ》に、君は異端審問に掛けられても無罪が証明された。そこに父親の愛を感じてはどうだい？」

「シュテフェン王弟殿下……貴方を、父親だと思ったことは一度たりともありません。王太子殿下や共に育った兄弟を支えて、私は静かに生きていくつもりです。王弟殿下、このように長話をするのは互いのために良くありません。これで最後としましょう、シュテフェン殿下」

「ヴォルフラム、親子の絆は簡単には絶てないものだよ？」

「私の父はアレクサンダー・ディートリッヒです」

「ヴォルフラムは頑固だねえ。君は『孕《はら》み子《ご》』を一度抱くといい。柔肌に触れれば、少しは考え方も柔軟になるかもしれないよ？　己を縛る王家とは何者かと問いたくなるはずだ。ところで、マテウスは面白い子だね？　ヴォルフラムがいらないなら、私が貰《もら》うが良いかい？」

「……失礼します、王弟殿下」

◆◆◆◆◆

陛下の妃候補とお子が亡くなり、しばらく王城には不穏な空気が流れていた。

だが、陛下のお子も妃候補も自然死だと分かると、王太子殿下の身の回りの安全が確保される。

ヴェルンハルト王太子殿下の子供達の保護を半ば強引に任されたヘクトール兄上は、シュナーベルの領地で王子達と過ごしていた。そして王城に平穏が戻ると、王子達を連れてシュナーベルの領地から王都に戻ってくる。その後、王太子殿下に王子達を送り届け、王都のシュナーベルの邸《やしき》に帰った。

その日の夜に、俺は兄上に呼び出される。

ヘクトール兄上の部屋を訪れると、彼はソファーに座って俺を待っていた。ヘクトール兄上は黙って俺にもソファーに座るように指示を出す。

俺は素直に従い、兄上の正面のソファーに座った。

彼は俺を見つめた後に、王城出仕一日目の出来事を全て話すように命じる。俺はルドルフおじさまの忠告に従い、嘘を交えることなく正直に話した。

全てを話した後、俺はヘクトール兄上に真実を教えてほしいと懇願《こんがん》する。

『父とカールの関係について』『ヘクトール兄上の立ち位置について』『カールやアルミンを兄上が「駒」扱いしたのかどうか』。

俺は心のもやもやした感情をヘクトール兄上に全部ぶつける。俺の問いに対して、兄上は全てが真実だと認めた。

俺は兄上の胸の中で散々泣く。

翌日。

朝日を受けて目覚めると、俺はヘクトール兄上の胸に抱きしめられていた。

ヘクトール兄上は俺を抱きしめたまま、ソファーに横たわり眠っている。

カールと父の関係を知っても、カールの事情を知っても、俺の心は壊れはしなかった。

カールの苦しみを何も知らぬまま、俺はカールを処刑した。

その事実は消えないし、胸に棘が沢山刺さったけど……俺の心は痛みに耐え抜く。

俺の心が壊れなかったのは、ヘクトール兄上のお陰だと思う。兄上の愛情が、俺の心を守ってくれたのだ。

だけど、ヘクトール兄上の寝顔を覗き込み、俺は初めて兄上の苦しみを知った気がした。

深く眠るヘクトール兄上の目元から涙が零れ落ち、言葉にできぬ衝撃を受ける。深い衝撃が全身を巡り、やがて静かに俺の心の奥に着地した。

ヘクトール兄上を起こさぬように、その胸に再び顔を埋める。

兄上には支えが必要だと、強く感じた瞬間だった。

それが伴侶という形をとるのか、弟として支えるのかは……まだ判然とはしない。

いずれにせよ、ヘクトール兄上を支えるためには、俺にもっと『強い心』が必要だ。様々なことを学び成長したいと心から思った。

だから、俺は再び王城に出仕する必要がある。

ヘクトール兄上は俺の王城出仕に反対するかもしれない。兄上や皆に迷惑を掛ける行為だとも分かっている。それでも、再び王城に出仕したいと兄上に願い出ようと決めた。

秘密は抱えている。しかし、ヘクトール兄上には誠実でありたいと心から思っていた。


記念すべき王城出仕初日に、俺は何度も気を失う失態を犯した。そのせいで心配性のヘクトール兄上から、シュナーベルの邸《やしき》で一ヶ月は静養するように命じられてしまう。

一ヶ月は流石《さすが》に長すぎると抗議したが、兄上の考えを変えられなかった。

でも、ヘクトール兄上の考えは正しかったようだ。

半月ほどは様々な出来事に心を惑《まど》わせ、ベッドで過ごすことが多かったのに、半月が過ぎると、心が落ち着きを取り戻しベッドを出て動けるようになる。同時に、食欲も戻り気力も回復していった。そして、静養に努めて一ヶ月が過ぎた頃には、気力も体力も回復する。

自らの回復を実感した俺は、ヘクトール兄上から王城出仕の許可を得ることにした。

何事も雰囲気作りが大切だと考え、兄上を自室に招いて朝食を共に楽しむことにする。心がほっこりとしたところで、王城出仕の件を切り出す計画だ。

現在、その計画を実行しているところである。

「ヘクトール兄上。王城出仕を取《と》り止《や》め静養に努めて、一ヶ月が経ちました」

「そうだね、マテウス。額《ひたい》の青アザもすっかり消えて安心したよ。それに、兄と共に朝食を楽しめるくらいには、心の余裕が戻ってきたようだね？　でも、少し痩せてしまった。スコーンをもうちょっと食べてはどうだい？　紅茶を淹《い》れ直《なお》すから、ゆっくり食べなさい」

「はい、ヘクトール兄上。スコーンも紅茶もいただきます。ところで、兄上まで王城を一ヶ月もお休みしては処刑案件の未決済書類が山積みとなり……処刑業務が滞《とどこお》るのではありませんか？」

俺の部屋で朝食を共にしていたヘクトール兄上は、にっこり微笑《ほほえ》みながらティーカップに紅茶を注ぐ。俺は上機嫌な兄上を見つめながら、スコーンにかじりついた。

美味しい！　無作法でも叱《しか》られないのが、シュナーベル家の良いところだ。

「王城では俺の仕事をアルミンが代行している。アルミンに王城の仕事を学ばせるのは有意義だと思ってね。もしも、俺が暗殺されたとする。一人の人間の死が原因で、シュナーベル家の処刑業務が滞《とどこお》っては……侯爵家の威信に関わるだろ？」

「暗殺だなんて、不吉です！　ヘクトール兄上、そのような予兆がおありなのですか？」

「暗殺の予兆があれば、事前に摘み取ればいいだけだ。だが、もしも信頼した相手に裏切られたなら……死ぬしか道はないだろうね？」

「兄上！」

「暗い話は止《や》めにしよう、マテウス。それよりも、俺に話があるのではないのかい？」

ヘクトール兄上が話を切り出す切っ掛けを与えてくれる。この機会を逃さないために、食べかけのスコーンを急いで口に放り込んだ。そのせいでスコーンを喉に詰める。

「うぐっ！」

「マテウス‼」

「うぐぐっ！」

「さあ、水を飲んで。大丈夫かい？」

兄上が素早く背後に周り、水を手渡し背中を擦ってくれた。

スコーンめ！　俺の喉を詰まらせるとは……お前は暗殺者なのか？

「ひはぁー、助かりました！」

「俺は心配だよ、マテウス。今からお前が話す内容が分かるだけに、心配でならない」

「も、申し訳ございません、ヘクトール兄上。ご心配をお掛けしました。話を再開しましょう」

「……聞きたくないなぁ」

ヘクトール兄上が心の声を呟《つぶや》きながら席に着く。俺は咳払いをして兄上との会話に臨《のぞ》んだ。

「王城出仕を取《と》り止《や》めて一ヶ月経ちました。王太子殿下より、見舞金と傷病手当が支払われています。加えて、花束と体を気遣う手紙も毎日届いております」

「見舞金と傷病手当は、俺が王太子殿下に請求した。だが、殿下は愚かにも……見舞金を低く見積もった提案書を私に提出したのだ。俺のマテウスに青アザを作りながら、全く反省の色が見えない！　故《ゆえ》に、殿下の目の前で提案書を破り捨て書き直させた」

「ひぃ、相手は王太子殿下ですよ、兄上！」

「マテウスを傷つける人間からは、あらゆるものを奪っても問題はない。花束と手紙については、俺からは要求していない。姑息な手段だ。手紙は焼き払いたいところだが、手元に置きたいとのお前の希望に添う。だが、あれはヴォルフラムの筆跡だ。ヴェルンハルト殿下は謝罪の手紙を事務処理の如《ごと》く臣下に書かせている。全く反省が見られない。それでも、毎日届く花束に罪はない。お前が俺にくれたしおりを参考にして、業者と共に様々な製品化を試みているところだ。アルトゥール様に製品を使っていただければ、貴族はもとより王都でも流行が見込める。お前は良い繋がりを作ってくれた。シュナーベル家の収入源に成長させたい分野だ」

「兄上はお金大好き人間ですね！　シュナーベル家の次期当主として頼もしいです。商品はヴォルフラム様からアルトゥール様に渡してもらいます。そう約束しましたので」

「そのほうがいい。アルトゥール様が素直に使ってくださる可能性が高い。良い案だ、マテウス」

ヘクトール兄上は侯爵家の次期当主なのに、商売人みたいなところがある。まあ、シュナーベル家が潤《うるお》うのは素晴らしいことだ。

「見舞金と傷病手当はお前のお金だから、好きに使って良いのだよ？　異国の毒草大全集を購入してはどうだい？　翻訳されていないから翻訳家も雇うといい」

「ヘクトール兄上、素晴らしい提案です！　以前から欲しくて堪らなくて……でも、自分のお給金で購入するつもりだったのです。見舞金は給金と言えますでしょうか？」

「当然だ。だが、俺も関わりたいな。写本して美しく表装したものを王国の書庫に納めるのもいいね。シュナーベル家監修の異国の毒草大全集……素晴らしい」

「著作者に手紙を送りますね、兄上」

「それがいいね。さて、マテウスの話をそろそろ聞かせてくれるかな？」

「は、はい！」

俺は呼吸を整えて、ヘクトール兄上を見つめ口を開いた。

「ヘクトール兄上、再び王城に出仕するのを許してください」

「構わないよ、マテウス」

「え、え!?」

「俺が反対すると思っていたようだね？」

「はい……その、そうです」

ヘクトール兄上がにやりと笑う。

反対されるのを想定して、説得を試みるつもりだった。……なんだか、拍子抜けする。

俺は愚痴るように呟《つぶや》く。

「ヘクトール兄上に反対された場合には、婚約破棄を切り札として論戦を交わすつもりでした。いっぱい作戦を練っていたのに……全て無駄になってしまいました」

「えっ!?」

兄上は珍しく大きな声を上げると、椅子から立ち上がった。そして、しばらく沈黙して部屋の中をうろうろと歩き回り始める。

気掛かりになった俺は声を掛けた。

「ヘクトール兄上?」

「何故《なぜ》だ! 何故《なぜ》、婚約破棄を求める、マテウス? 俺が嫌いになったのか? カールを犠牲にした俺が恐ろしくなったのか? 俺はお前と素晴らしい休暇を過ごしているつもりだった。だが、マテウスにとっては違ったわけだね? お前はこの一ヶ月間、俺との婚約を破棄するための作戦を練っていたのか……全く気が付かなかった。マテウス、どうか考え直してほしい。婚約破棄など俺は困る。俺はお前を……必要としている」

ヘクトール兄上は俺に近付き跪《ひざまず》くと、そっと俺の手のひらに己の手のひらを重ねる。

「ヘクトール兄上、待ってください! シュナーベルの領地に帰るのを兄上が強要した場合にのみ……婚約破棄を申し出るつもりでした。私が兄上の伴侶となるならば、黙って従うだけの『駒』のような存在にはなりたくないのです。兄上に相応《ふさわ》しい伴侶でありたいのです! そのためには、王城にて見識を広める必要を感じました。私はヘクトール兄上を嫌ってなどいません! 婚約破棄を切り札にするなど間違っていました。ごめんなさい……ヘクトール兄上」

「お前が婚約破棄を論戦の切り札としたこと自体に問題はない。だが、『婚約破棄』の言葉にこれほどまでに心が抉《えぐ》られるとは思いもしなかった。これは俺自身の心の問題だ。お前を手に入れたいと、俺は望みすぎている。これは危険な兆候だ。アルノー様の忠告は当たっていたことになるな。俺もアルノー様と……同類だということなのか？」

「父上の忠告とはなんですか、ヘクトール兄上？」

「お前は知らないほうがいい。分かった、俺は婚約破棄に応じる。マテウス、もうその身に触れないから安心してほしい。兄に戻る……今なら、まだ戻れるはずだ」

不意に兄上の手が離れてゆく。俺は慌ててその腕にしがみついていた。

「わ、私は……今、兄上から婚約破棄を言い渡されたのですか⁉　私の残念顔を可愛いと言ってくれる、唯一無二の兄上に……遂《つい》に愛想を尽かされてしまったのですね？　だけど、この身に触れないなどと言わないで、ヘクトール兄上。寂しい、寂しいです、寂しすぎます‼」

動揺のあまり泣きそうになる。涙目でヘクトール兄上を見つめた。そんな俺を見つめ返しながら、兄上が苦しげに言葉を紡《つむ》ぐ。

「落ち着け、マテウス。一度たりとも、俺が婚約破棄を望んだことはない。俺はお前の傍《そば》でお前を守りたい。だが、お前が婚約破棄を望むなら、それに応じなければならないだろう。俺はお前を傷つけたくない。俺は俺自身から……お前を、守る必要があると判断した」

その苦しげな表情に胸が締め付けられる。俺は必死に言い募《つの》った。

「ヘクトール兄上が私を傷つけることなどあり得ません！　兄上が王城出仕を認めてくださるなら、婚約破棄など申し出ません。ですから、婚約破棄の件はなかったことにしてください、兄上！　ヘクトール兄上は長く私を守ってくださいました。今度は、私がヘクトール兄上を守りたいのです。

そのための王城出仕です。私は見識を広め、『強い心』を手に入れたいのです。ヘクトール兄上と共に生きていくために」

「では、お前は……婚約破棄を望んでいないと理解していいのか？　俺は必要か、マテウス？」

「私にはヘクトール兄上が必要です。『孕《はら》み子《ご》』が王城出仕をする際には婚約者が必要だと仰《おっしゃ》ったのは、兄上ですよ？　『男漁《おとこあさ》りのマテウス』などと噂が流れては……私が困ります」

「そうだったな、マテウス」

「ですが、気になる点が一つだけあります。ヘクトール兄上がすんなりと私の王城出仕を認めたことには……何か裏がありますか？」

「マテウスは……俺を陰謀好きとでも思っているのかい？」

「私は兄上が反対すると完全に思い込んでいました。意外すぎて戸惑《とまど》っているのです」

俺はヘクトール兄上の腕にしがみついたまま説明する。兄上は僅《わず》かに躊躇《ためら》った後に口を開いた。

「……嬉しかったのだ」

「嬉しかった？」

「ああ、嬉しかった。王城出仕一日目の出来事をマテウスは嘘を交えることなく正直に兄に打ち明けてくれた。俺は心底嬉しく思った。お前にとっては、あまりに辛《つら》い内容だったはずだ。父上やカールのことについては特に。怖い思いもしたはずだ。だが、お前は正気を保ち、俺のもとに戻ってきてくれた。俺はお前に秘密を持たれることが一番辛《つら》い。お前が平気だと笑うのが一番辛《つら》い。王城での出来事を聞いた夜に泣き続けるお前を抱きしめながら俺は決心した。お前が王城であった出来事を嘘偽《いつわ》りなく打ち明けてくれるならば……王城出仕を認めるべきだと。お前の学びの気持ちを蔑《ないがし》ろにするべきではないと思った。理由はそれだけだ……」

ヘクトール兄上の言葉が嬉しい。俺は前世に関わることを秘密にしているのが後ろめたくなってきた。

「ヘクトール兄上。私は嘘はついていません。ですが、秘密を抱えています」

「そうだね、マテウス。お前の話には不可解な部分が多い。特に、お前が陛下のお子の死産を予言したのには驚いた」

「……ヘクトール兄上」

「マテウス、誰にでも話したくないことはある。俺も過去のことを全て話してはいない。一生秘密にしたいと思うものもある。お前は秘密を抱えていても、その秘密を嘘で塗り固めはしなかった。だから……それでいい」

ヘクトール兄上が優しく俺を抱きしめてくれる。俺も兄上を抱きしめ返す。

そして、不意に思い立った。

「ヘクトール兄上。先ほど仰《おっしゃ》った『父上の忠告』とは、どのような内容だったのですか？」

「……秘密には、させてくれないのかい？」

「私はヘクトール兄上に、父上の忠告など無視すれば良いと言いたいのです。そのためにも内容を知りたいです。駄目ですか、ヘクトール兄上？」

ヘクトール兄上はしばらく黙り込んだ後に、俺を見つめながらゆっくりと話し始める。

「アルノー様は俺を同類だと見なしていた。一度でも情を交わせば、俺はお前に執着し手放せなくなるだろうと言われていたんだ。グンナー様のように無理に三人目を孕《はら》ませて……マテウスの死を招くなとも忠告された」

「……ヘクトール兄上」

ヘクトール兄上は苦い表情を浮かべつつ、父上の言葉を俺に聞かせてくれた。

「まだある。シュナーベル本家の血脈を薄めることを、アルノー様は望んでいなかった。初めから、お前を俺の伴侶にと望んでいたようだ。俺の身に流れるシュナーベルの血脈は薄い。その俺が、本家の『孕《はら》み子《ご》』と結ばれる幸運を得たことに感謝しろと言われた。マテウスと交われば、神の血脈を感じるだろうとも。あとは……情緒が不安定な『孕《はら》み子《ご》』は人に懐きやすく、誰にでも心を開くと忠告された。それを防ぐためにも幼い内に婚約者として囲い込み、確実に手にしろと言われた。これまで、俺はその忠告を無視してきた。だが結局のところ、俺はお前を強引に婚約者とした。そして、手元に置こうとしている」

俺は深く息を吐き出す。そして、ヘクトール兄上の頬を両手で包み込んで囁《ささや》いた。

「私もヴェルンハルト殿下に指摘されました。元は従兄弟でも、幼い頃から兄弟として育った私達に『親愛以上の愛』が育つとは思えない、と。血脈の弊害から血縁者同士で惹《ひ》かれ合《あ》っているにすぎないと指摘されました。シュナーベルの血脈により、互いに惹《ひ》かれ合《あ》っているだけだと」

「マテウス……王太子殿下の言葉は当たっているかもしれないよ？　シュナーベル家は血族婚を繰り返すことを、王家の策略で余儀なくされてきた過去がある。だが歴史を辿れば、シュナーベル家が元々血族婚の多い家系であったのも否定できない。『死と再生を司《つかさど》る神の末裔《まつえい》』として、その血脈が薄まらぬようにと望む内に……濃い血縁の者に心を惹《ひ》かれるようになっていったのかもしれない」

「ヘクトール兄上は……父上の言葉も、殿下の言葉も、お認めになるおつもりですか？」

「アルノー様の言葉も、殿下の言葉も、俺は否定したい。だが、血脈の弊害によって血縁者同士で惹《ひ》かれ合《あ》っていると指摘されても、『そうではない』とはっきりと否定できないんだ。元は従兄弟関係だったが、マテウスは幼くして俺の弟になり、俺もお前の兄として過ごしてきた。長く兄弟として育った俺達は婚約したが、その関係性にお互い不自然さを感じていない。それは他人から見れば奇妙に思えるのだろうね」

「……兄上」

しばらく沈黙した後に、俺はヘクトール兄上の瞳を覗き込む。

「ヘクトール兄上、私は今から湯浴みをします。私の準備が済みましたら呼びますので……私の部屋に来てくださいますか？」

「マテウス？」

「婚姻前に交わるのは間違っているかもしれません。ですが、ヘクトール兄上。どうか、私を抱いてください。私は兄上との間に『親愛以上の愛』があることを、この身で確かめたいのです」

「マテウス、本気なのかい？　だが、もし子ができたら……」

俺は笑ってヘクトール兄上に抱き付いた。

「ヘクトール兄上ならば『孕《はら》み子《ご》』の周期まで把握していると思っていました。でも、ご存じないのですね？　マテウスは……今は、子を孕《はら》みにくい時期です」

兄上は僅《わず》かに顔を赤らめ俺の唇にキスを落とす。俺もそのキスに応じた。

ヘクトール兄上は優しく俺の頬を撫《な》でると身を離す。

「マテウス、後で部屋を訪ねる」

「はい、ヘクトール兄上」

ヘクトール兄上は少し躊躇《ためら》った後に、再び俺の頬を優しく撫《な》でる。そして、俺の部屋を出ていった。

◇◇◇◇◇

「ヘクトール兄上……んっ、ぁあ……」

「マテウス」

ヘクトール兄上に乳首を口に含まれて、ぞくりと快感が背中を走った。俺は涙目になりながら、兄上に抱き付いて懇願《こんがん》する。

「もっと舐《な》めてっ……ひゃっ、あっん！」

「……んっ」

兄上の口に含まれた乳首がくちゅりと生々しい音を立てた。反対の乳首を兄上が指のはらで押しつぶすと、今度は首筋にぞくぞくと快感が走る。

「ヘクトール兄上……たっちゃったぁ」

「ああ、俺はとっくに勃起しているよ、マテウス。次はどこを刺激してほしい？」

「うー、擦り合わせたいです……兄上……」

「……？」

「あ、兄上っ！　ペニスを擦り合わせたいなど、変態発言をしてしまいました！　はしたない奴だと軽蔑しないでください。あの、今の発言は忘れてください、ヘクトール兄上！」

「ああ、そういう意味か？　鈍くてすまない、マテウス……俺もペニスを擦り合わせたい」

ベッドに横たわったまま裸で抱き合う。熱くなった体がしっとりと密着する。

ヘクトール兄上の硬いペニスが、柔らかく立ち上がった俺のペニスに当たった。

その硬いペニスにビックリして、俺は体を震わせる。

「どうした、マテウス？」

「ヘクトール兄上はどうしてそんなに硬く勃起しているのですか？　私の勃起は柔らかで負けてます。私ももっと硬く勃起させたいです！」

「マテウス……そこで競うのかい？　『孕《はら》み子《ご》』のペニスは柔らかく勃起するものだと、医学書で読んだよ？」

「でも、殿下のペニスは全然やる気がなくて、ヘクトール兄上のようには硬くなかったです」

「可愛いマテウスを相手に硬く勃起しないとは……殿下は勃起不全なのか？」

「私を可愛いと言ってくれるのは、兄上だけですよ？　『冴えない男相手にやる気が萎《な》える』と、ヴェルンハルト殿下自身から文句を言われました。でも、最後のセックスの時だけは、殿下のペニスからやる気を感じました。ガチガチのムキムキで……っ、んっ、……ん！」

兄上に抱きしめられて唇を奪われた。咥内《こうない》に侵入した舌を、俺は夢中で舌で搦《から》め捕《と》る。唾液が頬に溢れ出るのも構わず唇を重ねた。

酸欠寸前にディープキスは終わった。

「はうっ、はぁ、はぁ、兄上ぇ～突然ですぅ」

「……殿下に嫉妬《しっと》した」

「殿下に嫉妬《しっと》しなくても、うにゅ！」

乳首を再び責《せ》められて、変な声が出る。

ヘクトール兄上は乳首を口に含みながら、俺の太ももを優しく撫《な》でた。そして、俺のペニスを柔らかく握ると、そちらも優しく撫《な》でる。

「あん、ひぁ、ああっ、兄上ー！　だめ、出るから、出ちゃうから、やらぁ！」

「ふふ」

「にゃんですか、その笑いは！　ひぁ、あ～」

兄上に向かって精液を放出してしまった。恥ずかしさに、俺は涙声で抗議する。

「ヘクトール兄上！　出しちゃったら、一緒にいけないじゃないですか！　『孕《はら》み子《ご》』は何回も射精できないのに、知らなかったのですか？　ヘクトール兄上は無知です！」

「そうなのか？　『孕《はら》み子《ご》』を抱くのは初めてで気が逸《はや》った。しまった、貴重な一回が！」

「『孕《はら》み子《ご》』を抱くのは初めてなのですか？」

「当たり前だ。性欲の放出に男を抱くが……相手は恋人じゃない。何時《いつ》も違う男だ」

「……」

「マテウス？」

「兄上が遊び人だったなんて……ショックです」

「遊び人じゃない。普通だ」

「本当に？」

「あー、アルミンよりは普通だ」

「アルミンは馬の上で射精したそうですよ？」

「あいつは馬にも欲情するのか!?」

「ふふ、違いますよ、ヘクトール兄上。アルミンはっ……んっ……」

「他の男の話は終わり」

ヘクトール兄上が俺を抱きしめたまま、俺の頬にキスを落とす。そして、俺をうつ伏せにした。

兄上の指がアナルに触れる。俺はびくりと震えた。

「マテウス、限界だ」

「ん、あっ、あー、ゆっくりと……してね」

「怖いか？」

「怖いよ。だけど、泣いても気にしないで」

「気にする。でも、やりたい」

「私も兄上と繋がりたいっ、んっ、……はぁ」

指がアナルに差し込まれる。ゆっくりと円を描くように奥に進む。指が二本に増えて内部を掻き回す。

「あっ、ああっ～、やぁ、に、兄さま、んぁ～！」

「『孕《はら》み子《ご》』は前立腺の位置が違うのか？」

「知らないっ、ひぁ、ああっ、そこ！」

快感が全身に走り、俺は涙をシーツに溢しながら、ヘクトール兄上に懇願《こんがん》した。

「焦《じ》らさないで、兄上っ」

「入れる」

「ひぁ、ああ、っあ!!」

いきなりの挿入だ。ズブリと突き込まれた兄上のペニスが、直腸を押し広げ奥に進んでいく。

快感が欲しい。

涙がポロリと零れ落ちた。

「んぁ、兄上……苦しいっ、んぁ、はぁ」

「マテウス……っく、抜くか？」

「やらぁ～、このままにして、はぁ、んぁ！」

「すまん、動きたい」

「いいよ、ヘクトール兄上」

「マテウス、動くよ？」

腰を捕まれ固定されると、兄上のペニスが一気に最奥に挿入される。俺は目を瞑《つむ》って衝撃を受け止めた。

潤滑液と共に腸液が滲《にじ》み出る。

「はぁ、んぁ、ヘクトール様を……奥で感じる……ぁあん……」

「くっ、マテウス……俺もお前を感じている……中が……熱い！」

直腸の襞《ひだ》がヘクトール兄上のペニスを包み込む。兄上の快感の声に、全身が興奮するのを感じた。

ヘクトール兄上のペニスが俺の前立腺に刺激を与える。直腸の襞《ひだ》に隠れた子宮口が僅《わず》かに開いた気がした。

激しい抽挿が始まると、痺《しび》れるような快感が全身を包む。

「ひぁ、んぁ！」

「つく……マテウス、愛してる」

「ヘクトール兄上っ、ああっ、ひぁ！」

背中に兄上の汗が落ちる。その刺激にさえも、敏感な体が反応した。

ヘクトール兄上と一つに繋がっている。

今、繋がっている。

不意に、全身の血脈が熱く燃えているように感じた。背後から熱い血脈が俺の体内に流れ込んで全身を巡り、また背後の相手に還っていく。

循環する血脈の流れを見たくて堪らない。

一つに繋がる相手の顔を、見たくて堪らなくなった。

俺は無理やりに体をひねる。アナルに痛みが生じて、俺は思わずヘクトール兄上の名を呼んだ。

「あ、あっ！　ヘクトール兄上！」

「マテウス！」

ヘクトール兄上はすぐに体位を変えてくれる。繋いだまま体を回転させ、俺を仰向《あおむ》けにしてくれた。

無理やりに体位を変えたせいで太ももに流れる潤滑液に僅《わず》かに血が滲《にじ》む。

「マテウス、無茶はするな！」

「だって、ヘクトール様と……繋がっているから、ヘクトール様の顔を見たくて、堪らなくて」

「ああ、俺もマテウスの顔を見ていたい」

俺は両足をヘクトール兄上の腰に巻き付けながら懇願《こんがん》する。

「いっぱい貫《つらぬ》いて、中をいっぱいにして」

「んっ」

「ひぁ！　あんっ、ヘクトール様!!」

ヘクトール兄上の突き上げに、俺は喘《あえ》ぎ声《ごえ》を上げて兄上に甘えた。ベッドに背を僅《わず》かに預け、弓なりになってペニスを受け入れる。

激しい抽挿に身が震えた。

「くっ、マテウス！」

「ああっ、ヘクトール様ぁ……やぁ～」

ヘクトール兄上のペニスから体内に精液が放出される。熱い飛沫《ひまつ》が腸壁を伝い流れ、アナルから零れ落ちた。

俺はぼんやりとヘクトール兄上を見上げる。

「ヘクトール兄上、抱きしめて」

「ああ、マテウス」

兄上はペニスをアナルから抜くと、俺を優しく抱きしめてくれた。俺も兄上の背に手を回す。何時《いつ》の間にか俺は、ヘクトール兄上にしがみ付いて泣いていた。

「私は幸せになってもいいですか、兄上？」

「マテウス？」

その胸に顔を埋めて話し続ける。

「私の幸せな人生は、カールの犠牲とヘクトール兄上の苦悩の上に成り立っています。私だけが何も知らずに……皆に守られて生きてきました」

「マテウス、お前に責任はない。『孕《はら》み子《ご》』の精神は不安定な上に成長も遅い。もし、お前がアルノー様の欲望に晒《さら》されたなら……身も心も壊されていたはずだ」

「カールは私の弟です。私より年下です。カールは父上の欲望に晒《さら》され、父上によって心を壊されました。そして、カールの身は……私が処刑で壊してしまった」

「お前はカールの暴走を止めるのに最善を尽くしただけだ。カールは心を病み、シュナーベル家の破滅を望んだ。その原因を作ったのは、俺とアルノー様だ。シュナーベル家次期当主として、カールの処刑は俺が請け負うべきだった。だが、マテウスが処刑人になると決意したと知った時、俺は全てをお前に任せると決めた。シュナーベル本家の『孕み子《はらご》』が自由に生きるには、血族の者に一人前だと認めさせる必要がある。だが、お前には処刑人の経験がなかった。このままでは自由に婚姻相手さえ選べず、本家の『孕み子《はらご》』を欲する血縁者の争いに巻き込まれる。そう焦《あせ》りを募《つの》らせていた時、お前が自ら処刑計画を持って俺のもとに来てくれた。処刑対象は同腹の弟のカール。この処刑がお前の心を……深く傷つけると分かっていた。お前の心が壊れる可能性さえあった。それでも俺はマテウスを処刑人に選んだ。アルノー様から守り切ったと思ったお前が……自由を奪われ、誰かの伴侶になる。それが、俺には耐えられなかった。アルノー様が言った通りだ。俺は……お前を手放すのが……怖い……」

俺はヘクトール兄上の胸から顔を上げて、己の気持ちを吐き出す。

「私はカールの犠牲を知らずに生きてきました。そして、今の私はカールの犠牲を知っています。それでも幸せになりたいと思ってしまうのです。私は業の深い人間です。ヘクトール兄上が心配なさるほど、私の心は弱くありません。私は根っからの性悪男なのです。カールの不幸を知っても、幸せになりたいと願うほどに性悪なのです」

「幸せになりたいと思うことは、人として自然なことだよ。幸せになれ、マテウス」

ヘクトール兄上が俺の髪を優しく撫《な》でてくれた。俺は兄上に抱き付いたまま懇願《こんがん》する。

「私が幸せになるには、ヘクトール兄上の幸せが不可欠なのです。どうか、兄上も幸せになってください。そして、父上の呪縛から解放されて、自由に生きてください。今、ヘクトール様は――ヘクトール兄上は、幸せですか？」

「マテウス、俺はもう幸せだ」

「本当に？」

「兄を疑うのかい、マテウス？」

俺はヘクトール兄上の言葉に、首を左右に振って応じた。そして、迷った末に、気になっていたことを尋ねる。

「いいえ、兄上を疑ったりしません。あの、ですが、その……兄上は、私を抱いたことを後悔していませんか？」

兄上が優しく笑い掛けてくれた。そして、俺の頬に手を添える。顔が熱を持つ。

「後悔などするはずもない。幸せすぎて死にそうだけどね。マテウスは後悔はないかい？」

「兄上が幸せなら、後悔などありません。でも、幸せすぎて死んじゃうのは……なしにしてくださいね、ヘクトール兄上？」

「勿論《もちろん》だ。キスをしていいかい、マテウス？」

「はい、ヘクトール兄上」

俺達は深く唇を合わせて、抱きしめ合う。キスを終えると、心地良い気だるさが俺の身を包んだ。

「このまま少し眠ってもよろしいでしょうか、ヘクトール兄上？」

「疲れたのかい、マテウス？」

「心地良い疲れです。でも、その……私が眠っている間は、手を繋いでいてくださいますか？　ヘクトール兄上と初めて関係を持った後に、悪夢を見るとは思えませんが……やはり、怖いので……」

「王城で悪夢を見たそうだね、マテウス？」

「うっ、何故《なぜ》ご存じなのですか、兄上？」

「俺とお前が王城出仕を取りやめて一ヶ月になるが、その間にルドルフがシュナーベルの邸《やしき》を訪ねてきた。マテウスが悪夢に苦しんでいるようだが治療はしているか、と聞かれたよ。王城出仕一日目の出来事は、嘘偽《いつわ》りなく話してくれたが……悪夢の件は黙っていたね、マテウス？　どうして黙っていたんだい？　悪夢はまだ今も度々続いているのかい、マテウス？」

「ヘクトール兄上に心配を掛けたくなくて黙っていました。ごめんなさい、兄上。言い訳になりますが、目覚めると夢の内容を憶えていないのです。ですから、それが悪夢だったのかどうか判断が難しくて。でも、隠し事をしたのは確かです。怒っていますか、兄上？」

「いや、ただお前が心配なだけだよ。だが、悪夢が続くようであれば、ルドルフを主治医とすることも視野に入れる必要があるな。これからもお前が王城出仕をするなら、精神面のサポートをしてくれる医者が必要だと思っていたところだった。まあ、ルドルフが引き受けてくれたらの話になるけれどね。昔からお前は俺の実兄のルドルフに懐いていた。医師の診察を受けるとしても……ルドルフなら安心だろ？」

「はい、ルドルフおじさまなら安心です！」

「そうか、ではその方向で話を進めるとするか。そういえば、ルドルフが愚痴を言っていたよ。お前は幼い頃からルドルフを『ルドルフおじさま』と呼び、俺のことは『ヘクトール様』と呼んでいたと」

「だって、出逢った時から、ルドルフ様は『ルドルフおじさま』って感じだったのですもの！　兄上は私の初恋相手ですから『ヘクトール様』って感じでした。もしや、ヘクトール兄上も『ヘクトールおじさま』と呼ばれたかったのですか？　でも、なんだか違和感があります……」

「マテウス、『ヘクトールおじさま』は止《や》めてくれ。さあ、手を繋ごう……マテウス。俺も、お前との初めてのセックスの後に悪夢を見るのは嫌だからね。手を繋いでくれるかい、マテウス？」

「ヘクトール兄上も悪夢を見るのですか？」

「人間なら誰だって悪夢を見た経験があると思うよ？　アルミンは見ないかもしれないがな？」

「ふふ、ヘクトール兄上ったら！」

俺は笑いながらヘクトール兄上の胸に頬を押し当てる。兄上の鼓動を聞きながら、ゆっくりと眠りに落ちていった。

大丈夫。大丈夫。ヘクトール兄さまが手を繋いでくれている。兄さまが傍《そば》にいる。兄さまは手を離さない。だから、悪夢は見ない。だから、怖い夢は見ない。

◆◆◆◆◆

『アルノー様、俺にも都合があります。突然、深夜に本家の屋敷に忍んで来るのは止《や》めてください。必要ならば、俺を別邸に呼んでください。アルノー様、人目に付くのは困ります。俺は湯浴みをしてきますので、貴方はその間に別邸にお帰りください』

『ヘクトールは情交の痕をすぐに消したがるね？　だが、湯浴みでも消えぬ痕もある。首筋のキスの痕も、肩口の噛み痕も、湯浴みでは消えない。当分、残るはずだ』

『わざと俺の体に痕を残すような真似は止《や》めていただきたいです、アルノー様。では、俺は湯浴みに行きます。貴方は別邸にお戻りください。ご自身が別邸に軟禁されている立場だということを自覚していただきたいです』

『別邸が気に入ったから、大人しく過ごしているだけだよ、ヘクトール？　しかし、本家の屋敷にせっかく忍んで来たのだから、可愛い我が子の顔を見ていきたいね。マテウスとカールの寝顔を見てから帰ることにする。構わないだろ、ヘクトール？』

『なっ！　そんなことを許可するわけないでしょ！　今すぐに別邸にお帰りください!!』

『そう怒鳴るな、ヘクトール。声が部屋から漏れては都合が悪いのだろ？　しかし、抱かれている時は嫌がって「やめて」と泣いて懇願《こんがん》するのに、性行為が終わると急に強気になるね？』

『っ！』

『まあ、いいけどね。それより、お前には良い報告をしよう。お前を抱くのは今回で最後にする。グンナーの身代わりになれる者など、この世にはいないのがよく分かった。何度も抱いて悪かったね、ヘクトール？』

『アルノー様、正気に戻られたのですか？』

『私は元から正気だよ？　お前とのセックスは気持ちが良かった。だが、それだけだ。グンナーを抱いた時のような、身も心も焦《こ》がすような感覚を一度も味わえなかった。やはり、お前では物足りない。ヘクトールは血脈が薄いから……仕方ないことだがな』

『…………』

『私は寂しいのだよ、ヘクトール。グンナーが恋しい。グンナーの肌は熱を帯びると、しっとりとして甘さが増す。シュナーベル家の濃い血脈が肌を甘く潤《うるお》わせるんだ。私は腹違いの弟のグンナーを心から愛していた。その肌に触れて、愛し合わずにはいられなかった……お互いにね』

『グンナー様は亡くなられました。忘れろとは申しません。ですが、アルノー様はシュナーベル家の現当主でいらっしゃいます。現当主の最低限の義務として……どうか正気を保ってください。「シュナーベルの刃」から本家の次期当主となるべく選ばれた俺は、自ら「駒」として生きる覚悟をしております。この「駒」の使命は、シュナーベル本家を守ることです。正気に戻ってくださるのなら、俺は貴方を支えてシュナーベル本家の繁栄に力を尽くします』

『伯父に何度も抱かれながら、なお正気を保っている。ヘクトールは随分と精神が図太いようだね？　弟のループレヒトがヘクトールを本家の次期当主に選んだ理由がよく分かった。お前ならば、

「駒」としての人生を耐えきると見越してのことだろう。だが、私には関係ない。私を正気に戻したいのなら、私の心の渇きを満たすしかない。そんな方法はもうないがね。ああ、だが……マテウスとカールなら、私の渇きを満たしてくれるかもしれない。二人はまだ幼いが、躾《しつけ》をする楽しみもある。特に、マテウスは「孕《はら》み子《ご》」だ。グンナーのように、私に抱かれ甘い香りを放つマテウスを想うと……たまらなくなる』

『待ってください!!　貴方との情交に俺が応じたら、マテウスとカールには決して手を出さないと……そう仰《おっしゃ》ったのは、貴方自身ではないですか！　その言葉を信じて、俺は大人しく従った。抱かれながら、貴方が正気に戻るまでの一時のことだと自分に言い聞かせて耐えてきた。アルノー様にはまだ理性が残っていると信じたかった！　なのに、俺との約束事を簡単に反故《ほご》にするのですか？　貴方を信じた俺を簡単に裏切るのですね？　そんな人間に……お前のような獣に、マテウスやカールを渡せるものか！　大切な弟達は……俺が絶対に守る!!』

『ヘクトール、お前は泣き虫だね？　だが、泣きながら意見を主張するのは止《や》めなさい。次期当主としては情けない姿だ。それとね、私はお前との約束を反故《ほご》にしたわけではないよ？　もしも、お前が私の渇きを満たしてくれていたなら、マテウスもカールも求めたりしなかった。二人は幼く、すぐに精神が壊れる可能性が高いしね。だが、ヘクトールは私を満足させられなかった。お前の努力が足りなかった。ただそれだけのことだよ、ヘクトール？』

『貴方を……殺したい』

――夢がざわついている。こんなの初めてだ。

俺の夢なのに、俺の夢じゃないみたい。

でもきっと、目覚めたら全て忘れている。何も残らないのに、夢は必要なの？

◆◆◆◆◆

カールとマテウスは、ベッドで手を繋いで眠っていた。だが、真夜中にヘクトールの怒鳴り声を聞き二人は目を覚ます。

「ヘクトール兄上はこんな真夜中に何を騒いでいるのかな？　ぐっすり眠っていたのに目が覚めてしまったね、マテウス？」

「カール、あ、あにう、し、しんぱ、い」

「心配はいらないよ。父上の声も微《かす》かに聞こえたね？　ヘクトール兄上が次期当主として相応《ふさわ》しくないから、叱《しか》っているのかもね？　それで、兄上が逆上して騒いでいるだけだよ、きっとね」

「じき、じき、と、しゅ」

「次期当主。マテウス、頑張って言ってごらん。ゆっくりでいいから」

「じき、としゅ、あにう、え、ヘクトール！」

「マテウスは兄上の名前は完璧に言えるね？　ねえ、マテウス……僕の名前も呼んでよ。三回言って。あと、大好きも付けて」

「カール、カール、カール、だ、だい、す、き」

「カール三回連続、上手《うま》く言えたね！　マテウス、大好きだよ。やっぱり、同じ部屋にしてもらって良かった。マテウスは言葉が沢山出てきたね」

「いしょ、カール、へや」

カールはマテウスの額《ひたい》に自身の額《ひたい》を押し付ける。マテウスは目を丸くしながら、カールの言葉に耳を傾けた。

「マテウス、これからは絶対に一人にはしないからね。僕は苦しむグンナーの部屋にマテウスを置き去りにしてしまった。マテウスを連れて助けを呼びに行けば良かったんだ。なのに、一人で助けを呼びに行って、マテウスを一人にしてしまった。そのせいで言葉を失うなんて。怖かったよね、マテウス。グンナーが死ぬ姿を一人でずっと見ることになって……本当にごめん」

「カール、わる、く、なん、い」

「悪いよ。医者が言ってた。『孕み子《はらご》』にとって、今が一番大事な時期だって。精神的な痛手から、子宮の成長が止まる子もいるって！」

「はら、っ、はら、みこ」

「こんな話をしてごめんね、マテウス。でも大切な話なんだ。シュナーベル家は血族結婚が多いから、『孕み子《はらご》』は大切に扱われる。だけど、『孕み子《はらご》』が『孕み子《はらご》』になれなかったら、大切には扱われなくなる。シュナーベル家から追い出されるかもしれない」

「……や、や」

「ごめんね、マテウス。でも、大丈夫だよ。安心して。もし、マテウスが『孕《はら》み子《ご》』になれなかったら、僕も一緒にシュナーベル家を出るから」

「い、えで？」

「ん？」

「いえで」

「ああ、家出か！　マテウス、それは少し違う。あのね、一緒に王都に行って庶民として暮らすんだよ。そのための秘密の書物も用意したから！　一緒に読む、マテウス？」

「よむ！」

「待っていて、マテウス！」

カールはベッドから抜け出すと自分の机に向かい、引き出しから鍵を取り出す。そして、今度はマテウスの机に向かい、机の引き出しの鍵穴に鍵を差し込んだ。

「あ、カール！」

「へへ、ごめんね。マテウスの引き出しの鍵は、僕が隠し持っていましたー。随分鍵を探していたのにごめんね、マテウス」

「ひ、ろい！」

「広い？　あ、酷《ひど》いか？」

「うー、ひど、い」

カールがニコニコしながらベッドに戻ると、その手には書物が握られていた。

カールはマテウスに書物の題名を見せる。『庶民の暮らし』と表紙に書かれた書物を見て、マテウスは目を丸くした。

「絵がいっぱいあって楽しいよ。僕達は貴族で、領地の民は平民だ。それで、平民が王都で暮らすと、庶民になる……たぶん？」

「んん？」

「とにかく見てよ！　僕が驚いたページはここ！　庶民の子供達は二段ベッドで寝ているんだよ！」

「に、にだん！」

「ここに、絵があるだろ？　見て、二段ベッドだろ？　ここに梯子《はしご》があって、夜寝るためにはこの梯子《はしご》をのぼらないと駄目なんだ。兄は上で弟は下で寝るらしいよ？　マテウスが上のベッドだね」

「んー、はし、ご……」

「安心して、マテウス。勿論《もちろん》、僕達が二段ベッドで寝る時は、僕が上で寝るから。マテウスが梯子《はしご》をのぼったら、毎晩転げ落ちて怪我をするに違いないから！」

「いじ、いじわ、カール！」

「ふふ、意地悪じゃないよ。それとね、庶民のベッドはふかふかじゃなくて、凄《すご》く硬いから腰が痛くなるって。あ、背中も痛くなるらしい。床みたいに硬いのかな？」

「やー、いたい、や」

「確かに痛いのは嫌だな。ん、庶民の子供は早起きで、朝ご飯の準備を自分でするらしいよ。えーと？　えっ、食事が二皿しかない！　これ固いパンだな。あと、スープ……だけ」

「レーズンチーズケーキ！」

「マテウス、凄《すご》くきれいな発音！　でも、庶民は毎日はケーキを食べないみたいだよ？　大体、マテウスはケーキを食べすぎだよ。太ったマテウスも可愛いだろうけど……体に悪いよ？」

「……うー、うー」

「待って、泣かないで！　マテウス……その、庶民になっても、マテウスが毎日ケーキが食べられるように頑張る。早起きは苦手だけど。ん？　そうだ、いい案を思い付いた！」

「ん？」

「マテウス！　王都でケーキ屋さんを始めよう。そうしたら、毎日、甘いケーキを食べられるよ！」

「カール、す、すご、いい！」

「な、いい考えだろ？」

ベッドの中で、マテウスが嬉しそうにカールに抱き付く。カールもマテウスを抱き寄せる。マテウスの体は微《かす》かに熱を帯び、しっとりとしていた。

マテウスが眠りにつく時は、少し体温が上がりいい香りがする。

カールは何時《いつ》もその香りに惹《ひ》きつけられた。

「もう……寝ようか、マテウス？」

「ん、ん、カール、おや、み」

「お休み、マテウス。額《ひたい》にキスするね」

「ん」

マテウスが目を閉じる。カールは微笑《ほほえ》みながら、何時《いつ》ものように額《ひたい》にキスをしようとした。

だけど気が付くと、マテウスの唇にカール自身の唇を重ねている。

「マテウス、どうしてかな？　こっちが正しい気がする。額《ひたい》へのキスは間違いだった」

何故《なぜ》か、今までの額《ひたい》へのキスが全て間違いであったような気がしてきた。

カールはマテウスが眠ってしまったのを残念に思いながら、再び唇にキスをする。

キスをする度に、カールの体が熱を帯びた。指先が自然と、マテウスの衣装のボタンに向かう。

血脈が踊り波打ち、鼓動が高鳴る。

その血脈の響きが、これは正しい行為だと、カールに知らせていた。

くるおしいほどの熱が体内を巡る。

その現象はカールを戸惑《とまど》わせたが、快感だった。

マテウスのボタンを全て外すと、カールは耳をマテウスの胸に当て鼓動を聞く。緩やかに弾むマテウスの鼓動が堪らなく心地良く愛《いと》おしく思えた。

「マテウス、大好き……」


――不自然だ。夢がざわつき乱れている。

俺は怖くはない。

でも、誰かが怯《おび》えている。誰かが、泣いている。

ヘクトール兄上、この夢は何かが変です。兄上……俺と、手を繋いでくれていますか？

◆◆◆◆◆

『――何をしている!!』

突然、部屋に入ってきたのは、ヘクトールだった。

カールは驚き、何故《なぜ》怒鳴られたのか考える。結局、その理由が分からず、元従兄弟のヘクトールに鋭い視線を向けた。

『ヘクトール兄上、怒鳴らないで。マテウスが目を覚ましてしまいます』

『何をしている、カール?』

『ただ、正しいことをしているだけです』

『正しいこと? 眠ったマテウスを裸にするのが正しいことだと言うのか、カール!』

カールは服を着ていたが、マテウスはベッドの上で裸だ。マテウスは目覚める様子もなく、すやすやと寝息をたてていた。

『マテウスから離れろ、カール!』

『嫌です。兄上が部屋から出ていってください。マテウスとの同部屋を許可してくださったのは……兄上です。この部屋はマテウスと僕だけの部屋です。兄上は入ってこないでください』

『このようなことをさせるために、マテウスと同部屋にさせたわけではない。グンナー様の死を目《ま》の当《あ》たりにして、マテウスは言葉が話せなくなった。お前はそのことで、自分をひどく責《せ》めていた。

同室にすることで、お前の心も救われるならと思っていたんだ。なのに……こんなことをするなんて……』

『ヘクトール兄上。僕はただ間違いに気が付き、それを正しているだけです。僕達兄弟は濃い血脈で繫がり、互いに惹《ひ》かれあっています。なのに、同腹の兄弟は婚姻を許されていない。このままでは、マテウスを他人に奪われてしまう。それはおかしなことだと、同室でマテウスと共に時を過ごす内に強く思うようになりました』

『互いに惹《ひ》かれあっている？　そう思っているのはお前だけだろ、カール？　マテウスは同意していないはずだ。だから、マテウスを薬草で眠らせる必要があるのだろ？　お前は度々、薬草庫に出入りしているね？　その度に薬草の入った小瓶がなくなると、薬草庫の管理者から報告が上がってきた。それを不審に思い昼に部屋を訪ねると、二人とも普通に過ごしている。だから、夜中に君達の部屋を訪れることにした。マテウスを眠らせ裸にするとは……己の行為を恥じろ、カール！』

『ヘクトール兄上……僕はマテウスの将来を思い、正しい行いをしています。兄上は同部屋を解消させる理由を勝手にでっち上げるつもりでしょう？　だったら僕は何も話すつもりはありません』

『同部屋解消に、お前の意見は必要ない。医者から、マテウスの体に変化の兆《きざ》しが見られるのでカールとの同室は中止にするように、と言われている』

『ヘクトール兄上！　医者はなんと言っていましたか？　マテウスは「孕《はら》み子《ご》」にはなれないと言われたのではありませんか？』

『……何を言っている？』

『僕はマテウスと結ばれる、たった一つの道を見付け出したのです！　「孕み子《はらご》」のマテウスを連れて屋敷から逃げ出しても、シュナーベル家はマテウスを必ず見つけ出し屋敷に連れ戻す。そして、血族婚をさせる……僕よりも血脈の薄い相手と。そんなことは、間違っているでしょ？　でも、もしも、マテウスが「孕み子《はらご》」として成長できなければ……僕と一緒に王都で暮らせる』

『カール、正気か？』

『正気です！　だから、毎晩マテウスを裸にして子宮を冷やしています。子宮を冷やすと、「孕み子《はらご》」になれないと書物で読みました。他にも色々試してみました。勿論《もちろん》、マテウスに苦痛を与えることはしていませんよ？　裸にする時間も、ちゃんと決めています』

『……マテウスから子を産む機会を奪うつもりだったのか、カール？　そんな身勝手な行為が許されると思っているのか？　それを正しい行いだと……お前は言い切るのか、カール！』

『正しい行いです。だって、僕にはマテウスの心が解るから。マテウスは子を孕《はら》むことを恐れています。マテウスの目の前で、グンナーが悲惨な死に方をした。なのに、マテウスに子を産めと迫るつもりなの、ヘクトール兄上？　それは、あまりに残酷です！』

『だからといって、カールの行為を正当化できない』

『ヘクトール兄上に理解してもらおうとは思わない。それより、医者はなんと言っていましたか？　マテウスは、もう「孕み子《はらご》」ではなくなりましたか？』

『医者は、マテウスが「孕み子《はらご》」として成熟の段階に入り孕《はら》める体になりつつある、と話していたよ。同腹の兄弟でも同室は避けるようにと注意喚起された。医師の指摘は正しかった』

『そんな！　マテウスが「孕《はら》み子《ご》」になってしまったら、一緒に王都に行けないじゃないか！　一緒に暮らせなくなる。二人で王都で暮らすと約束したのに！　あのね、ケーキ屋を開くつもりなんだ、兄上！　マテウスがケーキを毎日食べたいと言うから。毎日、僕はくたくたになるまで働くつもりだよ？　マテウスを幸せにするためには、努力は欠かせないからね！』

『カール……』

『マテウスはね、凄《すご》く我儘《わがまま》なんだよ！　硬くて腰が痛くなる二段ベッドは嫌なんだって。だからいっぱい働いて、ふかふかの大きなベッドを買うつもり。そうしたら、今みたいに額《ひたい》を合わせて、抱き合って眠れる。兄上は知ってる？　マテウスは眠る前になると、とても甘い香りがするんだ。だから、額《ひたい》より唇にキスをするほうが気持ちがいい。体が熱くなって、それが正しいことなんだと気が付いた。肌を合わせるのも好き。今はマテウスは幼いから気が付いていないけど、唇へのキスも肌を合わせることも、全てが正しいんだと何時《いつ》か気が付くはずだ。とても気持ちいいもの、きっとマテウスも気に入るに違いない。誰にも渡さないよ。マテウスは……僕だけのものだ』

『カール、お前の行き先をたった今決めた。別邸に父上を軟禁している。そこへ行ってもらう。そこで父上と共に暮らせ。父上と共に過ごせば、お前はマテウスの心を無視した行いをすぐに恥じることになるだろう。別邸に行けば、確実に父上に身も心も壊される。だが、俺はお前を守ることに意味を見出せなくなってしまった。俺はマテウスを守ることに全力を尽くすと決めた』

『それは……どういう意味ですか、ヘクトール兄上？』

『お前は明らかに道を踏み外した。心を歪《ゆが》ませた。カール、お前はまだ幼い。だが、父上と同類だと俺は判断を下す』
『意味が分からないよ、兄上！　僕は何処《どこ》にも行かない。別邸で過ごすなら、マテウスを連れていく。マテウスは僕のものだもの！　誰にも渡さない！　ヘクトール、お前にもだ！』
『カール、お前の処刑を執行する』

◆◆◆◆◆

――奇妙な夢を見た。

でも、目覚めた時には何も憶えてはいない。

ベッドには、ちゃんとヘクトール兄上がいた。しっかりと手を繋いでくれている。

それでも胸がざわついて、ヘクトール兄上の名を呼ばずにはいられなかった。

「兄上、ヘクトール兄上……」

「マテウス、ここにいる」

「ヘクトール兄上、なんだか妙な夢を見ました。でも、内容を憶えていません……」

「無理に思い出すことはないよ、マテウス」

「兄上は夢をご覧になりましたか？　夢の内容は憶えていらっしゃいますか？」

「さあ、どうだろうね？」

「秘密ですか？」

「お前もヴォルフラムの件で秘密にしていることがあるだろ？　彼を今でも愛しているのかどうかを教えてくれたなら……俺の見た夢の内容を話しても構わないよ？」

「あ、兄上は、デリカシーがないのですか！　情交を交わしたばかりの相手に、愛情を疑うような質問をするなんて！　アルミンよりデリカシーなしです。分かりました。もう、ヘクトール兄上の夢の内容については聞きません。どうせ、教えてはくださらないのでしょ？」

「ふふ、そうだね。じゃあ、そろそろ……一緒に湯浴みをするかい？」

「湯浴み～！　一緒に⁇　は、恥ずかしいです。駄目です！　私の不細工がばれます‼」

「マテウスは可愛いのに……どうしてそう自己評価が低いのかな？」

「これは、客観的なまともな評価です‼」

俺は恥ずかしくてベッドの中に潜り込んだ。

だが、その場所は何時《いつ》もの快適な場所ではなくなっている。なめらかなシーツは所々濡れてシミができていた。

そのシミの正体に気が付いた俺は、顔を火照《ほて》らせつつ湯浴みが必要であるのを実感する。

俺はベッドから顔を出すと、情けない声でヘクトール兄上に言った。

「兄上、シーツの交換が必要です～。それに、体も……その、ベトベトしています」

「俺達が湯浴みをしている間に、使用人がベッドメイキングを済ませてくれるよ。シュナーベルの邸《やしき》の使用人になりたいと望む者は、シュナーベル家の遠縁に当たる者達ばかりだ。面接はきっちりと行っているから、真面目で優秀な人ばかりだよ。彼らのお陰で快適に過ごせているのを、我々は感謝しないといけないね」

「そうですね、ヘクトール兄上。彼らには感謝しないといけませんね。もしも、差別がない世の中ならば、使用人となった人達も他の夢を追い、様々な職業に就いていたかもしれません」

「お前が王都で自由に職を選べる立場なら、どんな職業に就いていただろうね？」

「それなら、もう決まっています。私は王都でケーキ屋さんを開くと、ある人と約束しました」

「……誰とケーキ屋を開くと約束したのかな、マテウス？」

「ふふ、秘密です」

不意に思い出したのだが、俺は確かにカールと王都でケーキ屋さんを開くと約束した。

でも、その約束をしたのは、何時《いつ》のことだったかな？

はっきりと思い出せない。でも、確かに約束した。

「マテウスは秘密が多いね？　だけど、俺も秘密を抱えていてね……実は、お前への贈り物をこの部屋に運ぶように使用人に命じている。いくら優秀な使用人でも、準備には時間が掛かるはずだ。その時間を作るためにも、共に湯浴みを楽しもうじゃないか、マテウス」

「え！　贈り物をご用意くださったのですか、兄上？　とても嬉しいです。その贈り物は、ヘクトール兄上と私の、『初セックスの記念品』となりますね！　嬉しい！」

「『初セックスの記念品』……お前には申し訳ないのだが、記念品になるようなものではない」

「えっ！　贈り物は、『異国の毒草大全集』ではないのですか、ヘクトール兄上⁉」

「マテウス。贈り物は毒草の書物ではなく……衣装だ」

「衣装ですか。正直に申し上げますと、この残念顔ではどのような服を着ても、見栄えが変わらないのです。ですが、兄上との初セックスの記念の衣装だけは無理やりに着こなして見せます！」

「何度も言っているが、お前は可愛い。だが、俺はお前を更に可愛くする研究を重ねてきた。そして、俺はお前のみが似合う衣装を作り上げた。俺の自信作だ。気に入ってもらえるとは思うが、本人の意見が一番大事だからね。その意見を元に更なる改良をしたい」

「兄上が私のために衣装を作ってくださったのですか？」

「マテウスのことだけを考えて、俺は衣装の素材選びからデザインの監修まで行った。ぜひ、お前に試着してほしい。きっと、よく似合うと思う」

「分かりました、ヘクトール兄上！　兄上の想いに応え、どのような衣装だろうとも、必ず着こなしてみせます！　ひらひらリボンのレースばっちり衣装だろうと、決死の覚悟で着用します！　ん、兄上！　何故《なぜ》、笑っていらっしゃるのですか⁉」

「お前の反応が可愛らしくて、つい笑ってしまった。さあ、試着の前に体を清めないとね？」

突然、ヘクトール兄上が俺を抱き上げてベッドを下りた。

二人とも全裸である。お姫様抱っこである。

湯浴みの際には、専用の薄衣《うすぎぬ》を着るだろうが、何も全裸で向かう必要はないではないか！　湯浴み用の部屋で待機している使用人がきっとビビるよ！

「ヘクトール兄上、裸体を晒《さら》しています」

「裸体を晒《さら》しているね」

その軽やかな返事に、何も言い返せなくなった。そして、湯浴み用の部屋に直行する。

湯浴みを始めると、物凄《ものすご》く気持ち良くなって身も心もさっぱりした。

前世が日本人のため、お風呂は大好きなのだ。

ああ、温泉に行って、露天風呂に入りたい。

などと考えていると、湯浴みはあっという間に終わってしまった。

使用人が真新しい薄衣《うすぎぬ》を着付けてくれ、俺とヘクトール兄上は再度自室に戻る。

衣装に興味のない俺の部屋には、使用していない衣裳部屋がある。何故《なぜ》か、ヘクトール兄上はその衣裳部屋に向かい勢い良く扉を開けた。すると、衣裳部屋の中に大量の衣装が収納されている。

兄上はその大量の衣装を見て言った。

「うっ。使用人にはマテウスの衣装だけを収納するように言ったのだが。どうやら勘違いをして、俺の衣装まで収納したようだな。実は、同じ生地から俺の衣装も作ったのだが、まだ試着をしていなくてね。俺もこの部屋で、新しい素材の衣装を試着しても構わないだろうか、マテウス？」

「勿論《もちろん》です。あ、でも、私が着替えているところを見ては駄目ですよ。恥ずかしいですから！」

「……分かった」

兄上の返事が残念そうに聞こえたのは気のせいに違いない。わざわざ、残念顔の俺の生着替えなど見たくはないだろう。

だが、俺は違う。ヘクトール兄上の生着替えを見たい!!

「兄上は私に背を向けて着替えてください」

「分かった。お前の着替えを覗くような真似はしないから安心しなさい」

「では、私も兄上に背を向けて着替えますね」

ヘクトール兄上に嘘をついてしまった。

しかし、兄上の生着替えなど滅多に見られるものではない。この程度の嘘ならば、許されるに違いない。

俺は兄上が衣裳部屋から衣装を取り出して俺に背を向けて着替える姿をがっつりと目に焼き付けた。

だが、そのまま見つめていては怪しまれる。兄上の用意してくれた衣装を着ながら、彼の生着替えを楽しもう。

そう決めて早速衣裳部屋に近づくと、適当に衣装を一着選び出した。

俺の残念顔は、どんな衣装をもってしても隠せないのは承知している。だから、日常の衣装は何時《いつ》も適当に選んでいた。

普段の習慣は、このような場面で表面化してしまうようだ。

「確かに、初めて着る衣装だな……んん？」

俺の赤茶色の髪とグラデーションをなす茶系の衣装。デザインは詰め襟のパンツスーツ。上着の裾には細やかな刺繍が施されている。いや、それよりも……この衣装の生地はなんだ⁉

「ヘクトール兄上！　この衣装の生地は新素材ですか？　凄《すご》く柔軟性があって動きやすいです！　なのに、デザインが型崩れしない。それに、なんて美しい光沢なんだ！」

ヘクトール兄上は着替えているが、その背中から喜んでいる様子が伝わってきた。

「その生地は、お前のために新しく開発されたものだよ。俺の婚約者は、王城で何度も気を失って寝込んでいるからね。寝衣と外出着が同じなら、いつどこで倒れても快適に休めるだろ？　勿論《もちろん》、俺はお前が寝込むことなど望んではいないよ。着心地はどうかな、マテウス？」

寝衣と外出着……ジャージか！　高級ブランドのジャージだ！　めちゃくちゃ着心地いい。

「素晴らしい着心地です‼　ヘクトール兄上、姿見で全身を確認したいです。もしも、許可をいただけるのなら、この衣装で王城出仕したいです！」

「俺も姿見に映るお前を見てみたい。もう着替えは終わったかい？　振り向くよ、マテウス？」

「はい、ヘクトール兄上。とても着替えやすい衣装で、既《すで》に着替えは終わっております。着心地に感動するあまり、ヘクトール兄上の生着替えを堪能《たんのう》できなかったのだけが残念です！」

「……ふむ？　衣装に残念な点があったのなら、改善しないといけないね？」

「いいえ、残念なのは私の頭です！　衣装に問題はありません、ヘクトール兄上！」

「⁇」

「それよりも、この衣装を着て王城に出仕しても構いませんか？」

着替えを済ませたヘクトール兄上が、ゆっくりと振り返った。素敵に衣装を着こなした兄上が、俺を見つめて笑顔になる。俺はその微笑《ほほえ》みに見とれてしまった。

「よく似合っているよ、マテウス」

「兄上こそ……素敵です」

「っ、ありがとう、マテウス。王城出仕の件だが……儀式や舞踏会の場を除いて、王城への出仕には準礼服を着用するのが通例となっている。その生地を準礼服に仕立てるのは、かなり難しかったと職人から苦労話を聞かされた。でも、その甲斐《かい》はあったな。王城出仕に問題はなさそうだ」

ヘクトール兄上が手を差し出すので、好意に甘えて手を重ねる。導かれるままに、俺は姿見の前に立った。

そして、姿見を覗き込む。

ヘクトール兄上は相変わらずの美丈夫だ。なのに、俺は自分自身の姿に視線を奪われ、思わず叫ぶ。

「ヘクトール兄上、大変です‼」

「どうした？」

「私の不細工さが軽減されています！　いや、不細工というより……可愛いような？　そんな馬鹿な！　私の残念顔は何処《どこ》に行った⁉　まさか、この衣装には魔法が掛かってるのか？」

「お前は何時《いつ》だって可愛いよ？」

俺は兄上に支えられたまま、くるくると鏡の前で回転する。長めの上着の裾がふわりと舞い上がり、裾の細やかな刺繍が美しく際立つ。

「私の容姿に関しては、ヘクトール兄上の意見は参考になりません。でも、この衣装は……誰よりも、私が一番上手《うま》く着こなせる自信があります！」

「それは良かった。デザイナーに色々と口出しをして少々嫌がられたが、その甲斐《かい》はあったようだね。お前に似合うと確信はしていたけれど……これほど、喜んでもらえるとは思いもしなかったよ」

「ヘクトール兄上、このデザイン素敵です！　そして何より、この生地！　とても心地良いです」

「この生地が量産できれば売れると思うかい、マテウス？」

「勿論《もちろん》、売れますとも！　この生地は人を堕落させるに違いありません。寝衣、普段着、外出着が、一着で済むなんて……怠惰の罪を皆が犯すに違いありません！」

ヘクトール兄上は苦笑いを浮かべて俺の言葉に応じた。

「怠惰の罪……マテウス、その宣伝文言はよしたほうが良さそうだ。それより、裾の刺繍をよく見てごらん。お前は覚えているかな、その植物の名前を？」

「ん、んん？　もしや、これは……絶滅してしまった『シルフィウム』ですか？　それをモチーフにした刺繍ですね。兄上は『シルフィウム』のお話を、幼い私に聞かせてくださいました」

「覚えていたのか、マテウス？　『シルフィウム』の話をしたのは随分と昔だから、お前はもう忘れていると思っていたよ。よく覚えていたね」

俺は細やかな刺繍に触れながら、笑みを浮かべた。視線を向けると、ヘクトール兄上も俺に微笑《ほほえ》みかけてくれる。

俺は懐かしくもあり、そして切なくもある想い出を口にしていた。

「……言葉を失った私を、カールが何時《いつ》も見守り支えてくれていました。だけど、ある朝、私が目覚めると、カールは部屋からいなくなっていたのです。私は混乱して、部屋で泣くことしかできなかった。そんな私を抱き上げて屋敷の庭に連れ出してくれたのが、ヘクトール兄上でした」

「そうだったね、マテウス」

「でも、ヘクトール兄上が私に毒草の話ばかりを聞かせるものだから……私まで毒草好きになってしまいました。これは、完全に兄上による洗脳だと思います」

「洗脳とは人聞きが悪い。お前は俺が不器用な人間だと知っているだろ？　あの時、大泣きするお前を抱いて庭に連れ出したものの相応《ふさわ》しい話題を思いつかず、俺は途方に暮れていた。その時、目の前で風に揺れる庭園の花を目にして、花の話が『孕《はら》み子《ご》』のマテウスには相応《ふさわ》しいだろうと思ったんだ。だが、何時《いつ》の間にか話題は毒草の話に移っていった。うーん、俺は幼いお前に何故《なぜ》、毒草の話ばかりを聞かせたのだろう？」

俺はヘクトール兄上の問いに答えた。

「ヘクトール兄上、不思議なことなど何もありません。庭に植えられた草花に毒が含まれていることを知り、私が興味を抱いて質問をいっぱいしたせいです。庭に植えられた美しい花々に毒が含まれているのが、当時の私には不思議でたまらなかったのです。毒を含んでいると知りながら、草花を植える。避けるべきものと共存している不思議に、私は魅力されたのです」

「確かにそうだね、マテウス」

「特に、兄上が話してくださった、『シルフィウム』の話は私の興味を惹《ひ》きました。『シルフィウム』は避妊薬として人気があったために、採取し尽くされ絶滅した。雑草が価値を見いだされ、人の欲望により失われる。その話は、私には衝撃的でした。だから『シルフィウム』のことは、今もよく覚えています、ヘクトール兄上」

『シルフィウム』の刺繍に触れながら呟《つぶや》く。

「ヘクトール兄上、私は『シルフィウム』と同じ道を辿りたくはありません。血族婚や近親婚に問題があるのは分かっています。ですが、現状では、世間が私達の血脈を受け入れることはない。そうと分かっているのに、王太子殿下は法によって近親婚を禁じようとしています」

「……マテウス」

俺は真剣な表情で、ヘクトール兄上を見つめた。深い息を吐き出し、決意を言葉に込める。

「シュナーベル家の直系として、『死と再生を司《つかさど》る神の末裔《まつえい》』として、シュナーベルの血脈を絶やしたくはありません。植物の『シルフィウム』は、黙って絶滅を受け入れました。ですが、私は植物ではありません。シュナーベルの血脈が途絶えるのを、黙って容認することはできません！」

兄上は真剣な表情で俺を見つめ返した。俺も兄上から目を逸《そ》らさない。

「ヘクトール兄上。私の衣装に『シルフィウム』の刺繍を施したのは、何かしら思うところがあってのことではないのですか？」

ヘクトール兄上は苦い表情を浮かべて質問に答えた。

「俺は己に賭けをしていた。もしも、お前が『シルフィウム』の刺繍をただの衣装のデザインとして捉えたなら、黙って計画を遂行しようと考えていた。だが、お前は先に答えを出してしまったね」

「答え？」

「辿る道は違えど、望む場所は同じ。俺はシュナーベル家の滅びを認めない」

「兄上……」

「シュナーベル家の次期当主として、ヴェルンハルト王太子殿下が王位を継ぐのを認めない」

はっきりと玉座の行方について口にする。その言葉に、俺は思わず肩を震わせた。

全てが、小説『愛の為に』の筋書きどおりに進んでいる。

小説内で、ヴォルフラムはヴェルンハルト王太子殿下を殺害した。でも、動機は明らかにされていない。彼は動機を語らなかった。

その必要がなかったのかもしれない。

ディートリッヒ家のヴォルフラムに、殿下を殺害する動機があるとは思えなかった。ヴェルンハルト殿下がこの世を去って得をするのは、シュナーベル家の人間だ。

アルミンが以前に言っていた。ヘクトール兄上が精神医学を積極的に学ぶのは、人の心を操る術《すべ》を手に入れるためだと。

人の心など簡単に操れるはずがないと、その時はアルミンの言葉を即座に否定した。だけど、兄上がその術《すべ》を手に入れていたとしたら？　ヴォルフラムを操り、王太子殿下を殺害させたとしたら？

ヴェルンハルト王太子殿下殺害の黒幕は、ヘクトール兄上だったということ？　ヴォルフラムを待つ人影は、ヘクトール兄上なの？

「ヘクトール兄上、王太子殿下の死に関わってはいけません！『運命』は確かに殿下の死を望んでいます。私は『運命』に逆らうのが怖くて、今まで何もしてはこなかった。私は、今世《こんせ》の王太子殿下が好きではありません。ですが、殺害されることまでは望んではいません。だって、ヴェルンハルト殿下を害するのは、私の大切な『恩人』なのですよ？　そんなの辛《つら》いです。苦しいです。でも、私の恩人が自らの動機で殿下を害するならば、それが運命なのだと諦めるつもりでした。だって、ヴォルフラム様は『運命』に名を記されているから。でも、ヘクトール兄上は違います。『運命』にヘクトール兄上の名は記されていなかった。だから、兄上はまだ『運命』には囚われてはいません。ですから、ヘクトール兄上！　どうか、『運命』に自ら触れようとしないでください。その身を危険に晒《さら》さないでください、ヘクトール兄上！」

俺は体の震えを抑えられなくなる。ヘクトール兄上に抱き付いた俺は、その背に腕を回す。

兄上は俺を優しく抱き寄せてくれた。だが、険しい表情を浮かべている。

俺はどうしてこうも愚かなのだろう。感情に任せて、また余計なことを口にしてしまった。

感情的なのは『孕《はら》み子《ご》』の特徴だけど、そんなことは言い訳にならない。

俺は強くなりたいのに、自分が情けなくなり泣き出していた。

ヘクトール兄上は、俺の髪を撫《な》でながら話し掛けてくれる。

「……俺は王太子殿下が王位を継ぐのを認めないと言っただけだよ。殺害するとは一言も言ってはいない。お前は殿下の『運命』を知っているのかい？　殿下が殺害される姿を予見したのか、マテウス？　そうなのか？　答えてくれ、マテウス！」

やはりこうなった。ヘクトール兄上が俺の発言に引っ掛かりを持つのは当たり前だ。

でも、本当のことを話すなどできない。

「ヴェルンハルト殿下の『運命』など、私に分かるはずがありません。私は殿下の死を予見したのではありません」

「お前は俺に嘘をつくのかい？」

「ヘクトール兄上、私は嘘などついておりません！」

「先見したことを正直に話してほしい、マテウス」

「ですから、私は先見も予見もしておりません、ヘクトール兄上」

「マテウス……俺はお前の予言を聞く前から、ヴォルフラムに王太子殿下を殺害させるつもりだった。こうなってくると、俺は既《すで》にお前の言う『運命』とやらに……囚われていることになるね？」

「そんな、ヘクトール兄上！　どうしてですか？　何故《なぜ》、ヴォルフラム様なのですか!!」

「理由は簡単だ。ヴォルフラムが操りやすい相手だと判断したからだ。彼は王立学園時代に一度救っただけで、すっかりお前の騎士気取りだ。随分と思い上がった奴だが、お前の恩人だと思い丁寧に接してきた。シュナーベルの領地に突然やってきた時も丁寧に対応した。だが、彼は俺と少し会話を交わしただけで、決闘を申し込んできたんだ。俺を『マテウスに害なす者』だと確信したと宣言してね。その時に、俺もヴォルフラムが『マテウスに害なす者』だと確信した。決闘の結果は俺の勝ちだ。それ以来、俺はヴォルフラムから敵視されている」

「……ヘクトール兄上とヴォルフラム様の決闘。なんですか、その美味しいシチュエーションは!?　いいえ、話しがずれました。ヴォルフラム様が兄上を敵視しているのならば……ヴォルフラム様を操るなど不可能です。ヘクトール兄上、ヴォルフラム様に関わるのは止《や》めてください」

「確かに、以前のヴォルフラムならば……心を操るのは容易《たやす》くなかっただろう。だが、奴は己の父親が王弟殿下だと明かされた時に、夢見た未来を全て奪われた。全てを失い達観したような奴だが、お前の前でだけは心穏やかでいられないらしい。それが、ヴォルフラムの弱点だ。弱点を見抜き徹底的に攻めると、どんな人間も心に隙ができる。その状態になれば、悪意の侵入は容易だ」

「……私がヴォルフラム様の弱点？」

俺を抱きしめたまま、ヘクトール兄上がゆっくりと言葉を紡《つむ》ぐ。

「お前はヴォルフラムの『運命』を予言していた。殿下を害するのは『私の大切な恩人』だと、そう言っていたね？　お前が『恩人』と呼ぶのは、ヴォルフラムだけだ。『運命』が『殿下の死』を望んでいるとも言っていたね？　つまり、ヴェルンハルト殿下はヴォルフラムによって殺される『運命』にある。そして、お前は……その『運命』に逆らうのが怖いとも言った。その意味することはなんだい？　『運命』の通りに事《こと》が進まないと周囲に害が及ぶのか、マテウス？」

兄上に嘘をつくのはもう限界だ。これ以上、兄上を裏切れない。

「……っ、ヘクトール兄上。確かに、私は先見をしました。ヴォルフラム様の『運命』も、ヴェルンハルト殿下の『運命』も見ました。でも、私が見た『運命』通りに事《こと》が運ぶとは限りません。例えば、私が王太子殿下に注意を促《うなが》せば、『運命』を変えられる可能性があります」

「もしも、お前の働きかけで『運命』が変わった場合、死ぬべき人間の『運命』は何処《どこ》へ行くのだろうね？　死ぬべき人物が他の者に変わるだけではないのかい？　それでも、『運命』を変えようとするのかい？」

「死ぬべき人物が他の者に変わる？　そんなことを私は望んでいません。『運命』を変えようとして犠牲者が増えるならば、もう『運命』に屈するしかないではないですか……」

「『運命』に従えばシュナーベル家は存続できる。たった一人の犠牲で、シュナーベルの血脈は未来に受け継がれ、多くの子が生まれる。そして、未来の子らの誰かが、この偏見に満ちた世の中を変えてくれるかもしれない。お前もシュナーベル家の存続を願っているはずだ。そうだろ、マテウス？」

「ヘクトール兄上、犠牲者はヴェルンハルト殿下だけではありません。ヴォルフラム様も犠牲になります。もしも、ヴォルフラム様が王太子殿下を殺害した場合……彼の処遇はどうなりますか？」

「王太子殿下を殺害した者には、死が待っている。ただ、ヴォルフラムは王弟殿下の息子だ。王家の血脈が流れているのを考えると、牢獄で一生を過ごすことになるだろう。もっとも、ヴォルフラムならば、牢獄で死を待つよりも別の道を選ぶだろうが」

「っ、兄上はヴォルフラム様を牢獄から救わないのですか？　ヴォルフラム様の味方ではないのですか？」

「俺にヴォルフラムを救う気はない。ヴォルフラムを救おうと躍起になるのは、ディートリッヒ家のほうだろうな。だが、ヴォルフラムが殿下を殺害した時点で、ディートリッヒ家の栄誉は地に落ちる。ヴォルフラムを救おうとすれば、更に窮地に立たされるだろう」

小説『愛の為に』では、ヴォルフラムのその後の人生は語られていない。ただ、ヴォルフラムの歩むその先に、彼を待つ人物がいることだけ記されていた。

その人物の正体は、小説内で明らかにされていない。哀しい生い立ちのヴォルフラムが王家への裏切りに見合う何かを得たのだと思っていた。

そう、思いたかった。

ヴォルフラムを待つ人物が、彼の味方であってほしかった。

「ヘクトール兄上」

「なんだい？」

「ヴォルフラム様が牢獄に入れば、拷問を受けるはずです。拷問の末、彼がヘクトール兄上の関与を仄《ほの》めかしたならどうされるおつもりですか？　シュナーベル家を危機に晒《さら》すつもりですか？」

「その心配はない。ヴェルンハルト殿下が害された場で、俺はヴォルフラムを斬るつもりだ」

「えっ⁉」

「王太子殿下の殺害後に、俺はヴォルフラムの前に姿を表す予定だ。そうすれば、ヴォルフラムは必ず俺を排除するために剣を持ち、向かってくるだろう。俺は彼にとって、『マテウスに害なす人物』らしいからね。自身が牢獄に送られる前に殺そうと考えても不思議はない」

俺は驚いて、ヘクトール兄上の顔を見つめた。

不安が胸を締め付けて苦しくなる。

これでは、小説のストーリーそのままではないか。

ヴォルフラムを待つ人物は、ヘクトール兄上で決まってしまったの？　もう既《すで》に、『運命』はへクトール兄上を捉えてしまったのだろうか？

「ヘクトール兄上はヴォルフラム様と剣を交えて対峙なさるおつもりなのですか!?」

「そのつもりだ」

「ですが、相手は護衛騎士のヴォルフラム様です！　ヘクトール兄上が剣術に長《た》けているのは存じております。元『シュナーベルの刃』ですもの！　ですが、危険な賭けです。何も、兄上が体を張る必要はないじゃないですか！」

「マテウス、よく聞け。ディートリッヒ家のヴォルフラムがシュナーベル家の次期当主に自ら剣を向けて挑むことに意味がある。見境なく剣を振るうヴォルフラムは、他人から見れば乱心したように感じるだろう。シュナーベル家に疑惑の目を向けさせないためにも、俺はヴォルフラムと剣を交える必要がある。そして、勝つのは俺だ……マテウス」

「兄上、どうしてそう言い切れるのですか？　私は王太子殿下の死以降の『運命』を何も知らないのです。予見もできません。ですから、ヴォルフラム様と兄上が剣を交えて、どちらが勝つのか分からないのです。どうか、マテウスを不安にさせないでください、ヘクトール兄上。きっと、王太子殿下を殺さなくても……シュナーベル家が滅びない方法があるはずです！」

「マテウス。シュナーベル家が存続するためには、王太子殿下が死ぬより他に道はない」

「いいえ、そうは思いません。今のヘクトール兄上は何かがおかしいです！　シュナーベル家を守るという目的を忘れ、ただ、殿下とヴォルフラム様を殺害したいだけのように私には思えます！」

俺の言葉に、ヘクトール兄上が俯《うつむ》き黙り込んだ。

俺は困惑し、兄上の姿を見つめる。兄上の視線が急に向けられ、俺はわずかに肩を震わせた。

「自分では手を汚さず、ヴォルフラムに王太子殿下を殺害させる。そんな処刑計画を立てる俺は、卑怯で汚い人間だと自分でも理解している」

「ヘクトール兄上！　私はそのようなことは……」

俺はその言葉を否定しようとした。だが、ヘクトール兄上が素早く俺の言葉を制す。

「マテウス、事実だから否定しないでくれ。かえって、辛《つら》くなる。シュナーベル家の存続に王太子殿下は不要だと俺は断じた。だが、本当は……ヴェルンハルト殿下とヴォルフラムを同時に葬《ほうむ》る機会を得たいだけなのかもしれない」

「ヘクトール兄上、それはどういう意味ですか？」

「俺には、あの二人が目障《めざわ》りで仕方ないんだ、マテウス。共に死んでくれたなら……どれほど、安《あん》堵《ど》して眠れることか。俺は大義など有していない。ただ安心して眠れる夜を得るためにシュナーベル家を巻き込み、大罪を犯そうとしているのかもしれないな」

俺は今度こそヘクトール兄上の発言に反論するように、背に回した腕に力を込めて兄上を抱きしめた。兄上が俺と視線を絡ませる。そこでゆっくりと口をひらいた。

「ヘクトール兄上も、私も、誰も彼も……各々の思いや決断に従い、もがき、足掻《あが》きながら、この世界で生きています。もしも、ヴォルフラム様が殿下を殺害するならば……それは彼の意思です」

「俺は奴を操り、殿下を殺害させるつもりだ。それでも、ヴォルフラムの意思だと言えるかい？」

「ヘクトール兄上、人を操るのは容易なことではありません。それは兄上自身がよくご存じのはずでは？　どれほど望んでも……変えられない人がいたでしょ、ヘクトール兄上？」

「そうだな。俺はアルノー様を何度も操ろうとした。改心させようとした。だが、変わりはしなかった。逆に……俺はアルノー様に取り込まれ、知らぬ間に操られていた気さえする……」

「ヘクトール兄上は父上に操られてなどいません」

「そうだといいが……どうだろうな……」

「ヘクトール兄上、この話はもう止《や》めにしませんか？　兄上はとても疲れていらっしゃいます。一緒にベッドに入りまたひと眠りしましょう。初セックス記念の『怠惰の衣装』を着たマテウスは、最高に可愛いはずです。可愛い私と手を繋いでベッドで他愛のない話をして……そして眠りにつくのです。額《ひたい》を合わせて眠るのも良いですね。ヘクトール兄上……何時《いっ》もの兄上に戻ってください。ヘクトール様との記念すべき初セックスが……言い合いで終わるなんて、私は嫌です」

「ああ、俺も嫌だ。こんな気持ちで記念すべき日を終わりにしたくない。だが、ベッドに入ることも、眠ることも俺は怖い。時々、悪夢を見る。その時は大抵アルノー様が出てきて……俺の全てを壊していく。身も心も。悪夢から目覚めて嘔吐《おうと》する日もある。昔よりは回数が減ったけどね。俺はお前に、随分と情けない話をしているな……すまない、マテウス」

「いいえ、ヘクトール兄上。兄上が――私の初恋相手の『ヘクトール様』が、私との距離を詰めてくださった気がして嬉しいです。ヘクトール様にも弱い部分がある。私はヘクトール様の弱い部分を支えて……生きていきたいのです」

「お前の優しさに、俺は溺《おぼ》れそうだ」

「今は私の優しさに溺《おぼ》れてください、ヘクトール兄上。さあ、ふかふかのベッドが私達を待っていますよ？　ベッドの中に潜ると最高に気持ちいいですよ。一緒にベッドの中に潜りましょ、ヘクトール兄上？」

◇◇◇◇◇

——何故《なぜ》だ！　何故《なぜ》こうなった!!

『孕《はら》み子《ご》』の嗜《たしな》みで、常にあらゆる所を清潔に保っている。でも、心配だ！　だって、アナルに舌を突っ込まれる経験なんて初めてだもの。ヘクトール兄上を不快にしないか心配すぎる～。

いや、そもそも何故《なぜ》、俺達はセックスをしている??

「ぁあ、あにうえ、んっ……やぁん、やら、そんなところ、舐《な》めちゃ、だめぇ～！」

「んっ」

「ひぁ、あんっ！」

ヘクトール兄上が俺のアナルに舌を挿入して、やわやわと柔らかに解していく。うつ伏せで腰を高く上げた状態で、俺は甘い声を漏らしていた。

互いに全てを晒《さら》け出《だ》し絡み合う。

「マテウス、すまない。何故《なぜ》かこうなってしまった。ベッドに入った瞬間にペニスが勃起して、耐え難くなったんだ。これが、男の性なのか？　許してくれ……マテウス」

「あにうぇ、マテウスは、性悪男なので平気ですぅ～、うにぁ、あっ、あっ、やぁん!!」

再度、アナルに兄上の舌が挿入されて、更に濡れた指も加わり、体内でうごめいた。

快感と恥ずかしさで、俺は身を震わせる。

「ん、痛いのか？」

「違います、あまりに……あまりに恥ずかしく、気持ちよいのです、ひゃ、あん！」

体勢が仰向《あおむ》けに変わる。

ヘクトール兄上は軽々と俺の体を自由にする。

俺は兄上のしなやかな筋肉にキスをした。兄上が俺に向かい笑みを浮かべている。そして、今度は柔らかく立ち上がった俺のペニスを咥《くわ》え込《こ》んだ。舌で亀頭を刺激された俺は悶《もだ》える。

「あにうぇ～、奉仕しすぎです、ひぁ、まずいです。貴重な一回が、あん、やぁ～！」

「ほうらった」

「ペニスを咥《くわ》えたまま、話すのは下品です。恥ずかしいです。ひぁ、か、感じるぅー！」

ヘクトール兄上は名残惜《なごりお》しそうに、俺のペニスを解放した。兄上の唇からたらりと唾液が零れる。

俺は顔を火照《ほて》らせて、それを見つめた。

「マテウス、大丈夫かい？　顔が赤いよ？」

「兄上が悪いのです。涎《よだれ》をたらたら零して、いやらしい顔をしています、ふにゃ！」

ヘクトール兄上に抱きしめられて、唇を奪われた。絡み合う舌が、深く互いの咥内《こうない》を探り合う。

ヘクトール兄上の背中に腕を回して、俺は更にキスを深めた。

「ふぁ、はぁ、はぁ」

「ほら、お前も涎《よだれ》だらけになったぞ。いやらしい顔をしている」

「ヘクトール兄上～！」

「……我慢できない」

「挿入しますか、兄上？」

「だが、今日は一度挿入している。マテウスのあそこは、その、狭いから……一回目の挿入で少し傷ついて赤くなっていた。我慢できずに舐《な》めてしまったが。俺は自慰で処理する」

「えええ、待ってください！　大丈夫です、兄上。少しの痛みなら我慢できます!!」

「駄目だ!!」

「ヘクトール兄上？」

ヘクトール兄上は真剣な表情で俺を見つめた。そして、俺の頬を撫《な》でながら呟《つぶや》く。

「俺は……お前を犯したいわけじゃない。痛みがあるのに無理やりに挿入はできない。そんなことは絶対に許されない。許してはいけない！」

「ヘクトール兄上。マテウスは兄上と繋がりたいのです。気持ち良くなりたいのです」

「俺は怖い……アルノー様のようにはなりたくない」

「父上とヘクトール様は全く違いますよ？」

「だが、行為は同じだ」

「違います。私はヘクトール様に抱かれたいのです」

「本当に？」

「ゆっくり、ゆっくりと、ヘクトール様のペニスを挿入してください。ゆっくりと、深くです。そうすれば、私は快感を感じることができます。私は、今……ヘクトール様と繋がりたいのです」

「マテウス……」

「だって、ヘクトール様が大好きだから」

俺はヘクトール兄上の唇を奪っていた。そして、兄上の猛《たけ》ったペニスをそっと撫《な》でる。

……物凄《ものすご》く硬かった。

これを挿入されるのは、ヤバいかも。ちょっと怖い。

唇を離すと、俺はヘクトール兄上に提案する。

「でも……今の兄上のペニスは硬すぎます。このままでは少し怖いです。一度、出してくださいますか？」

「えっ？」

「だって、『孕《はら》み子《ご》』でない男性は何度でも勃起が可能なのでしょ？　一晩で十回以上は勃起と射精を繰り返し男の腰をヘロヘロにしたと、アルミンが自慢げに話していました。娼館の料金は高いので、元を取るために十回は挿入して射精すると、アルミンは心に決めているそうです」

「マテウス……その話をした時のアルミンの顔は、にやけていなかったかい？」

「はい、とても楽しそうでした！」

「お前は完全にアルミンに騙《だま》されているよ。アルミンでも一晩に十回は無理なはずだ」

「えっ、そうなのですか⁉」

「アルミンとは、今後、仕事の話以外してはいけないよ。アルミンは嘘つきだからね？」

「アルミンの話は嘘だったのか～。兄上のペニスを咥《くわ》えて、一度出してもらうつもりでしたが。この案は駄目ですね。うーん、やはり……今回は中止に……」

「いや、待て！」

「はい？」

「マテウス……三回はいけるはずだ」

「ん？」

「俺は淡白なほうだが、三回は可能だ。つまりその……く、咥《くわ》えてほしい‼」

ぱくっ。

「ぐっ、いきなり咥《くわ》えるのは！　はぁ、あぁ！」

「ふぐっう……！」

いきなり兄上のペニスにかぶり付いたのがまずかった。勢いに任せて、かじってしまった。

刺激が強かったのか、いきなり精液が咥内《こうない》に噴出する。喉に直撃したそれを吐き出す間もなく、飲み込む。

じゅぼっ。

「ぐはっ、苦い。いっぱい、のんらぁ」

「大丈夫か、マテウス。吐き出せるか？」

「しゅべて、のみまひた」

「上手《うま》く話せていないじゃないか……本当に大丈夫なのか、マテウス？」

「平気です」

俺はころりとベッドでうつ伏せになると、腰をあげてフリフリしてみた。

いや、可愛くないことは承知している。

だが、ヘクトール兄上のペニスを再び勃起させるためには刺激が必要だ。

いや、俺のお尻フリフリで、果たして勃起を誘発できるのだろうか？　うーむ。言葉でも煽《あお》ってみるか？

「ヘクトール兄上、大好き。勃起するまでこのお尻フリフリをご覧になって、うぎょ!!」

「すまない、既《すで》に挿入を開始してしまった」

「んっあ、兄上……いきなりすぎます！」

「あまりにも可愛くて。お前のお尻がふりふり揺れて……嵌《は》めてしまった」

兄上を煽《あお》ろうとお尻を振ってみたが、思った以上に効果があったようだ。

奇跡か！　奇跡だ!!

「あにうえ～、んぁっ……あぁ」

「痛いか？」

「先っぽがガッツリ嵌《は》まってますぅー。兄上～、ゆっくり中に入ってきて」

「本当に大丈夫なのか？」

「ヘクトール兄上のペニス咥《くわ》えるのだいすきぃ〜！」

「うっ！」

兄上は俺の腰を掴み、ゆっくりとペニスを挿入していく。兄上の唾液に濡れたアナルが押し広げられ、ペニスが奥深くに進んでいった。

「んっ、はぁ、はぁあ……」

「……マテウス、気持ちいい」

「ヘクトール様〜」

一度射精したはずなのに、ペニスの圧迫が凄《すご》い。直腸の襞《ひだ》をなぞるように、ズブズブとペニスが体内に沈む。

内部に入ったペニスが更に質量を増した。これは、辛《つら》いかも。

「待って、まって、ヘクトール兄上〜！」

「くっ……んっ、なんだい、マテウス？」

「ヘクトール兄上〜、ひゃぁ、中で膨張してます！　大きくしないで挿入ぅしてぇ〜！」

「うっ、マテウス……それは無理だ」

まずい！　このサイズで、ズコズコされるのは怖すぎる。俺は怖がりな性悪男なのだ！

「あ、兄上！　ズコズコは駄目ですよ！　テクニックを総動員して、優しくしてぇ〜！」

「テクニック？」

「そうですぅ！　娼館の男性で培《つちか》ったテクニックを発揮する時が来ました。頑張って、兄上～！」

何故《なぜ》かヘクトール兄上が挿入したまま沈黙し、動かなくなってしまった。

兄上、なんでもいいから動いてください！　この格好で停止されると、滅茶苦茶恥ずかしいです！

「マテウス……告白せねばならないことがある。俺は、初回のお前との情交で……ようやく童貞を捨てることができた」

「はい？」

「故《ゆえ》に、テクニックは皆無《かいむ》だ。恥ずかしくて、今まで言えなかった。俺は……セックス自体が嫌いだ。人と肌を合わせるのも苦痛でたまらない」

「ええ？」

いやいや、俺のアナルに挿入しながら、『セックス自体が嫌い』とか告白しないで！　もしかして、このセックスは……婚約者に対する義務的なものだったのか？　初回は、俺がヘクトール兄上を強引に誘った形だったしな。えぇー??

「でも、ヘクトール兄上は娼館の男性と寝ているはずでは？」

「セックス自体を嫌う男は……成熟した大人とは見なされない。過去に何かあったのかと勘繰られることもある。だから通っていた。実際には、店で……自慰をしていただけだ」

ヘクトール兄上がかなり恥ずかしい告白をしている。娼館に通いながら自慰だけとか虚《むな》しすぎる！　いや、それよりもだ！　兄上がセックス嫌いなら、無理をする必要はない。

「ヘクトール兄上、私達はまだ婚約関係です。義務でのセックスなら、婚姻後にいたしましょう。何も問題はありません。そういたしましょう、ヘクトール兄上！」

俺はちょっぴり泣いてしまったが、うつ伏せの体位だから兄上には気づかれてはいないはずだ。

しかし、この体勢で話す内容だろうか？　ガッツリ、しっかり合体中なのだが……うーん。

「マテウス！」

「義務で抱き合うのは、婚姻後にしましょう。でも、愛のないセックスでも……子を孕《はら》んだら優しく接してくださいね、ヘクトール兄上」

「待て、義務でセックスなどしていない！　俺にとって、マテウスは特別なんだ！」

「ペニスを抜いて、ヘクトール様!!」

「抜かない。絶対に抜かない！　お前とのセックスは……特別だからだ。お前とは交わりたい。義務だと考えたことは一度もない。俺はセックスを続ける！」

ヘクトール兄上は俺の腰を掴むと強引に引き寄せた。抵抗して、俺はベッドのシーツを掴む。そして、大きな声で叫んだ。

「愛がないなら止《や》めて！」

「愛してるに決まっているだろ！」

「あうっ！」

「ぐっ」

ペニスを最奥に捩じ込まれる。俺の体内は拒絶せず、歓喜した。

直腸の襞《ひだ》がヘクトール兄上のペニスに絡み付き、腸液で潤《うる》ませる。

「はう、ヘクトール様、やらぁ、あん」

「はぁ、はぁ、マテウス……」

兄上が俺の背中にキスをした。不意に鼓動が高鳴り、全身を血脈が巡る。体が熱くなり汗が滲《にじ》み出る。

「お前の体から甘い香りがする。目眩《めまい》がするほどだ、マテウス。体が熱いが……大丈夫か？」

「だ、大丈夫じゃないです～。感じまくってます。兄上の義務的セックスが良い感じです～～」

ヘクトール兄上は腰をラウンドしながら、俺の直腸を刺激する。前立腺に当たりまくってたまらない。

童貞喪失後すぐに、ラウンドを獲得するとは強者《つわもの》か！　動きが絶妙だ！　テクニシャンめ！

「兄上～、ラウンド気持ちいいっ」

「ラウンド？　ああ、腰を回す動きか。無意識にしていた。うっ、しまる。弛めてくれ、初心者の俺には……マテウスは、きつい！」

「『マテウスは、きつい』とは、なんでしゅかぁ？　はう、やらぁ、無理！　義務的セックスなのに、感じますぅ～、出るう～！」

びゅうっと、俺のペニスから精液がシーツに飛び散った。体力を消耗した俺は、ベッドに崩れ落ちる。

ヘクトール兄上はまだ射精せず、ペニスは体内に埋めたままだ。兄上の荒い息遣いが聞こえる。

「義務じゃない、マテウス。お前を愛している」

「ヘクトール様……」

とんっと、兄上のペニスが直腸の壁に当たった。その瞬間に、ヘクトール兄上の血脈が俺の体を突き抜ける。

突然の出来事に目眩《めまい》がした。

身も心も焦《こ》がすような兄上の血脈が体を巡る。俺は唾液をたらたらと零していた。

体内を巡る血脈が快感を運び、気持ちを持っていかれそうになる。その快感に翻弄《ほんろう》されながら、それに耐えた。

やがて、ヘクトール兄上の血脈が背後に還っていく。同時に、俺の血脈が兄上に向かい流れていくのを感じた。

「兄上の血脈が巡り……還っていきます……」

「うっ、今……流れ込んできた。これが、マテウスの血脈なのか？　なんて……凄《すご》い。これが、シュナーベル本家の血脈か。くっ……出したい」

「中出ししてっ、ヘクトール様～」

ヘクトール兄上のペニスが弾けた。体内に熱い飛沫《ひまつ》が流れ込む。

俺は強烈な快感に身を震わせながら、ベッドに沈む。

今日が妊娠しにくい時期なのが残念に思えた。ヘクトール兄上の子を孕《はら》むのも悪くない。

交わりの後。俺も兄上も満足して、ベッドに沈みしばらく休むことにした。

ヘクトール兄上が再び共に湯浴みを楽しもうと提案する。俺は勿論《もちろん》同意した。湯浴み大好き！

だが、先ほど湯浴みを終えたばかりなのに、使用人に二度手間を取らせる。それでも、湯浴み担当の使用人達は嫌な顔一つせず、兄上の指示通り湯船にたっぷりと湯を張ってくれた。

準備が整い、湯浴み用の部屋に向かうと、身を清めてから早速湯船に浸《つ》かる。

前世から長風呂だった俺は、長く湯浴みを楽しみすぎて湯あたりしてしまった。

心配顔の兄上に抱きかかえられて、再びベッドに横になる。

湯浴みの間にベッドは綺麗に整えられていた。精液と汗でくたくただったシーツやクッションは真新しいものに交換されていて、ベッドメイキングは完璧だ。シュナーベル家の使用人は本当に優秀だ。

俺は用意された薄衣《うすぎぬ》を身に纏《まと》って、心地良いベッドに潜り込む。

「王都の邸《やしき》の使用人達は本当に優秀ですね。使用人は皆、シュナーベル家の遠縁に当たるとのことでしたが、シュナーベル家の名を持つ者ばかりですか？」

「使用人の大半は、シュナーベル家の名を持たない者達だ。望んだ職に就こうと王都に来たものの、面接を受けても就職の際の家系調査で引っ掛かり不採用になる者が結構いてね。行き場を失った者が、シュナーベルの邸《やしき》に面接を受けに来て使用人になるケースが多いね」

「シュナーベル家の名を持たぬ者にも、差別があるのですか？　差別とは根深いものですね」

「帝国時代のシュナーベル家は、『死と再生を司《つかさど》る神の末裔《まつえい》』として、畏《おそ》れと敬《うやま》いをもって世に受け入れられていた。その当時は、家系図を作るのが流行していてね、シュナーベル家に少しでも繋がりがある者達はこぞって家系図を作成し子孫に残した。それが今や、仇《あだ》となっている」

「家系図は子孫に残すために作られたのに……世に流出したのですか？」

「当時は、他人の家系図を収集する趣味人が沢山いたからね。彼らが人生をかけて書き上げた『家系図大全集』は、高価だが今でも需要が高く、盛んに取り引きされているよ」

「差別で就職難に陥《おちい》った人達を、兄上は優先的に採用しているわけですね」

「シュナーベル家の遠縁でも、努力をしない者は採用しないよ。ん、どうした、マテウス？」

「私は努力がまだまだ足りないと反省していたところです。『孕《はら》み子《ご》』だから、少しぐらい泣いて感情を露《あら》わにしても……周りはきっと許してくれると思い込んでいました。でも、それはシュナーベル家の皆が私を愛してくれたから許されていただけでした。王立学園でそれをこの身で知ったというのに、王城でも気鬱《きうつ》を起こし感情に振り回されました。成長しない自分が嫌いです」

不意にヘクトール兄上が俺を背後から抱きしめた。吐息が耳に当たり体が熱くなる。兄上は俺を抱きしめたままゆっくりと話し始めた。

「マテウス、お前は努力家だよ。俺が誰よりもそれを知っている。言葉を失った時も、努力を重ねて今のように話せるようになった」

「……ヘクトール兄上」

「王立学園に通った理由も、王城に出仕する理由も、視野を広く持ち世間をよく知るためだろ？『孕《はら》み子《ご》』にとって、感情を抑えるのは一番苦手なはずだ。それを自覚しながら、お前は難しい道を歩んでいる。お前はとても努力家だよ」

「私は頑張っていますか、ヘクトール兄上？」

「頑張りすぎだよ、マテウス。王城出仕の度に気絶寸前まで頑張られては、婚約者の俺としては心配でたまらないよ。お前が倒れる度に、俺の心臓は止まりそうになる」

背後から聞こえる兄上の声は真剣だ。俺も真剣に応じる。

「ヘクトール兄上、何時《いつ》も心配を掛けてごめんなさい。ですが、当分は兄上に心配を掛けることになりそうです。王太子殿下は私に仰《おっしゃ》いました。国王となった暁《あかつき》にはカールの遺志を継ぎ、近親婚や血族婚を禁じる法律を作ると。それがカールの遺志だとしても、その法律は私には容認できません。シュナーベル家の未来を途絶えさせる法律の制定は必ず阻止します」

「……マテウス」

「私は生きたカールの望みを断ちました。そして、今度は……死んだカールの望みを断ちます。カールは私を恨んでいるでしょうね。もしも、カールが亡霊となり私の前に現れて、死の世界に連れ去ってしまったなら……今度は兄上が私の遺志を継いでくださいね。シュナーベル家を差別によって絶やしたりしないで、ヘクトール兄上」

「不吉なことを言うな、マテウス！　お前が口にすることが全て予言に聞こえて、俺は怖い。現実となりそうで、恐ろしい。駄目だよ、マテウス。カールには渡さない。絶対に渡さない。お前は俺と共に生きる。いいね？」

「兄上、今のは予言ではありませんよ？」

「だとしても、カールと共に……あの世に逝くようなことは口にしないでくれ、マテウス」

「兄上、ごめんなさい。私はただ、シュナーベル家の存続を望んでいるだけです。言葉がすぎました。ヘクトール兄上、心配はいりませんよ？」

「……そうあってほしい」

「ヘクトール兄上」

「マテウス」

ヘクトール兄上が更にきつく俺を抱きしめてくれた。俺は兄上に背を預けて目を瞑《つむ》る。

互いの鼓動が合わさり、俺の中に強い感情が生まれ広がっていく。

ヘクトール兄上と共に生きていきたい。ヘクトール兄上と共に幸せな未来を築いていきたい。

『運命』の前で俺は無力で、抗《あらが》う術《すべ》を知らない。

だけど、ヘクトール兄上と共に歩めない『運命』ならば……俺はその『運命』に必死に抗《あらが》ってみせる。

第五章

遂《つい》に、王城出仕二日目の朝がやってきた。

初めての王城出仕から、既《すで》に一ヶ月以上が経過している。

俺は朝から緊張感が高まり、そわそわしていた。ドキドキしながら身支度を開始する。使用人が用意してくれたお湯で顔を洗い、髪を整えた。

何時《いつ》もより入念に身支度をしたつもりだが、それに要した時間は高位貴族の『孕《はら》み子《ご》』としては最速かもしれない。まあ、元が不細工だから、時間を掛けても大差ないのは既《すで》に証明されている。

そして、そのまま部屋を出ようとして、使用人から寝衣のままだと指摘された。

いくら寝衣兼外出着の『怠惰の衣装』でも、毎日同じものを着るほど俺も自分を捨ててはいない。

体臭には一応気を使っている。ヘクトール兄上の婚約者として、恥ずかしくない体臭を放たなくてはならない。

俺は衣裳部屋に駆け寄り扉を開いた。

衣裳部屋には『怠惰の衣装が』がズラリと並ぶ。全て、デザインが少しずつ異なっていた。

だが、どれも着心地は最高で……まさに怠惰の極み。

「よし、今日はこれだ！」

詰め襟の茶色の衣装に、『シルフィウム』の刺繍が繊細に施されている。

やはり、着用するとしっくりと体に馴染《なじ》む。鏡に全身を映し、自分に向かってちょっと笑い掛けてみた。

何故《なぜ》だか可愛らしく見える。

今度は可愛いポージングをとって、鏡に自身を映す。くっ、可愛い⁉

「ミラクル‼」

俺は少し嬉しい気分になり、早めに自室を出て玄関ホールに向かう。すると、ヘクトール兄上が待っていた。俺は階段を下りながら、背を向けている兄上に声を掛ける。

「ヘクトール兄上、遅れてごめんなさい！」

「謝ることはない。俺が早く来てしまっただけだ、マテウス……っ‼」

「ヘクトール兄上？」

「…………」

俺が階段を駆け下りるなど、何時《いつ》ものことだ。なのに、兄上は俺の姿を見て黙り込む。

ヘクトール兄上の婚約者として相応《ふさわ》しくない行動だと、呆れてしまったのかもしれない。とにかく、謝っておこう。

「兄上、ごめんなさい。ヘクトール兄上の婚約者として、階段を駆け下りるなど品位に欠けておりました。これからは上品に階段を下りますので、黙り込まないで……兄上」

「俺が黙り込んだのは……お前があまりにも可愛らしかったからだ」

「はい？」

「今までも、お前は十分に可愛かった。だが、『怠惰の衣装』……いや、お前のために作成した衣装が、お前の愛らしさを倍増させてしまった。これ以上可愛くなっては、お前は他の男にますます目を付けられる。今すぐにその衣装を脱がせたい。良いだろうか、マテウス？」

「ヘクトール兄上、正気に戻ってください。確かに、今の私には多少のミラクルが生じています。ですが、他の男性を魅惑するほどの力はございません。そして、私はこの『怠惰の衣装』を手放しません！　何故《なぜ》なら、最高の着心地だからです。もはや他の衣装を着ると、禁断症状が出るほどです！」

「そ、そうか。それほどに気に入ったのか。ふむ……では、王城に向かおうか、マテウス？」

「はい、ヘクトール兄上」

兄上は俺より数日早く王城出仕を再開していた。何時《いつ》もはもっと早い時間に向かうのだが、今日だけは俺と一緒に出仕してくれるらしい。

ヘクトール兄上が傍《そば》にいるだけで緊張が少し解れる。

シュナーベル邸の玄関扉から外に出ると、既《すで》に馬車が用意されていた。

「わぁ、凄《すご》く綺麗な馬車!!」

「気に入ったなら良かった」

兄上が婚約の記念に新調した馬車に、ようやく二人で乗る機会が巡ってきた。

馬車は美しく磨かれ、華美ではないが気品あるものに仕上がっている。贅沢《ぜいたく》な素材と丁寧な造りで、前世が社畜だっただけに値段が気になるところだ。

「美しく気品に満ちた馬車。値段がとても気になります、ヘクトール兄上」

「お前は思ったことをなんでも口にするね。さあ、私の手をとりなさい。手をとらないと、お前が馬車から転がり落ちる姿しか想像できないから……これは強制だよ？」

「兄上は私の運動能力を侮《あなど》っています。ですが、手はお借りします」

ヘクトール兄上にエスコートされて馬車に乗り込む。

兄上とは情交を交えたけれど、それ以降は元の婚約者の関係に戻っていた。そのおかげか、以前と変わらず、兄上は俺をエスコートしてくれる。

「んっ」

「どうした、マテウス？」

「いえ、何も……」

いや、互いに意識はしていないつもりでも、重ね合わせた指先が仄《ほの》かに熱を帯びるのを感じた。

その感覚は、一日中抱き合ったあの日が幻ではないことを互いに意識させる。以前と変わらぬ婚約関係ではあったが……どこか淫靡《いんび》でもあった。

そんなことを考えながら、馬車に揺られて王城に向かう。その時間を利用して、俺は以前から気になっていたことをヘクトール兄上に質問した。

「兄上、アルミンとは王城で待ち合わせているのですか？　彼を私の護衛に戻してくれるのでしょ、兄上？」

「そのつもりだが、少々問題が生じて困っているところだ」

「問題？」

兄上が困り顔で話し始めるので、俺は心配になってくる。

アルミンの身に何かあったのだろうか？

「アルミンは一ヶ月以上王城で寝泊まりして、俺の部下から処刑案件の事務仕事を叩き込まれた。だが、部下の報告によると、事務仕事が相当苦手らしく、度々虫のごとき素早さで職場から消え失せ……行方不明となるらしい」

「アルミンらしい行動ですね。彼は王立学園を主席で卒業した優秀な人物ですが、向き不向きは誰にでもあります。やはり、アルミンには私の護衛についてもらいたいです。駄目ですか、兄上？」

「いや、構わないよ。但《ただ》し、アルミンをお前の護衛に付けるとしても、影からの形になると思う。実は……王太子殿下がアルミンを嫌っていて顔も見たくないそうでね」

「ヴェルンハルト殿下がどうしてアルミンを嫌うのですか？　アルミンに酷《ひど》いことをしたのは、殿下のほうなのに！」

「……殿下の話では、アルミンとのセックスが最悪だったらしい。二度と会いたくないそうだ」

「ですが、アルミンは毒を盛られた状態でベッドに縛られ、王太子殿下に何度も貫《つらぬ》かれたそうですよ？　アルミンのお尻を犠牲にしながら、殿下がセックスの良し悪しに言及するなんて間違っています。王太子殿下に抗議しましょう、ヘクトール兄上!!」

ヘクトール兄上は今までに見たこともないような不快げな表情を浮かべた。俺はその表情にびびり、黙り込む。兄上の顔をちらちらと見ながら、話の続きを待つ。

「婚約を記念して新調した馬車の中で、愛しいマテウスと尻の話をすることになるとは、なんとも腹立たしい。殿下を恨むべきか、アルミンを恨むべきか……迷う」

「ですが、アルミンの尻に罪はありませんよ？　アルミンのお尻は完全に犠牲者です」

「いや、原因はアルミンの尻の中にあったらしいよ、マテウス」

「⁇」

「あー、あれだ。精子を弱らせるために直腸内が酸性に傾くよう、王城の医師がアルミンの尻に柑橘類を詰めたらしい。その医師は、殿下が柑橘類の果汁で皮膚が酷《ひど》く腫《は》れてただれる体質だと知らなかったようだ」

「ん？　つまりヴェルンハルト殿下はがつがつと男性器をアルミンの尻に突き込み……あれが酷《ひど》いことになったわけですか？」

「陛下の妃候補のお産で多くの医師が集められていた。それに呼ばれなかった出来の良くない医師がアルミンの処置をしたらしい。アルミンの話では、その医師は殿下の体質を把握しておらず、更に避妊薬として致死量の毒を渡したらしい」

「致死量⁉　しかし、アルミンからの手紙には、殿下とのセックスの後遺症は切れ痔だけだと書いてありました。毒の後遺症はないと書いてあったのに……」

「アルミンは殿下が二度と『孕《はら》み子《ご》』に毒を盛って抱かないように、自分で毒の量を調節して飲んだらしい。後遺症を残さない、ぎりぎりの量をね。実際、嘔吐《おうと》と下痢と痙攣《けいれん》を繰り返すアルミンを見て、王太子殿下は相当に衝撃を受けたそうだ」

「ああ、アルミン！　彼は体を張ってくれたのですね。しっかりとお礼をしないと。そうだ、切れ痔の軟膏を手配して、お尻に薬を塗ってあげないと！」

突然、ヘクトール兄上に抱きしめられて唇を奪われた。絡み合う舌が、体を熱くする。

ただ一度の交わりが鮮やかに思い出されて、自然とヘクトール兄上の背に手を回す。

「んっ、んん、……っはぁ、やぁら、ヘクトール兄上は……何時《いつ》も突然です」

「移り気なマテウス」

「なんですかそれは？」

「誰にでも心を開くマテウス」

「ヘクトール兄上？」

「だが、最後には俺のもとに戻っておいで。王城に到着だ。心の準備はいいかい、マテウス？」

「はい、ヘクトール兄上!!」

馬車は王城の門を通り抜けた。馬車の窓から王城を見ながら、俺は深呼吸をする。

王城出仕の再開だ。


王城の正面玄関の脇には、案内係の控え室がある。そこの案内係は、年頃の『孕《はら》み子《ご》』から構成されていた。

彼らの身分は様々だが、狙いはただ一つ。王城勤めの高位貴族に気に入られて、側室や愛人の座を手に入れることにある。

「――わー、格好いい！　彼は間違いなく高位貴族だよね？　僕はあの男性を案内してくるよ」

「お前は新人だから、特別に教えてやるよ。あの美丈夫は、シュナーベル家次期当主のヘクトール様だ。で、もう一方がシュナーベル家の『孕《はら》み子《ご》』のマテウス様。穢《けが》れた血脈のシュナーベル家の者を案内しても、得はないと思うぞ。ま、案内したいなら声を掛けてきなよ？」

「処刑人のシュナーベル家か！」

「まあ、侯爵家の側室になれたら、食うには困らないだろう。でもさぁ、僕はシュナーベル家だけはご免だね！」

「シュナーベル家だったのかぁ。うわ、やばかった。ヘクトール様がいい男なのが惜しすぎる！　でも、シュナーベル家の穢《けが》れた血脈の子供は孕《はら》みたくないや」

「僕も嫌だ！」

「僕だって！」

「とにかく、シュナーベル家には関わらないのが鉄則だ。最近、『孕《はら》み子《ご》』のマテウス様を廊下に置き去りにした案内係が王城への出入りを禁じられたというケースもあるしね」

「僕は処刑されたって噂を聞いたよ？」

「怖すぎる！」

「とにかく、声が掛からないことを祈ろう！」

「「こっちに来るな！」」

「うーん??」

「マテウス、どうした？」

「案内係からの視線が険しくて怖くなりました。私は案内係に傲慢《ごうまん》な振る舞いをした覚えはないのですが……知らない内に何か傷つけるようなことをしたのかもしれません」

「この場所でアルミンと待ち合わせをしたのは失敗だったな。案内係から見えない位置に移動しようか、マテウス？」

「ですが、アルミンは移動した私達に気が付くでしょうか？」

「アルミンならば、お前が何処《どこ》にいようと見つけるさ。おいで、マテウス」

俺は素直にヘクトール兄上の手を取る。

少し歩くと、広い回廊に出た。王城の美しい庭園を回廊からも眺められるように、素敵なデザインのベンチが所々に設置されている。

「素敵な空間！」

「さあ、座ろう」

「はい、ヘクトール兄上。ここなら、案内係の視線も気になりません。手間をお掛けしました」

ベンチに二人で座り、ヘクトール兄上が俺の髪を優しく撫《な》でた。視線を向けると目が合い、二人一緒に視線を庭園に向ける。

「……案内係は王城で下に見られる傾向にあってね。彼らは高位貴族の側室や愛人の座を狙う、身分の低い『孕《はら》み子《ご》』の集団だと認識されている。それが彼らの不満に繋がっているようだね。しかし、案内中に気に入った貴族に誘いを掛けて、空き部屋で関係を持つのはやめてほしいね」

「兄上も案内係と関係を持ったことが？」

俺の言葉に、ヘクトール兄上が驚いた顔をした。そしてすぐに笑顔になり、俺の頬に手をあてがう。

「シュナーベル家の人間は、案内係にとっては対象外だ。たまに変わり者の『孕《はら》み子《ご》』に誘われることもあるが、全て断っている。それよりも、『孕《はら》み子《ご》』のお前を案内係と勘違いして、男達が求婚しないか心配だ……」

ヘクトール兄上は無駄な心配をしている。しかも、本気で。

もしや、兄上は前世で云うところのブス専かもしれない。悲しいかな。

「それはあり得ません。私を可愛いと思えるのは、ヘクトール兄上だけだと自覚してください。それと、人前で私を可愛いと言っては駄目です。美的感覚に難ありと、思われかねません！」

「情を交わして以来、ますますお前が愛らしく見えるのだ。他人など関係ない。マテウスは可愛い。マテウスは愛しい。マテウスの柔肌が……恋しい」

「ヘクトール兄上！」

俺は兄上の甘い言葉に俯《うつむ》く。

その時、突然背後から声を掛けられて、体がびくりと震えた。

「ヘクトール様……性欲が溜まっているなら、何時《いっ》も利用している娼館で男を買ってください。マテウスが困っていますよ？　俺はマテウスの護衛ですから、保護します」

「ひゃ！」

ベンチ越しに背後から抱き付かれて、俺は思わず声を上げる。振り返ると、ニヤニヤと笑うアルミンがいた。

「びっくりした！　どこから現れたの、アルミン？　んー、でも落ち着く。アルミンから『シュナーベルの領地の土と風の香り』がする。ヴェルンハルト殿下の匂いは付いていないね。良かったー！」

「当たり前だ。殿下の匂いが付いていたら嫌すぎる……ん？」

突然、アルミンが言葉を切った。何故《なぜ》か俺の首筋をじろじろと見つめる。そして匂いを嗅《か》ぎ始めた。

アルミンは俺と同類の変態かもしれない。不意に彼が俺の首筋を指先で触れた。

「ふにゃ！」

俺は再び変な声を上げる。そんな俺の反応を無視して、アルミンは視線をヘクトール兄上に向けた。

「お二人の会話に耳を傾けていて、気にはなっていました。ですが、本当に情を交わしていたとは……ヘクトール様、経緯を説明してください」

「お前には関係のないことだ。気配を消して会話の盗み聞きとは趣味が悪い。次からは許さないよ、アルミン？」

「俺が気配を消して様子を窺《うかが》っていたことに、ヘクトール様は気が付いていたはずです。わざと先ほどの会話を聞かせましたね？」

「お前は俺に分かる程度に気配を調整して、俺達の様子を窺《うかが》っていた……違うか？　それよりも、まだ言い足りないことがあるなら全て吐き出せ、アルミン」

ヘクトール兄上とアルミンの間に不穏な空気が流れる。俺は緊張で身を震わせた。

「……ヘクトール様はマテウスとはまだ婚約関係にあります。情を交わすのは、婚姻関係を結んでからが常識です。もしも、マテウスに情交関係を強要したのならば……軽蔑します。ヘクトール様が現当主のアルノー様と同類であるならば、俺も貴方に対する対応を改める必要があります」

「っ！」

一瞬でヘクトール兄上の感情が怒りに振れる。俺は慌てて、アルミンの誤解を解くことにした。恥ずかしいけど仕方ない。

「ちょっと待って、アルミン！　アルミンは誤解してる。あのね……私が兄上を閨《ねや》に誘ったの。だから、ヘクトール兄上を責《せ》めるのは間違っている。責《せ》めるなら私を責《せ》めて、アルミン」

「……マジか？」

「マジです。それに、ヘクトール兄上は……その、とても紳士的でした。だから、アルミンはヘクトール兄上に謝ってください」

「……」

「兄上に謝って、アルミン！」

アルミンは姿勢をただし、ヘクトール兄上に対して一礼する。そして、言葉を発した。

「ヘクトール様、無礼な態度と発言を心からお詫《わ》びいたします」

「謝罪を受け入れる、アルミン」

ヘクトール兄上の言葉に、再びアルミンが一礼する。俺はその様子を窺《うかが》う。

「ありがとうございます、ヘクトール様。これより、マテウス様の護衛の任に着きます」

「ああ、マテウスをしっかりと護衛してくれ、アルミン。マテウスは無茶をしないこと。そして、何かあればすぐに俺の執務室においで。いいね、マテウス？」

兄上がアルミンの謝罪を受け入れたことで、俺の緊張が解けた。ヘクトール兄上は俺に優しく微《ほほ》笑《え》んで、ベンチから立ち上がる。そして、俺の手を取り、ベンチから立ち上がらせてくれた。

「互いに仕事に取り掛かろう、マテウス」

「はい、ヘクトール兄上！」

元気な返事をすると、兄上は穏やかな笑みを浮かべる。そして、俺の額《ひたい》に軽くキスをし、アルミンに俺を託してこの場を去った。

アルミンはヘクトール兄上の姿が見えなくなるまで、黙ってその後ろ姿を見つめる。俺はそんなアルミンの横顔を見つめた。

「マテウス……」

「何、アルミン？」

「先の話に嘘はないか？　ヘクトール様から無理やりに肉体関係を迫られたわけではない。その言葉を俺は素直に信じて大丈夫なんだな、マテウス?」

「……何故《なぜ》、疑うの、アルミン?」

「答えろよ、マテウス」

俺は深い息を吐いてから、アルミンの正面に立つ。彼の瞳を見つめて口を開いた。

「アルミンは知っていたんだね? 父上とカールの残酷な関係を。そして、私とヘクトール兄上の関係に、同種のものを感じた。でも、違うよ? 私達は互いに合意の上で閨《ねや》を共にした」

「気が付かない内に、ヘクトール様に誘導された可能性もある。お前がヘクトール様と婚約した理由は王城に出仕するためだったはずだ。婚約者のいない『孕《はら》み子《ご》』が王城に行くのは危険だからな。それが、婚約者となって一ヶ月で、閨《ねや》を共にした。お前はそれを異常だと思わないのか?」

俺はアルミンに苛立ちを覚えた。

ルドルフおじさまも、同様の心配をしていた節がある。だけど、アルミンは私とヘクトール兄上の関係に踏み込みすぎだ。いくら幼馴染《おさななじみ》でも、踏み込んではいけない領域があるはずだ。

「アルミンは私の大切な幼馴染《おさななじみ》だけど、これ以上、私とヘクトール兄上の関係に踏み込んでほしくない。それに、兄上に対して攻撃的に感じる。理由があるなら教えて、アルミン」

俺の言葉に、アルミンは苦い表情を浮かべた。それでも俺の目を見つめて言葉を紡《つむ》ぐ。

「ヘクトール様——俺の兄は、シュナーベル本家の血脈の濃さを調整する目的で『シュナーベルの刃』から選ばれた。そして、シュナーベル家の次期当主となった。だが、その決定を好ましくないと思う者達が多く存在している」

「アルミンは何が言いたいの？」

「シュナーベル本家と繋がりの深い一族の家長達からは、ヘクトール様より血脈の濃い直系のカールを次期当主にと、推す声が挙がっていた」

「待ってよ、アルミン！　私とカールの父上には、明らかに血脈の弊害が見られた。その場合は、しきたりにより『シュナーベルの刃』から選ばれた人物が次期当主となる。そして、血脈の弊害が見られた人物の子供達は当主にはなれない決まり。だから、カールは次期当主になれない。『孕《はら》み子《ご》』の私は元々当主になる資格がない。ヘクトール兄上が次期当主となったことに何も問題はなかったはずだよ？」

「シュナーベル本家の『血脈の弊害』をできるだけ取り除くために、血族の皆が知恵を出し合い築き上げた仕組み。そして、その仕組みは代々血族の者により大切に守られてきた。カールがあれほど利発で優秀な人物でなければ、誰もそのしきたりを破ろうとはしなかっただろう。そして、『シュナーベルの刃』から選ばれたヘクトール様の血脈がもっと濃ければ、問題視する者はいなかっただろう。だが、ヘクトール様の産みの親は傍系の生まれ。シュナーベルの血脈に拘《こだわ》る一族の者は、お前が思う以上に多い。お前は『孕《はら》み子《ご》』だから当主にはなれないが、カールを次期当主にと画策する血族がいたのは確かだ」

「……ヘクトール兄上の存在を蔑《ないがし》ろにしすぎだよ」

俺が不快感を露《あら》わにすると、アルミンは辛《つら》そうな表情を浮かべた。その表情を見て、心に棘が刺さる。

「ヘクトール様が血縁者に蔑《ないがし》ろにされていた時期があったのは確かだ。だが、アルノー様が側室のグンナー様に異常な執着を示し三人目の子を孕《はら》ませたことで、重度の『血脈の弊害』が出ていると血族の皆が認識を改めた。そんな中、アルノー様からなんの引き継ぎもなく丸投げされた領地運営を、次期当主のヘクトール様が見事な手腕でこなす。ヘクトール様には冷徹な部分があるが、シュナーベルの血族の家長達は次期当主に相応《ふさわ》しいと思うようになっていく」

「ヘクトール兄上の努力の賜物《たまもの》です。才能を持ち合わせているだけでは成果は得られないもの」

俺はアルミンから僅《わず》かに視線を逸《そ》らし呟《つぶや》いた。アルミンが頷《うなず》く気配を感じ、俺は再び彼に視線を戻す。アルミンが会話を再開したので、俺は再びその言葉に耳を傾けた。

「グンナー様の死後、アルノー様が己の子供達にまで同様の執着を見せ始めた時……血族の者は『血脈の弊害』に大きな衝撃を受け慄《おのの》いた。そんなアルノー様の異常な行動に即座に対応したのは、血族の年長者達ではなく、シュナーベル家次期当主のヘクトール様だ」

「ヘクトール兄上は独りで父上と対峙した。それは、恐怖でしかなかったはずだよ」

「それはどうだろうな？　シュナーベル血縁の家長達が集められた時には、ヘクトール様は既《すで》にアルノー様との取引を済ませていた。そして、アルノー様から預かった手紙を顔色も変えずに皆の前で読み上げた。それには、現当主がカールを伴い別邸で暮らす旨が記されていた。その内容に皆が愕然《がくぜん》とする。まだ幼いカールがアルノー様の慰《なぐさ》み者《もの》に選ばれたと明白にする内容だったからだ」

「周囲の大人達は父上を恐れて何もできなかった。だから、ヘクトール兄上は次期当主として、父上と対峙したんだ。その結果、カールが犠牲になった。でも、それは『孕《はら》み子《ご》』の私を守るため。

ヘクトール兄上は苦しい選択をするしかなかった。もしも兄上を責《せ》めるならば、父上に何もできなかった大人達も同時に責《せ》めるべきだよ。そうでしょ、アルミン？」

「マテウス……物事はあらゆる角度から見なければ、真実は見えないものだ」

「アルミンには何が見えたの？」

「俺が見たもの？　そうだな……己の地位を揺るがしかねないカールと、厄介なアルノー様を同時に処理したヘクトール様の姿かな？　それが真実だとは断言しない。だが、ヘクトール様の手腕に、誰もが言い得ぬ恐怖を感じたそうだ。俺の親父でさえ、ヘクトール様に恐怖を感じたというから……相当なものだと思うけどね……？」

俺は怒りを抑え切れなかった。カールが父上の犠牲となったのをヘクトール兄上の策略だと考えている者が血族内にいる。どうして、そんな酷《ひど》い考え方をするの？

「ヘクトール兄上はカールのことで十分に苦しんだ。なのに、まだ責《せ》めるの？　このままでは、兄上は苦しみから永遠に救われない。そんなの、酷《ひど》いよ……」

ヘクトール兄上は深い眠りに落ちながら涙を流していた。それは、心に深い傷を負っている証《あかし》だと思う。そんなヘクトール兄上をまだ責《せ》め苛《さいな》むの？　アルミンまでもが？

少なくとも、アルミンは兄上の味方だと思っていた。アルミンなら、兄上の苦しい胸の内を理解してくれると信じていた。

「アルミン……もう黙って！」

「マテウス！」

「アルミンはヘクトール兄上の苦悩を知らない。私もずっと知らなかった。カールの犠牲にさえ……私は気が付いていなかった。でも王城出仕一日目で、私はシュナーベル家の深い闇を知る。カールの犠牲と兄上の苦悩の上で……私は生きてきた。アルミン、シュナーベル家の闇を全て知った以上……今度は、私が次期当主の兄上を支える番だと思う。だって、兄上は未だに私の父上に呪縛されている状態だから。私がヘクトール兄上を救う……そう決めたの」

「愛もないのに、ヘクトール様と閨《ねや》を共にした理由がそれなのか、マテウス？」

「アルミンは愛がないと断言するんだね？　ヘクトール兄上との関係がこれからどう変化するのかは私にも分からない。でも、あの日、あの時、私は必要だと思った。互いの傷は深くて痛くて、癒《いや》し合いたかった。私はヘクトール兄上と閨《ねや》を共にしたいと願った。だから、自分から誘ったの。これ以上兄上を非難するなら、今すぐ私の前から消えて。お願い、アルミン！」

俺はなんて酷《ひど》い言葉をアルミンにぶつけているのだろう。こんなのは、ただの八つ当たりだ。

ヴェルンハルト殿下から俺を守るために、アルミンは体を張って毒を飲み苦痛に耐えた。彼の体を気遣い、お礼を言わないと駄目なのに。なのに、俺は酷《ひど》い言葉をぶつけている。

「マテウス様。ヴォルフラム卿が俺の代わりにマテウス様の身辺を護衛します。俺は身を隠し、引き続きマテウス様の護衛に付きます。失礼します、マテウス様」

「え？」

突然、アルミンに『マテウス様』と呼ばれて、俺は戸惑《とまど》いを隠せなかった。アルミンに話し掛けようとした時、不意に背後から名前を呼ばれる。

「マテウス卿」

声の主はヴォルフラムだった。それに気が付いた俺は、すぐに背後を振り返る。

予想通り、笑顔を浮かべたヴォルフラムが立っていた。俺は笑顔で応じる。

「ヴォルフラム様、おはようございます。ちょうどアルミンと、護衛の件でヴォルフラム様の話をしていたところでした。ね、アルミン？」

再び振り返った時には、既《すで》にアルミンはいなかった。俺は彼の姿を見失い、狼狽《うろた》える。

回廊にもアルミンの姿はない。俺は庭園に視線を向けた。だが、そこにもアルミンの姿はない。

「……アルミン？　アルミン、どこにいるの？」

「マテウス卿、どうかされましたか？」

不安な気持ちを抑えきれず、ヴォルフラムにすがる。

「ヴォルフラム様……先ほどまで、私はアルミンと話をしていました。その時に、私はアルミンに酷《ひど》い言葉を浴びせてしまったのです。ですから、今すぐにアルミンに謝りたい。なのに、急に彼の姿が見えなくなりました。私は大切な幼馴染《おさななじみ》を、心無い言葉で失うかもしれません。そんなことは耐えられない。ヴォルフラム様、私はどうしたら良いのでしょうか？」

「シュナーベルの邸《やしき》にお帰りになる際には、アルミン殿がマテウス卿の護衛をされると聞いております。ですが、マテウス卿は今すぐにアルミン殿に謝りたいのですね？」

「はい、ヴォルフラム様。たった数行の文字で誰かが死ぬ世界に、私達は生きています。アルミンや私が、その対象にならないとも限りません。思ったことはすぐに口にしなければ……意味がないのです」

ヴォルフラムは俺の話に耳を傾けながらも、王城の庭園に視線を移した。そして、しばらく庭園を見回した後に視線を留める。

「『たった数行の文字で誰かが死ぬ世界』……マテウス卿は随分と変わった表現をされますね？ですが、気持ちは分かります。マテウス卿、あの樹木をアルミン殿だと思い、謝ってみてはいかがでしょうか？」

ヴォルフラムが指差す先には、イチイの樹木がある。俺は首を傾け、ヴォルフラムに尋ねた。

「イチイの樹木に謝るのですか？」

「樹木の名は知りません。ですが、今すぐに謝ったほうが良さそうだ。気配が動きそうです」

なるほど……アルミンはイチイの樹木に隠れて、俺を護衛してくれているということか。

イチイの樹木から人の気配を全く感じないが、ヴォルフラムの言葉を信じよう。そこにアルミンがいると信じて、恥ずかしいけれどイチイの樹木に謝る！

「イチイの樹木に宿る……私の守護者よ。私は貴方に謝りたいのです。貴方は何時《いつ》も私を守り、私を支えてくれています。なのに、お礼さえ伝えずに、貴方に『消えて』と言ってしまいました。私の守護者よ、本当にごめんなさい。今は、イチイの毒矢で胸を射ぬかれたように心が痛みます。貴方が傍《そば》にいないと、寂しくて……悲しい。今すぐに貴方の存在を感じたい。もしも、私の謝罪を受け入れてくれるならば、その返事として、貴方が宿るイチイの樹木を不自然なほどに揺らして……私の守護者よ！」

突然、イチイの樹木がそれはもう不自然に揺れ出す。俺が想像した以上の揺れに、正直びびった。このままでは、イチイの樹木が折れてしまう!!

「私の守護者よ！　もう十分です。揺らしすぎです。王城の樹木を折って罰せられるのは嫌だよ、アルミン！」

『不自然に揺らせと言ったのはお前だろ？　じゃあ、殿下に俺の尻にも見舞金を出せと言っておいてくれ。あ、その衣装……わりとイケてるぞ、マテウス。じゃあ、仕事頑張れよ！』

イチイの樹木が、若干下品な言葉と少しばかりの誉め言葉を口にした後、揺れが収まる。静かな王城の庭園が戻ってきた。

「凄《すご》い揺れ方でしたね。驚きました」

「ヴォルフラム様、私もあの大胆な揺らし方には驚きました！　でも、アルミンらしい行動に気持ちが楽になりました。ヴォルフラム様、謝罪の機会を私に与えてくださりありがとうございます」

俺がヴォルフラムに微笑《ほほえ》むと、彼も静かに微笑《ほほえ》み返してくれる。その優しい笑顔に、少し見とれてしまった。

「ここからのマテウス卿の護衛は私が担当いたします。アルミン殿は身を隠し、貴方の護衛を続けておられます……たぶん」

「？」

「アルミン殿の気配が掴めなくなりました。申し訳ない、マテウス卿」

「とんでもないです、ヴォルフラム様。彼は虫の領域に達しているに違いありません。それよりも、ヴォルフラム様はもしや私を探してくださっていたのでしょうか？」

「前回、案内係がマテウス卿に無礼な態度を取ったことを思い出し、貴方が心配になったのです。ですが、心配はいらなかったようですね？　マテウス卿はシュナーベル家の皆に愛され守られていらっしゃいます。ですが、ヴォルフラム様！　思う存分たっぷりと私を守ってくださいい」

「は、はい、ヴォルフラム様！　マテウス卿……私にも、貴方を守る機会を与えてください！」

「……では、その、思う存分たっぷりと、マテウス卿をお守りいたします。それでは、ヴェルンハルト殿下の執務室に向かうこととといたしましょう。殿下はマテウス卿が中々執務室にいらっしゃらないので……少々苛立っておられます。それもあり、マテウス卿を探しておりました」

「ヴェルンハルト殿下が苛立っておられるとは！　不安を煽《あお》らないでくださいい〜」

「不安を煽《あお》る発言をお許しください、マテウス卿」

「ヴォルフラム様。王太子殿下が苛立っていらっしゃるとのことですが、前回のように暴力を振るう可能性はあるでしょうか？　殿下に対して、私はどのように接すれば良いでしょうか？」

「マテウス卿が殿下を恐れるのは当然です。王城出仕初日に暴力を振るわれたのですから。王太子殿下に進言はしたのですが、『見舞金を分割で支払っている。言葉での謝罪はしない』とのことです。マテウス卿から謝罪の言葉を強く求められた場合には、見舞金を差し止めるとも仰《おっしゃ》っていました。マテウス卿、謝罪の件には触れぬほうが賢明かと思われます」

ヴェルンハルト殿下の性格に改善はなかったようだ。危機を乗り越えて少しは成長したかと思ったのに残念だ。

しかし、見舞金を差し止められるのは困る。

俺はわざと悲しげな表情を浮かべつつ、ヴォルフラム様に向かって柔らかく微笑《ほほえ》んだ。

「謝罪の件は諦めています。ヴォルフラム様は王太子殿下に代わり、私の身を気遣う手紙を沢山送ってくださいました。でも、残念ながら、その手紙の中に殿下ご自身の手紙は一通も見つけられませんでした。ですから、殿下からの謝罪の言葉は、既《すで》に諦めております。でも、ヴォルフラム様が私のために多くの時間を割き、手紙をくださったことには感謝しております。励ましの手紙が、再び出仕する勇気を私に与えてくれましたから」

「マテウス卿がショックのあまり王城出仕を取りやめるのではないかと心配しておりました。再びお会いできて嬉しく思っております。手紙を沢山書いた甲斐《かい》がありました」

「ヴォルフラム様との再会を、私も嬉しく思っております」

俺がヴォルフラムに笑い掛けると、彼も優しい微笑《ほほえ》みを浮かべてくれる。

俺との再会を心底喜んでくれるヴォルフラムの姿に、思わずにやけそうになった。でもすぐに、顔を引きしめる。

『怠惰の衣装』を身に纏《まと》っている今日の俺ならば、少しは可愛らしく見えるかもしれない。頑張れ、俺!!

「マテウス卿の不安を払拭《ふっしょく》できるかは分かりませんが、殿下の苛立ちは一時的なものだと思います。ご自身の身辺の安全が確保されて以来、殿下は機嫌の良い日が多いです。きっとマテウス卿が皮肉を仰《おっしゃ》っても、怒り出すことはないはずです。但《ただ》し、アルミン殿の話題は絶対に避けてください。殿下が一気に不機嫌になりますので」

「そうですか……では、ヴォルフラム様の忠告に従い、アルミンの話題は避けますね」

すまない、アルミン。君のお尻の見舞金請求は自らお願いします。

しかし、殿下は相当ペニスを負傷したみたいだ。物凄《ものすご》ーく、あれが腫《は》れあがったらしいが、殿下の性的機能は大丈夫なのだろうか？

しかし、ヴォルフラム様を相手に下品な会話はできない。別のことを聞こう。

「ヴォルフラム様、他に注意すべき点はありますか？」

「そうですね……もしかすると、殿下の執務室内で息苦しいと感じる時があるかもしれません。その時には、私に声を掛けてください、マテウス卿。気分が悪くなるようでしたら、すぐに執務室を出ましょう。我慢せずに私に声を掛けてください」

ヴォルフラムから幾《いく》つかの注意点を聞きつつ、俺は王太子殿下の執務室に向かっていた。

それにしても、執務室内で息苦しく感じる時があるかもしれないとは……どういう意味だろう？

「ヴォルフラム様？」

「はい、マテウス卿」

「執務室内を息苦しく感じるとは、どういう意味でしょうか？　王太子殿下の執務室が未決済書類で埋め尽くされている状態ならば、私が片付けを手伝いましょうか？」

「……いえ、そういう意味ではありません」

ヴォルフラムがなんとも言えない表情を浮かべている。興味深くその顔を見ていると、視線が合う。俺は慌てて視線を逸《そ》らしたが、ヴォルフラムは気を悪くした様子もなくゆっくりと言葉を紡《つむ》いだ。

「騒動の際に王城出仕を控える側近は信用できないと仰《おっしゃ》られ……ヴェルンハルト殿下は騒動前に仕えていた側近達を全て辞めさせました」

騒動の際とは、陛下の妃候補が出産を迎えた日のことだ。確かに、あの時の殿下は……独りで執務室の天井を見つめていた。その姿を思い出すと、急にヴェルンハルト殿下が心配になってくる。

「王太子殿下のお気持ちはよく分かります。今度は、良い側近に恵まれると良いですね？」

「………」

「ヴォルフラム様？」

「殿下は今まで、身分に関係なく能力重視で側近を選んでおられました」

「それは、良いことだと思いますが？」

「しかし、今回の騒動を経て……能力よりも愛情を重視することになさったのです」

「??」

「殿下は現在、側近を愛する者で固めています。多少能力に見劣りはあろうとも『愛』が重要だと、私に力説されました。おそらく、マテウス卿にも『愛』について訴えると思います」

「それは、信頼に足る側近を集められたということですね？　良いことだと思います」

「いいえ、ヴェルンハルト殿下は愛人を側近にされました。全ての側近が殿下の愛人です。体格の良い男性が好みのため、執務室に数人側近が集まりますと……大変窮屈で、息苦しく感じることと思われます。ご理解いただけましたでしょうか、マテウス卿？」

「……さようですか。側近が全て愛人。好みは、体格の良い男……なるほど」

ＢＬ小説『愛の為に』では、王太子殿下の初恋の相手はカールだとされている。だが、今世《こんせ》でカールと殿下の関係は親友だ。それでも、王太子殿下の好みは、カールのようなスリムな美貌の男性だと思い込んでいた。でも、殿下の男性の好みは、体格の良い男性だった。

ふむ？　そうなると、ヴォルフラムの兄であるフリートヘルムは、体格良く見目麗《うるわ》しい人物だから……殿下の好みの男性のはずだ。だが、彼に迫られる度に、殿下は『白豚が！』と叫び関係を拒んでいた。

つまり、ヴェルンハルト殿下は体格の良い男を抱くのが好きということになる。

要は、『孕《はら》み子《ご》』の体格は殿下の好みからかけ離れていた。俺が殿下に好かれなかった理由は、冴えない顔だけではなかったのだ。

なんとなく、救われた気分！

それにしても、作者の『月歌』先生は、どうしてＢＬ小説的に美味しいシチュエーションを読者に秘密にしたのだろうか？　小説内では、『騒動後に殿下は新しい側近を迎えた』と控えめに記述があったのみ。一方、実際には、ヴェルンハルト殿下は執務室に側近ハーレムを作った。

うーむ、小説の内容を鵜呑《うの》みにするのは危険だな。『月歌』先生の仕掛けたトラップに引っ掛かりそう。

それにしても、能力重視から愛情重視への変更とは……殿下の考え方の振れ幅が大きすぎる。

王太子殿下はいずれは陛下となる立場だ。殿下が国の政策をコロコロと変える王になってしまったら、王国民にとっては迷惑でしかない。

いや、大丈夫。ヴォルフラムが戴冠式前に王太子殿下を殺害するから、はた迷惑な国王は誕生しない。うむ、良かった。

いやいや、良くない！　事《こと》はそう簡単な問題ではない。

あれ、ちょっと待って？　ヴォルフラムの殺害動機が恋愛感情のもつれという可能性もあり得るよね？

小説『愛の為に』の最後の数ページには、水面下で壮大な陰謀が渦巻いていると思っていた。だけど、それって読者の単なる妄想にすぎないよね？　まさかとは思うが、色恋沙汰がヴェルンハルト殿下死亡の要因だったりして？

ああ、駄目だ。思考の迷路に突入しそうだ。

「ヴォルフラム様……」

「マテウス卿、どうされましたか？」

「愛人ですか？」

「はい、側近は全て愛人です」

「つまり、ヴォルフラム様も殿下の愛人ということですね？」

突然、ヴォルフラムに腕を捕まれた。びっくりして彼を見ると、視線が絡む。彼は俺を見つめたままゆっくりと口を開く。その唇の動きに、視線が釘付けになった。

「違います」

「はい？」

「マテウス卿、私は殿下の愛人でも恋人でもありません。確かに、王城ではそのような噂が流れ、兄上から詰問されたこともありました。ですが、そんな事実は一切ございません！」

「ヴォルフラム様、あの……その……」

ヴォルフラムに怯《おび》えたわけではない。だが、俺の声は震えていた。

その震えた声に気が付いた彼が苦い表情を浮かべる。そして、掴んだ腕をゆっくりと解放すると、静かに謝罪した。

「マテウス卿にだけは、誤解されたくないと強く思いました。申し訳ございません」

「え？」

「無意識に貴方の腕を強く掴んでおりました。マテウス卿、痛みはございませんか？」

「痛みはありません。大丈夫です、ヴォルフラム様」

ちょっと待って！　今のは告白？　え、告白なの？『マテウス卿にだけは、誤解されたくない』って、そう言ったよね？　やはり告白？　少なくとも、ヴォルフラムは俺に対して、良い感情を抱いてくれているということだよね？

「あ、あの、ヴォルフラム様！」

「はい、マテウス卿」

「えーと、ヴォルフラム様。時々、庭園散策に付き合っていただけますでしょうか？」

ヘクトール兄上、ごめんなさい。ヴォルフラムをデートに誘ってしまいました！　俺はどうやら浮気性の性悪男のようです。ごめんなさい。兄上、性悪なマテウスを許して……ううっ。

「庭園を散策したいとは。もしや、既《すで》にお疲れなのですか？　気鬱《きうつ》を発症しそうですか？」

デートの誘いとは思われなかった。いや、それでいい。浮気性のマテウスは封印しなくては。

「そ、そうではありません。ただ、殿下の愛人……いえ、側近の皆様と上手《うま》く付き合えるか、私には自信がありません。もしかすると、気鬱《きうつ》を早々に発症するかもしれません。その時には庭園を散策して気を紛《まぎ》らわせたいと思ったのです、ヴォルフラム様」

俺が自信なくそう呟《つぶや》くと、ヴォルフラムは少し微笑《ほほえ》んで口を開いた。

「なるほど、その時にはご一緒します。しかし、マテウス卿が側近と関わるのは少ないと思いますよ？　殿下はマテウス卿に特別な仕事を任せるおつもりのようですから」

「それでは、ヴォルフラム様とは一緒にお仕事はできないのですね。少し、寂しいです」

「いえ、私はマテウス卿と行動を共にすることになっております」

「そうなのですね！　それはとても心強いです。今回は王城出仕初日のような失敗はしないように全力で務めさせていただきます！」

「マテウス卿、肩に力が入りすぎています。どうか力を抜き、私の手にその手を重ねてください。殿下の執務室まではあと少しですが……エスコートさせていただければ幸いです」

「勿論《もちろん》です、ヴォルフラム様」

ヴォルフラムが手を差し出してくれたので、照れくさく思いながらも俺は彼の手に自らの手を重ねる。殿下の執務室に近づくにつれ、緊張が高まってゆく。

妃候補の時、ヴェルンハルト殿下からの気遣いは一度も感じられなかった。王城出仕一日目には、暴力まで振るわれて散々な目に遭う。

そして、今日の殿下は少々苛立っているらしい。『少々』の苛立ちが、殿下の場合、突然の大爆発に繋がる可能性がある。

今世《こんせ》の王太子殿下との付き合い方は難しい。

悩んでいる内に、愛の巣窟と化した殿下の執務室の前に到着した。

「マテウス卿、殿下の執務室に着きました。心の準備はよろしいですか？」

いや、待って。全然、心の準備ができていなかった！　あれ……殿下の顔さえはっきりと思い出せない。これは完全に緊張がピークに達している証《あかし》だ。凄《すご》く、まずい。

「ヴォルフラム様……どうしましょう。物凄《ものすご》く緊張してきました！」

「では、共に深呼吸をいたしましょう。私も少し緊張していますので」

「ヴォルフラム様はどうして緊張されているのですか？」

「今日のマテウス卿が何時《いつ》にもまして可愛らしいからです。お召しの衣装がマテウス卿の髪色に似合っています。その可愛らしい方をエスコートしたのです。私も緊張いたしますよ、マテウス卿？」

うおおお、ここにきてヴォルフラムが『怠惰の衣装』について触れてきたぁ。絶対に気が付いていないと思わせておいての、不意打ち。完全にやられました。

「ヴォルフラム様は褒め時が絶妙です～。この衣装は、ヘクトール兄上が私のために作ってくださったものです。この衣装を着た私を見て、アルミンもヴォルフラム様も褒めてくれました。これは間違いなく、私の身にミラクルが起こっています！」

俺はヴォルフラムと手を繋いだままステップを踏み、その場でくるっと一回りする。『シルフィウム』の刺繍が施されたジャケットの裾がふわっと舞い上がった。

「ヴォルフラム様が褒めてくださったので、なんだか自信が出てきました！　さあ、ヴェルンハルト殿下の執務室に向かいましょう、ヴォルフラム様！」

「はい、マテウス卿」

ヴォルフラムが優しく微笑《ほほえ》む。俺も微笑《ほほえ》み返して、深呼吸を一つした。そして、王太子殿下の待つ執務室に向かって歩を進める。

いよいよ、王城出仕二日目の始まりだ。

ヴェルンハルト殿下の妃候補になったことを切っ掛けに、俺は前世を思い出した。

殿下にはひどく扱われたが、カールの悲しい過去と真実の姿を俺に話してくれる。そして俺は、カールの残酷な『運命』に打ちのめされた。ヘクトール兄上の胸で泣きながら、何度も後悔を口にした。でも、カールは還ってこない。だから、一つ、心に決めたことがある。

これから起こる残酷な『運命』から大切な人達を護り抜く。カールは救えなかったけれど……今度こそ、必ず。

問題は何一つ解決していない。なのに、何故《なぜ》だか分からないが、以前よりは上手くやれる気がしていた。

エピローグ

前世での社畜生活は、とても味気なくつまらない毎日だった。

でも、『月歌』先生原作のBL小説『愛の為に』に出逢い、俺の生活に癒《いや》しと潤《うるお》いが生れる。小説内のヴェルンハルト殿下に癒《いや》され、彼を巡る男同士の恋愛に幾度も涙を流した。そして、不可解なラストの謎を解こうと、愛読書を何度も読み返す。

それは、読書が大好きな俺にとっては、とても楽しい時間だった。

だけど、今世《こんせ》は小説の一節一節が全て現実になる世界。そして、最大の謎であるヴェルンハルト殿下の死については、未だに何も分からないままだ。

ヴォルフラムがヴェルンハルト王太子殿下を殺害するのが『運命』ならば、その『運命』に繋がっているのは誰なのだろうか？　ヴォルフラムと『運命』を共にして王太子殿下を殺害するのは誰？

ディートリッヒ家？

シュナーベル家？

陛下？

王弟殿下？

ヘクトール兄上？

――それとも……私？

さまざまな人々の感情が交差し絡まりながら『運命』が動き出している。動き出した『運命』は速度を上げてあらゆる人々の意思を呑《の》み込《こ》み、大きな流れとなるだろう。そうなれば、もう誰も『運命』に逆らえないかもしれない。

だけど、俺は『運命』から大切な人達を護りたい。

ヴォルフラムに殺害されるヴェルンハルト殿下は、弟のカールを唯一大切に想ってくれた人。そして、俺の初めてをあげた人でもある。複雑な感情はあるものの、『運命』により命を奪われて良い人物なのか未だに思いが定まらない。

俺の恩人のヴォルフラムはヴェルンハルト殿下を殺害する人。でも、彼は王立学園で俺を暴漢から救ってくれた。彼がいなければ、今の俺はいないと思う。こんなに優しい人が、どうして殿下を殺害するのか未だに理解できない。

そして、アルミン。俺を常に守ってくれる幼馴染《おさななじみ》。カール殺害の協力を依頼しても、俺への優しい眼差《まなざ》しは変らなかった。『シュナーベルの領地の土と風の香り』を感じさせる彼は、俺にとって特別な癒《いや》しの存在。

最後に、ヘクトール兄上。『シュナーベルの刃』の一員として生涯を過ごすはずだった従兄弟のヘクトール様。父上の『血脈の弊害』の発症により、シュナーベル本家の次期当主になるべく選ばれ、俺の兄上になった。俺とカールを守るために、ヘクトール兄上は一人で父上に立ち向かった。兄上を冷徹な人物だと評する人もいる。だけど、それは間違っている。ヘクトール兄上と肌を合わせて、俺は多くのことを知った。兄上は未だに父上の呪縛に囚われている。ヘクトール兄上はカールを父上に差し出すことで俺を守り、未だにその選択に苦悩して……深い眠りの中で涙を流している。

俺はカールのことをもっと知る必要がある。

ヴェルンハルト王太子殿下に会わなければ、俺は何も知らずに今ものうのうと生きていたに違いない。きっと殿下は、俺の知らないカールの秘密をもっと知っているはずだ。俺の知らないカールをもっと知りたい。

俺のために犠牲になったカール。俺が処刑したカール。

カールを理解することで、俺はヘクトール兄上の本当の苦悩を理解できるようになるのだと思う。自身が処刑したカールのことを知るのは苦しいと思う。でも、それを避けていては俺は強くはなれない。

俺はヘクトール兄上のために強くなりたい。

ヘクトール兄上はシュナーベル本家の血脈の濃さを薄める役目を持って次期当主となった。だから、濃い血脈の俺との婚姻が周囲から許されるのか分からない。ヘクトール兄上が別の人物を伴侶とする未来も考えられる。

でも、今のヘクトール兄上の婚約者は俺だ。

だから、婚約者として、俺がヘクトール兄上を支えたいと望んでもおかしくはないよね？

将来、ヘクトール兄上から、身を引かねばならない時が来るかもしれない。

でも、今だけは……ヘクトール兄上を独り占めしたい。

ヘクトール兄上を残酷な『運命』から守るためなら、愛読書『愛の為に』のラストページを破り捨て筋書きを書き換えたっていい。『月歌』先生の小説が兄上の害悪となるならどこまでも抗う。

だって、ヘクトール兄上は俺にとって、愛読書よりもずっとずっと大切な存在になったのだから。

ヘクトール兄上と一緒に明るい未来を歩きたい。

そう思っている。

ハッピーエンドのその先へ ―
ファンタジックなボーイズラブ小説レーベル

&arche NOVELS
アンダルシュノベルズ

傷心の子豚
ラブリー天使に大変身！

勘違い白豚令息、婚約者に振られ出奔。～一人じゃ生きられないから奴隷買ったら溺愛してくる。～

syarin ／著

鈴倉温／イラスト

コートニー侯爵の次男であるサミュエルは、太っていることを理由に美形の婚約者ビクトールに振られてしまう。今まで彼に好かれているとばかり思っていたサミュエルは、ショックで家出を決意する。けれど、甘やかされて育った貴族の坊ちゃんが、一人で旅なんてできるわけがない。そう思ったサミュエルは、自分の世話係としてスーロンとキュルフェという異母兄弟を買う。世間知らずではあるものの、やんちゃで優しいサミュエルに二人はすぐにめろめろ。あれやこれやと世話をやき始め……!?

詳しくは公式サイトにてご確認ください。
https://andarche.alphapolis.co.jp

異世界BLサイト“アンダルシュ”
新刊、既刊情報、投稿漫画、ツイッターなど、BL情報が満載！

ハッピーエンドのその先へ ―
ファンタジックなボーイズラブ小説レーベル

アンダルシュノベルズ
&arche NOVELS

スパダリたちの
溺愛集中砲火！

異世界でおまけの兄さん自立を目指す 1～4

松沢ナツオ ／著
松本テマリ／イラスト

神子召喚に巻き込まれゲーム世界に転生してしまった、平凡なサラリーマンのジュンヤ。彼と共にもう一人日本人が召喚され、そちらが神子として崇められたことで、ジュンヤは「おまけ」扱いされてしまう。冷遇されるものの、転んでもただでは起きない彼は、この世界で一人自立して生きていくことを決意する。しかし、超美形第一王子や、豪胆騎士団長、生真面目侍従が瞬く間にそんな彼の虜に。過保護なまでにジュンヤを構い、自立を阻もうとして―― !?
溺愛に次ぐ溺愛！　大人気Web発BLファンタジー！

詳しくは公式サイトにてご確認ください。
https://andarche.alphapolis.co.jp
異世界BLサイト“アンダルシュ”
新刊、既刊情報、投稿漫画、ツイッターなど、BL情報が満載！

ハッピーエンドのその先へ ー
ファンタジックなボーイズラブ小説レーベル

アンダルシュノベルズ
&arche NOVELS

巻で人気急増中！
感動必至の救済BL!!

嫌われ者は異世界で王弟殿下に愛される

希咲さき　／著
ミギノヤギ／イラスト

嫌がらせを受けていたときに階段から足を滑らせ階下へと落ちてしまった仲谷枢。目を覚ますとそこは天国——ではなく異世界だった!?　第二王子のアシュレイに保護された枢は、彼の住む王宮で暮らすことになる。精霊に愛され精霊魔法が扱える枢は神子と呼ばれ、周囲の人々から大事にされていたが、異世界に来る前に受けていたイジメのトラウマから、自信が持てないでいた。しかしアシュレイはそんな枢を優しく気遣ってくれる。枢はアシュレイに少しずつ恋心を抱きはじめるが、やはりその恋心にも自信を持てないでいて……

詳しくは公式サイトにてご確認ください。
https://andarche.alphapolis.co.jp

異世界BLサイト“アンダルシュ”
新刊、既刊情報、投稿漫画、ツイッターなど、BL情報が満載！

ハッピーエンドのその先へ ―
ファンタジックなボーイズラブ小説レーベル

アンダルシュノベルズ
&arche NOVELS

この愛以外いらないっ!!

運命に抗え

関鷹親 ／著

yoco ／イラスト

α、β、Ωという第二の性がある世界。Ωの千尋は、αのフェロモンを嗅ぐことで、その人間の「運命の番」を探し出す能力を持ち、それを仕事としている。だが、千尋自身は恋人をその運命の番に奪われた過去を持つため、運命の番を嫌悪していた。そんな千尋の護衛となったのは、αのレオ。互いの心の奥底に薄暗い闇を見つけた二人は、急速に惹かれ合う。自分たちが運命の番ではないことはわかっていたが、かけがえのない存在として関係を深めて……αとΩの本能に抗う二人がたどり着いた結末は――!?

詳しくは公式サイトにてご確認ください。
https://andarche.alphapolis.co.jp

異世界BLサイト"アンダルシュ"
新刊、既刊情報、投稿漫画、ツイッターなど、BL情報が満載!

ハッピーエンドのその先へ ―
ファンタジックなボーイズラブ小説レーベル

&arche NOVELS《アンダルシュノベルズ》

淫靡な血が開花する――

アズラエル家の次男は半魔1～2

伊達きよ ／著
しお ／イラスト

魔力持ちが多く生まれ、聖騎士を輩出する名門一家、アズラエル家。その次男であるリンダもまた聖騎士に憧れていたが、彼には魔力がなく、その道は閉ざされた。さらに両親を亡くしたことで、リンダは幼い弟たちの親代わりとして、家事に追われる日々を送っている。そんなある日、リンダの身に異変が起きた。尖った牙に角、そして小さな羽と尻尾……まるで魔族のような姿に変化した自分に困惑した彼は、聖騎士として一人暮らす長兄・ファングを頼ることにする。そこでリンダは、自らの衝撃的な秘密を知り――

詳しくは公式サイトにてご確認ください。
https://andarche.alphapolis.co.jp

異世界BLサイト“アンダルシュ”
新刊、既刊情報、投稿漫画、ツイッターなど、BL情報が満載！

アンダルシュコミックス
&arche COMICS

毎週
木曜
大好評
連載中!!

今井みう
加賀丘那
きむら紫
小嵜
坂崎春
砂糖と塩
しもくら
水花-suika-
槻木あめ
戸帳さわ
森永あぐり‥and more

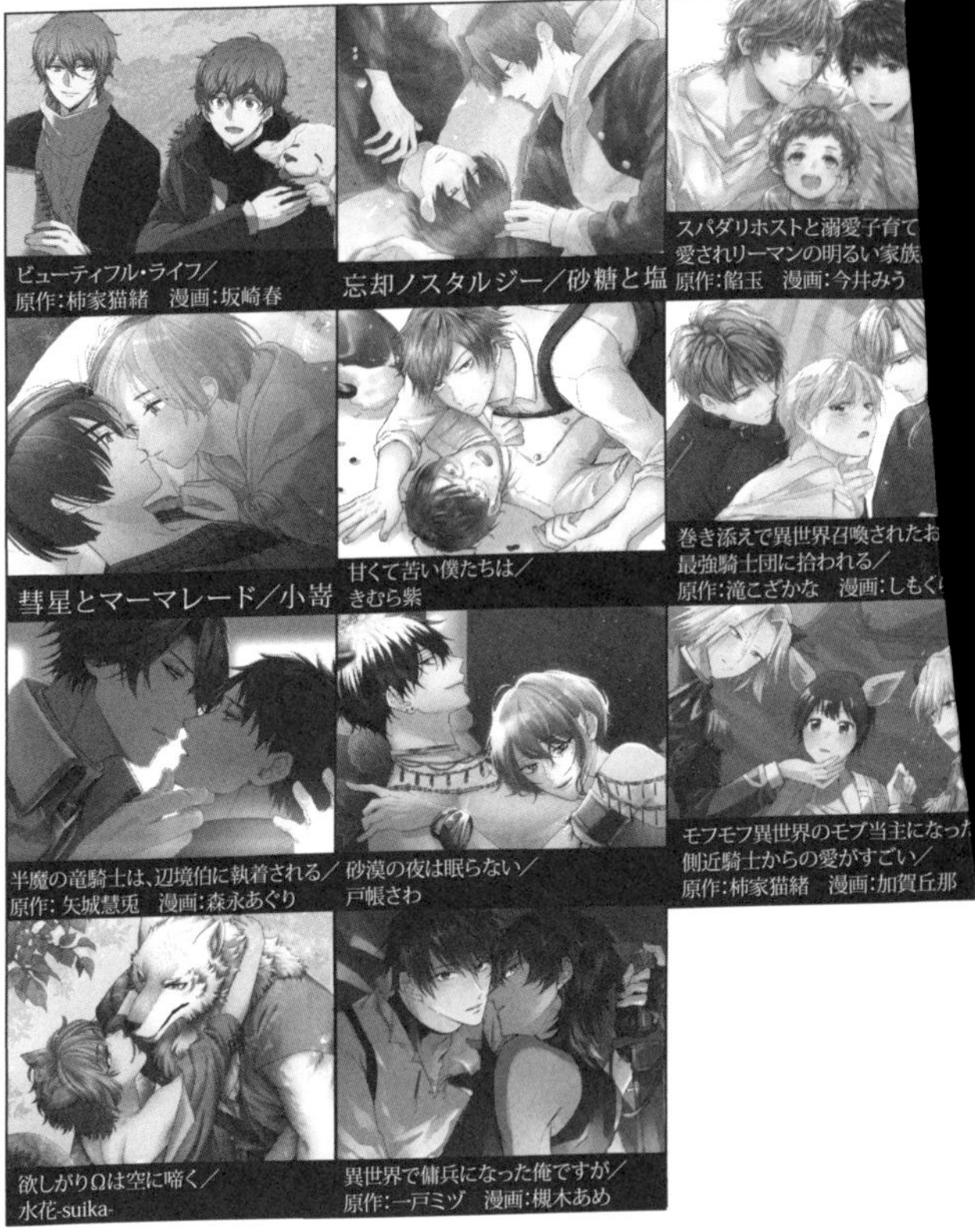

BLサイト
「アンダルシュ」で読める
選りすぐりのWebコミック!

BL webサイト
&arche《アンダルシュ》

無料で読み放題!
今すぐアクセス!

アンダルシュ漫画　検索